La sicaria de Polanco

LA SICARIA DE POLANCO

Joaquín | Guerrero-Casasola

EDICIONES B
GRUPO ZETA

Barcelona • Bogotá • Buenos Aires • Caracas • Madrid • México D.F. • Montevideo • Quito • Santiago de Chile

1.ª edición: abril 2011

© Joaquín Guerrero-Casasola, 2011
© Ediciones B, S. A., 2011
    Consell de Cent, 425-427 - 08009 Barcelona (España)
    www.edicionesb.com

Printed in Spain
ISBN: 978-84-666-4733-5
Depósito legal: B. 5.658-2011

Impreso por NOVAGRÀFIK, S.L.

A Epigmenio Ibarra

Yo solía ser de esas «mamá cuervo» que dicen «mi niña es una santa pero las malas compañías la echan a perder». Brenda no pudo concebir la idea de robar un coche para dejarlo por ahí atascado de latas de cerveza, envolturas de comida, chatarra, techo y asientos pintarrajeados con lápiz labial. Cierto que tiene mal carácter, que es —como lo dijo mi primo Blaz, psicólogo— intolerante a la frustración, pero en el fondo ella es una chica de buenos sentimientos. La sangre corre con tal fuerza por sus venas que, a veces, se desboca un pelín de más. Aunque...

Nada. Un día me dije la verdad: Brenda es una cabrona.

Fue liberador.

Digo a mi favor que no cometí más errores que cualquier madre, fui sobreprotectora, otras veces dura, pero siempre en el afán de prepararla para este mundo traidor e incierto. ¿Será que la traumé en vez de darle cariño, principios, amor? Blaz me dijo: «Así como la gente se pone hipocondríaca con un poco de información que encuentre en Internet sobre enfermedades contagiosas, así se siente experta en problemas de conducta desde que Freud se hizo autor de bolsillo.»

«Tranquila, Karina, ella es la única responsable de sus actos.»

¿Entonces?

«Genética.»

Puede ser...

«Medio ambiente.»

Otra posibilidad...

«Y sobre todo, querida Karina, ya lo sabes, el volátil ingrediente Shultz.»

¡Mierda!

Si algo caracteriza a los Shultz es que tenemos una buena salida cuando se nos terminan los argumentos o hacemos ciertas cosas poco agradables para el resto de la gente: mira, fulano o perengana, no me pude contener, no es cosa mía en realidad, es la herencia que corre por mis venas, es el volátil ingrediente Shultz.

Una anécdota al respecto.

1945, Berlín sitiado, Hitler en su búnker, mi tío abuelo paterno, Frans, entre los presentes (guardia sin rango; así que no le busquen mayores pecados que haber vivido una guerra.) «¿Cómo se llamaban aquellos chocolates que me gustaban tanto cuando era niño, Frans?», pregunta el Führer. «Chocolates Lindt, *mein* Führer...», responde mi abuelo. Los ojos de Hitler se iluminan de súbito, sus facciones crispadas se ablandan como una carne que luego de tres golpes termina por perder tensión. Suspira y dice: «¡Daría todo por un Lindt!»

¿Qué hace un Shultz en una situación así? Correcto. Dejarse llevar por el volátil ingrediente Shultz. Mi abuelo salió del búnker, cruzó la ciudad hecha añicos, de disparo en disparo, de ruso en ruso, deteniéndose en los lugares más improbables; una tienda en ruinas, los apartamentos de un edificio lleno de heridos, muertos, gente asustada, solicitando amablemente: «¿Un Lindt para *mein* Führer? ¿Un Lindt para *mein* Führer?» No paro ahí. Cruzó Magdeburg, Leipzig, Nümberg, Stuttgart, Augsburg hasta que llegó hasta Suiza, donde consiguió el Lindt y, cuenta la leyenda familiar, justo en ese instante se enteró por la radio que todo había terminado. Hitler había muerto sin conseguir un par de sueños, que su Tercer Reich durara mil años y probar el último chocolate que deseó en su vida.

Como toda anécdota, ésta tiene sus exageraciones, pero eso, sin duda, también es parte del volátil ingrediente Shultz.

Regresando a la descendiente de aquel soldado, Brenda, su volatilidad se remonta a su más tierna infancia, cuando el abuelo Conrado —hermano de aquel del chocolate, y que tras el final de la guerra emigró a Sudamérica y terminó sus días en México— la sentó sobre sus rodillas para hacerle borriquito. Más tardó el abuelo en decir arre que la nena en coger un tenedor y trinchárselo en el cuello. Por fortuna Brenda no tuvo fuerza suficiente para traspasarle la carótida.

Conrado Shultz, y en esto no hay ápice de leyenda, solía preguntarme muchos años después, primero como una lección y luego por la terquedad del alzhéimer, ¿qué hubieran hecho si me mata? Aprendí a responderle lo que él quería oír: decir que resbalaste y caíste solo encima del tenedor.

Viene a mi memoria la sonrisa satisfecha del viejo al oír esa respuesta.

¿Otras gracias de la nena? Bromas con solventes, escándalos en recintos donde se pide silencio: cines, bibliotecas, funerarias y panteones. Tirar botellas con meados desde puentes y azoteas, peleas a puñetazo limpio en el colegio, fingirse muerta en una piscina, y algo que me da vergüenza decir por raro y espeluznante. Le tiene fobia a los ojos de estatuillas de santos y santas, así que, bueno... suele llevar una navaja en el bolsillo.

«¿Por qué lo haces?» El mundo entero le hicimos esa pregunta, pero nadie obtuvo una respuesta sensata. Tampoco nada ni nadie le hizo modificar su conducta, ni siquiera una carta que «papá diosito le escribió» diciéndole que si no se portaba bien «los angelitos iban a estar muy tristes en el Cielo.»

¿Qué explicación podemos darnos?

Correcto. El volátil ingrediente Shultz.

Les describo a Brenda: un metro sesenta y cinco de estatura a sus dieciséis años, ojos grises, mandíbula cuadrada, cuerpo de nadadora. ¿Su vestimenta? Sospecho que golpeó a un vagabundo para despojarlo de sus pantalones aguados y sus camisetas incoloras. Ya por último Brenda practica ese ritual que los chicos de hoy tomaron prestado de las culturas ancestrales revuelto con la influencia de la televisión, atravesarse todo rincón de piel donde quepa un piercing o puedan estamparse tatuajes de monstruos y demonios japoneses.

Puede parecer que me tomo a la ligera lo de Brenda, pero sólo intento plantar buena cara a eso que llaman destino; con esa filosofía es que me presenté en urgencias del hospital Veinte de Noviembre aquella tarde de septiembre. La madre Mieres, directora del colegio donde estudian mis dos hijos —ya hablaré de mi cariño— y los Ordóñez estaban ahí y me recibieron con miradas de reproche. Esta vez se trataba de un ojo herido. El arma: un lápiz con punta. La autora del delito, ya no hace falta aclararlo. La víctima: Susana Ordóñez.

Ofrecí toda clase de disculpas y aseguré que correría con los gastos del hospital, pero no sirvió de mucho, el padre de Susana me dijo que su amigo, el procurador de justicia, estaba enterado de todo y que mi hija terminaría en el reclusorio, donde otras como ella le clavarían algo más grueso que un lápiz y en un sitio menos visible que los ojos. La agresión verbal me pareció improcedente y le dije que dejara las amenazas a un lado, que mi hija no estaba sola. La esposa del tipo no decía nada, sólo lloraba a mares, como yo cuando no podía aceptar que Brenda fuera una cabrona, así que le di un consejo:

—Deje de llorar, señora, su hija no debe de ser ninguna perita en dulce.

Su esposo casi se me viene encima como una montaña sobre un venadito.

La madre Mieres se colocó en medio:

—Calma, calma, lo importante ahora es Susy —dijo.

—Estoy de acuerdo —acepté—. ¿Qué han dicho los doctores?

—¡Qué descaro el preguntarlo! —sentenció la mamá de Susana.

Por fortuna, un médico les llamó con una seña, fueron enseguida.

La madre Mieres se quedó conmigo.

—Qué accidente más trágico —opiné.

—Nada de accidente, señora Shultz, su hija trinchó el ojo con alevosía, hay testigos. Ya no hay disculpa que valga, Brenda queda expulsada del colegio. Está en la dirección, llévesela cuanto antes y si quiere un buen consejo, búsquese un abogado.

—¿No se está precipitando, madre? Apenas comienza el año escolar...

—Para Brenda no.

—Acabo de pagar la colegiatura.

—¿Me está reclamando el dinero?

—No es eso, pero...

—Más le vale no hacerlo, hasta ahora el colegio no va a tomar partido, no mientras usted proceda a librarnos de su hija.

No discutí más, fui hacia el ascensor y me pareció oír uno de esos gritos desgarradores que salen en las telenovelas, imaginé que el grito lo daba la señora Ordóñez. Y lo daba, pues mientras la puerta del ascensor cubría mi rostro alcancé a ver al señor Ordóñez abrazando a su mujer y mirándome con todo el odio del que un tipo de un metro con noventa de estatura es capaz de proyectar.

Llegué al colegio dispuesta a vapulear a Brenda, pero al verla refundida en aquel salón lúgubre de techos altos, como una de esas bestias que no pueden ser de otro modo y hasta ellas mismas no se soportan, me contuve.

Aquel sitio me hizo recordar otro, un hospitalito en un pueblo del sur de España, remoto como la propia guerra civil, con esas paredes color verde pistache, donde mi marido, Günther, agonizaba a causa de un accidente de cacería, lejos de México, de nuestra casa de Polanco, y también de Berlín donde, absurdamente, días antes de la cacería, les llevamos flores a las tumbas de sus padres y Günther dijo ante sus tumbas: los extraño.

Esperé que Brenda soltara algunas lágrimas de arrepentimiento, ya fueran o no sinceras. Pero sus ojos lanzaron un claro destello de satisfacción.

—Es Navidad —me dijo—. Hoy cenamos con la abuela.

Las luces en avenida Reforma parecían desearnos feliz Navidad mientras avanzábamos en el coche, pero yo no estaba para villancicos. Brenda vino muy callada desde el colegio, hasta que por fin sentenció:

—Tu hijo Sigfrido nació para que las zorras lo maltraten. Susana es una zorra. Susana se burló de él. Y yo tuve que darle un escarmiento.

—¿No pudiste dialogar? ¿Cómo empezó la pelea?

—¿Qué pelea? Ni siquiera metió las manos.

—¡Dios santo, Brenda!

—La vi en el patio, fui directo hacia ella e hice lo que debía. La ensarté.

—¿Qué le hizo a Sigfrido?

—Llevaba días presumiendo por ahí cómo le partió el corazón. Ella es así, se ufana de los tontos que va coleccionando y a los que después manda al diablo. Quizás ellos no pueden escarmentarla por esa estupidez de que un hombre no toca a una mujer ni con el pétalo de una rosa. Pero Sigfrido me tiene a mí. Y tú sabes que yo no soy una rosa. Yo me voy con todo. Eso hice. ¿Hice mal?

—Cómo te lo explico, Brenda. Hay reglas, hay una correlación entre causa y efecto...

—No metas las matemáticas en esto. Responde. ¿Debí o no defenderlo?

Me estaba metiendo en un callejón sin salida.

—El mundo es un sitio primitivo, Karina, siempre dices eso...

(Nunca conseguí que me llamara mamá.)

—Mira a tu alrededor, Karina, la gente mata, viola, ofende cuando menos. Mira al tipo que te echa el coche encima porque tú vas despacio, a la vieja que le truena los dedos al señor que se lleva la basura. ¿Qué hacen los ofendidos? Callan. Otros nos vemos obligados a dar la cara por ellos.

Le cambié de tema y dije:

—Vas a necesitar un abogado.

—¿Lo ves? Siempre hay alguien resolviendo los líos de otros...

Intenté marcarle a Gustavo Salmerón, mi abogado. El teléfono vibró antes. Respondí la llamada, dije un par de lacónicas afirmaciones y lo apagué.

—¿Quién era? —preguntó Brenda.

—Un vecino. Dice que dejé las luces de La Garbo prendidas. Te dejo en casa y me voy a la tienda, no hables con nadie, no abras la puerta, no contestes al teléfono. ¿Oíste?

—Sí.

—¿Cómo está tu hermano?

—Como todos los que no se defienden, como si esto no fuera asunto suyo.

—¿Por qué defiendes a alguien que no te merece respeto?

—¿A poco crees que Batman ama a los ciudadanos de ciudad Gótica?

Me tomé la pregunta en serio, después de todo ella había dicho cosas que tenían cierto sentido filosófico, pero caí en una trampa, pues comenzó a sonreír cuando intenté darle mi punto de vista sobre la conducta de Batman.

Llegamos a casa, Brenda bajó del coche, la vi entrar. El teléfono sonó. Era ella. Podía verla mirándome desde la ventana de la sala.

—No es fácil —dijo.

—Lo vamos a solucionar —cedí.

—No hablo de eso, hablo de ti y de mí —dijo con esa voz que yo le conocía bien; una voz de cuando de niña se asustaba por las tormentas y titubeaba como a punto de llorar, pero sin hacerlo nunca—, ¿sabes qué no es fácil, Karina?

—¿Qué?

—Que tú seas la bonita y yo la fea. Que Sigfrido sea el santo y yo la bestia.

¿Qué le podía contestar a eso? Mierda con los jóvenes.

Un equipo de electricistas se dedicaba a colocar luces por toda la ciudad, no eran muchas en comparación de otras navidades, pues no había bonanza, pasábamos por la crisis que, según la calificaban los spots gubernamentales, «vino de fuera». Pero que no se le notaba a los políticos.

Mirando esas luces de colores pensé que a veces es mejor nada que poco, pues en lo poco se sufre el vacío de no alcanzar lo mucho. Y eso me hizo soltar una carcajada. El conductor junto a mi coche, debió pensar «esta mujer es una desquiciada.» No era eso, era que mi filosofía de quinta me hacía reír. Era mucho menos eficaz que la de Brenda. A Günther le enternecía mi filosofía de quinta, y yo odiaba que un hombre tan inteligente se diera el lujo de verme con la misma simpatía que podría tenerle un Maestro Sensei a un niño idiota.

Manejé por la avenida Horacio, en la esquina había una ambulancia y una decena de personas. Unos chicos me dijeron que un trabajador de la Compañía se había electrocutado en un poste. Parecían ansiosos y asustados de compartir la imagen horrible que vieron y yo los comprendía. («La electricidad —decía Rómulo, mi abuelo paterno—, es como un diablo enloquecido, no sale de la persona hasta que le vacía la última gota de sangre.»)

Miré el reloj en el tablero del coche. 8.37 p.m. Eché reversa sobre la misma avenida. Crucé tres calles más: Sófocles, Sócrates y Platón. Dejé el coche sobre Molière. Caminé hasta ver el edificio de ventanas color humo. Entré y, como era de esperarse, el conserje no estaba en su lugar; nunca lo estaba en viernes a esa hora, yo lo sabía bien. Fui al ascensor, subí al noveno piso y toqué la puerta.

—Vega Sicilia. —Mostré la botella y una sonrisa a Andrés Farfán.

Andrés Farfán era un hombre bajito, de cara hermosa, de cabello sedoso y escaso. Una corbata azul intenso avanzaba más allá del delantal impoluto que llevaba puesto, el disfraz de cocinero escondía su buen vestir.

—Aquí huele a quemado —dije.

—¡Maldito pato! —exclamó, y salió disparado hacia la cocina.

Fui detrás de él sin dejar mi bolso de mano. Llegué a su gran cocina de soltero, un espacio parecido a un quirófano donde rara vez se hacen cirugías. Impoluto, aséptico y minimalista.

—Déjame, yo lo hago. —Abrí el horno, el humo salió por todas partes—. Este pobre pato está ardiendo en el infierno —dije—. ¿Tienes una pala?

Andrés hurgó en los cajones y sacó lo más parecido a eso. Metí la pala hasta el fondo del horno, aparté unas papas que parecían trozos de magma volcánico y toqué el cadáver del cuacuá. Crujió como tostada.

—Ahora dame un trapo, Andrés.

Giró para buscarlo.

Dejé la pala debajo del pato, abrí mi bolso a la misma velocidad en que Andrés buscaba el trapo, saqué la pistola calibre .44 y cuando Andrés me miró le disparé en el pecho, después miró su propio pecho al que le fluyó un hilito de sangre. Le apunté de nuevo, parpadeó, dijo «ay, no» y le pegué un segundo tiro, esta vez en la frente. Ambos tiros sordos por el silenciador.

Cayó sentado contra el mueble de donde había sacado el trapo.

Regresé a la sala, abrí el tercer cajón del librero, sentí alivio al encontrar la libreta que buscaba. Le di una hojeada. La guardé en mi bolso y envié un mensaje de texto por el teléfono: «Hecho.»

Limpié todo lo que había tocado, con mi trapito para los lentes y un poco de líquido desinfectante. Deshice la mesa que indicaba cena para dos. Cogí la botella de Vega Sicilia (los muertos no tienen paladar), la guardé en mi bolso. Y me fui sin cerrar la puerta.

Aunque mi padre había muerto hace décadas mamá le seguía poniendo su sitio en la mesa todas las cenas de Navidad. ¿Quién osaba negar que su marido viniera desde el otro mundo a estar con la familia? Algo más. Celebrábamos la Nochebuena en veintitrés de diciembre porque papá murió un veinticuatro, y mamá Chayo —como la llamábamos— prefería estar sola esa noche, recordando a ese hombre que al morir se quedó automáticamente sin defectos, como suele suceder con la mayoría de la gente vista por nuestra hipocresía terrenal. No obstante, es cierto que Burke Shultz fue casi un santo, al menos sí el padre ideal, de ese del que toda hija se enamora hasta que encuentra al príncipe sustituto o al cabrón que la hará sufrir.

Mi madre abrió la puerta y sacudió sus grandes aretes al verme. Le dije lo de cada Navidad, que se le veían encantadores. Me llevé la sorpresa de encontrar a mis hijos en la sala, cada cual en su mundo privado del teléfono con Internet. Brenda me miró lacónica e hizo un saludo como si su mano fuera de muñeca Barbie.

—Prepara dos vermuts y ven a la cocina —me pidió mamá Chayo.

—Todavía tengo que pasar a la casa a cambiarme de ropa.

—¿Para qué? Así estás bien.

—Recuerda que invité a Carlos...

—Entonces yo soy la que debería arreglarme —dijo pasándose una mano por su cabello platino.

—Mamá Chayo te quiere bajar el novio —señaló Sigfrido.

—No me vayas a llamar así frente a él —le advirtió mamá con su ego viejo pero bien crecido. Siempre he tenido mis dudas si bromea con esas cosas o si se piensa una de esas actrices hollywoodienses que se dan el lujo de despertar bajos instintos aunque tengan setenta años.

—Entonces te llamaré Greta Garbo —la consintió Sigfrido.

—Adulador... —sonrió mi vieja.

Su sonrisa me era refrescante, aunque sus dientes ya no tenían ningún brillo y sí un leve tono amarillento. De joven fue fumadora empedernida.

Preparé los vermuts. La escuché contar por millonésima vez la anécdota de cuando papá se iba a ahogar con un hueso de ciruela y todo el mundo pensaba que jugaba al mimo. «¿Puedes creerlo?», me preguntó como si fuera la primera vez que me contaba la anécdota. Antes me desesperaban sus olvidos, pero poco a poco cedí lo mismo que su cuerpo a la vejez.

Le dije que volvería más tarde y antes de irme pasé junto a mis hijos.

—¿Puedo ir al hospital? —me preguntó Sigfrido.

—Traidor —le llamó la hermana.

—¡Bajen la voz!, no quiero que mamá Chayo se ente-

Central Library - Circulation
/8/2020   1:54:22 PM

- PATRON RECEIPT -
    - RENEWALS -

: Item Number: 37244205558332
Title: La sicaria de Polanco /
- **Renewed** --
Due Date: 2/29/2020 1:54:03 PM

2: Item Number: 37244203634630
Title: 11-S : [las teoriÌ as de la conspiracioÌ n
-- **Renewed** --
Due Date: 3/3/2020

LAPL Reads: Best of 2019
The best books of the year as selected by our staff.
https://www.lapl.org/best-books

--Please retain this slip as your receipt--

re. Y no, Sigfri, claro que no puedes ir. —Toqué su mejilla y agregué—: Pero todo saldrá bien, cariño...

En realidad quise decir que Brenda y yo nos encargaríamos de que nunca nadie le hiciera daño, así lo habíamos decidido como en uno de esos pactos no escritos, donde a cada miembro de la familia se le da un nombramiento: éste es el fuerte, éste es el débil, éste el alegre, éste el tímido. Con lo cual quiero decir que las teorías de Brenda no me eran del todo descabelladas.

—¿Qué tanto cuchichean? —preguntó mamá Chayo desde la cocina.

No se esperó a saberlo. Vino con su copa de vermut a medias y se sentó frente a nosotros.

—Sea lo que sea —dijo—, todo saldrá bien. ¿Les conté que estoy escribiendo un libro sobre la familia? El hilo conductor es bastante original. Hablo de los Shultz y de los Buadilla basándome en los acontecimientos importantes donde han estado. Prácticamente en todos los del siglo XX. Las dos guerras mundiales, la civil española, la revolución mexicana, la explosión del Hindenburg. La caída del muro de Berlín, el terremoto de Managua, el...

Y así siguió mamá Chayo, enumerando por un par de minutos una serie de desgracias que me dejaron perpleja, pues si bien las sabía, nunca las había puesto juntas ubicando a algún antepasado en ellas. Mi asombro se duplicó al ver a mamá Chayo con esos pantalones cómodos, la pierna cruzada una sobre otra, su aire juvenil a pesar del tiempo y su siempre toque intuitivo para saber cuando teníamos algún lío; nunca se entrometía, sólo lo abordaba de este modo, tangencial y anecdótico. Se supone que, entonces, uno debía desprender de la anécdota una enseñanza. En este caso, supuse que el mensaje era: sea lo que sea, los Shultz y los Buadilla siempre estamos donde sucede la tragedia, pero siempre salimos avante.

Algo así.

Los baños de tina me hacen tan feliz como a Cleopatra, aunque hubo un tiempo en que casi me hice adicta a ellos y la piel se me peló. Logré limitarlos a dos por semana.

Cuando salí de la tina vi un SMS en mi celular: «¿Puedo ya aparecerme en casa de tu señora madre?»

No dejaba de ser gracioso que un hombretón de cuarenta años se comportara como un novio caballeroso. Le respondí que sí, también por mensaje. Según yo no me tardaría en arreglar y llegar a casa de mamá Chayo casi al mismo tiempo que Carlos. Mentira. Todos los vestidos me quedaban fatales, unos por oscuros, otros por claros y otros por no venir a cuento navideño. El espejo no tenía diplomacia, tampoco mis treinta y ocho años de edad. Entallarse algo en el cuerpo a partir de los treinta es como meter un guante de un tirón en la pata de un elefante. Cada kilogramo resulta como el eslogan de cierta estación de radio. «La música que llegó para quedarse.»

Me bajé la cremallera del último vestido que saqué del clóset, le di un par de pisotones y me deprimí tanto que me dieron ganas de hablarle a mi primo el psicólogo para que me levantara la autoestima. Respiré hondo siguiendo los consejos de mi guía espiritual, Rama Kudri, un tipo hindú y pequeñito que nos había robado cincuenta mil pesos a cada una de mis mejores amigas antes de escaparse con la hija veinteañera de una de ellas, pero diré a su favor que su técnica de respiración era infalible.

Respirar, exhalar, respirar, exhalar. Siempre desde el diafragma...

Ya más tranquila me puse un vestido color guinda, un collar de perlitas y, de remate, me maquillé más discreta que una inglesa de posguerra.

El teléfono volvió a timbrar. Era la madre Mieres.

—Es un hecho, va a necesitar un abogado, señora Shultz.

—¿Susana perdió el ojo?

—Todavía no, pero el médico ha salido muy preocupado del quirófano, resulta que Susy es diabética y eso puede complicar las cosas.

—Demonios.

—¿Cómo dice?

—Dígame algo, madre, ¿hasta dónde se trata de lo que hizo mi hija y hasta dónde la negligencia del doctor?

—Usted no conoce al doctor para insinuar eso.

—Pero usted me dice que salió preocupado del quirófano, como si ahí con el bisturí entre las manos descubriera la diabetes de Susana.

—No especule. ¿Brenda está ahí?

—No.

—Mejor, no quiero que escuche esto...

El tono misterioso de su voz comenzó a incomodarme.

—Las amigas de Susy me dijeron que cuando Brenda le encajó el lápiz tuvieron que detenerla entre varios alumnos para que no siguiera..., usted me entiende, encajando y encajando, como si la sangre...

—¿Como si la sangre...?

—La excitara...

—¿Excitar en qué sentido?

—¡No en ese sentido, por Dios! —la madre respondió alarmada.

—No sé qué trata de decirme, madre...

—Que su hija necesita ayuda profesional.

—Pensé que con rezar era suficiente.

—¿Se burla de mí, señora Shultz?

—No, madre, se lo digo sinceramente, pensé que Dios...

—¡Deje a Dios fuera de esto!

Me dieron ganas de recordarle que, según mis clases de catecismo, Dios estaba en todo, pero no quise ponerla furiosa.

—¿No lo entiende, señora Shultz? Su hija va corriendo a convertirse en una asesina... No me diga que no ha visto algunas señales.

La palabra me pareció graciosa, como si dijera señales en el cielo, señales del fin de los tiempos, pero ella se refería a señales de una mente criminal. Y la verdad es que yo no podía hablarle a la madre Mieres del «volátil ingrediente Shultz.» El cual, por cierto, se atemperaba con los años y se canalizaba en proezas como la de otros notables miembros de mi familia que hicieron con sus vidas cosas buenas.

—¿Sigue ahí, señora Shultz?

—Sigo.

—¿No tiene una opinión? ¿No dice nada?

—Estoy consternada.

—Ya me lo imagino... Medite en lo que le he dicho. Por desgracia hay ciertos perfiles de gente que, es decir, hay gente que al parecer no tiene conciencia del mal, pero yo no soy quién para dictaminarlo, busque ayuda.

—¿Sugiere un demonólogo? ¿Un exorcista?

—¿Se burla de mí? ¡Ayuda psicológica, señora Shultz! ¡Soy miembro de la Iglesia, sí! ¡Pero de este siglo! ¡No del medievo, por Jesucristo!

—No intenté burlarme, lo siento... ¿Usted puede hablar con los Ordóñez? ¿Decirles que arreglemos esto por las buenas?

—Lo intentaré, pero no le prometo nada.

—Se lo agradezco, madre, gracias y feliz Navidad.

—¿Cómo dice?

—Nada, madre, hasta luego.

Fui a retocarme el maquillaje frente al espejo. Descubrí un puntito de sangre en mi mejilla. La sangre de Andrés Farfán. Humedecí la yema de uno de mis dedos meñiques e hice desaparecer el punto.

Estaba perfecta.

En el camino me detuve en una tienda de la calle Humboldt. Ahí mismo había comprado la botella de Vega Sicilia. Andrés y yo la habíamos visto en el escaparate. Él me entrelazó una mano con la suya y dijo: «¿Si dentro de un año vuelvo a estar aquí contigo y la pasamos tan bien como hoy, compraré esa botella y la beberemos en mi terraza. ¿Qué te parece, Karina?»

Vanidoso y encantador.

Pero no creí que eso sucediera. Y sucedió. Un año completo. Todos los días esperando recibir la llamada que me dijera «despáchalo, se le acabó el tiempo». Tuve que hacer malabares los tres últimos meses. No podía dejar a Carlos. Tampoco a Farfán. A éste por profesionalismo y al primero por amor del bueno.

Algunas consideraciones sobre el amor: amor del bueno, cuando al mal sexo lo compensa la ternura. Amor del malo, cuando al buen sexo le falta ternura y una termina diciendo: ¿y quién diablos necesita la ternura?

Compré un potecito de mermelada de naranja amarga para la ternera que haría mamá Chayo.

—Señora Shultz —me reconoció el tendero, un italiano canoso—. ¿Sabe de qué me estaba acordando? Del Vega Sicilia que compró el año pasado...

—¿No me diga? Yo también, señor Maransano.

—Supongo que ya quedó vacía esa botella.

—Supone bien...

—Pues cuando quiera otra hágamelo saber, las botellas vacías se van a la basura, y si son de buenos vinos, al mar con un mensaje... Si no sabía eso ahora lo sabe. Traiga esa botella y le ponemos el mensaje. Luego habría que pensar dónde queda el mar más cercano...

Meneé la cabeza, como diciendo «ay, señor Maransano». No podía evitar ser un conquistador. ¿Qué italiano puede?

Al regresar a casa de mamá Chayo encontré a Carlos acorralado por la mirada fija de Brenda. Sobre la mesa había una copita de licor de chabacano. Yo sabía que Carlos hubiera preferido tequila, pero que debió aceptar el licor a mi madre porque él siempre era muy condescendiente, y mamá Chayo pensaba que no había mejor bebida en el mundo que ese licor.

Aparecí justo cuando ella le decía que intentáramos vivir juntos antes de casarnos. Se interrumpió al verme y, lanzando una mirada pícara, cambió de tema:

—Tu novio es muy simpático...

Carlos no era un ajo, pero no creo que la simpatía fuera lo suyo.

—¿Ya te contó alguno de sus chistes? —Lo metí en aprietos.

—¿Qué chistes? —se defendió él sinceramente—. No me sé ninguno.

—El del semáforo por ejemplo...

Enrojeció. Ése no era un chiste, era que una vez no

pudo aguantar las ganas de orinar y tuvo que hacerlo en un árbol de la calle, y una viejita le llamó la atención.

—Soy toda oídos —dijo mi madre.

—No la crea, señora. Basta verme la poca pinta de comediante que tengo.

—Los buenos comediantes tienen pinta de palo como usted.

—Tómala —apostillé.

—¿De verdad le parezco tan serio, señora Shultz?

—Y muy educado también. No entiendo cómo puede ser policía.

—Cero y van dos —dije.

—Bueno, como se dice por ahí, alguien tiene que hacer el trabajo sucio...

—Además —agregué—, Carlos es policía de escritorio...

—Que no te oigan mis compañeros o se burlarían de mí.

—Lo que quise decir es que tú das las órdenes, amor. Eres el jefe.

—¡Uaf! —Mi madre hizo una mueca repulsiva—. ¡Eso se oye aún más feo! Alto o bajo rango, ¿qué de bueno tiene ser policía? ¿Le has contado lo que le pasó a mi padre, hija?

Hice un gesto de «no, por Dios, otra vez esa anécdota».

—Me gustaría oírla —dijo Carlos.

—Entonces que te la cuente ella —dije.

Mamá Chayo soltó la lengua:

—Mi padre era ganadero, en Michoacán, casi no venía a México, no le gustaba la ciudad, de hecho ninguna ciudad, decía que olían a meados y a gentuza. Un día vio en París a un hombre cagando en pleno invierno y en plena calle. Desde entonces, cada vez que contaba eso cambiaba el nombre de la ciudad, pero no al hombre, así que para él en todas las ciudades del mundo hay un hombre que caga en las calles, y...

—No hace falta entrar en detalles —interrumpí.

—Cierto, no hace falta. Un día papá vino a hacer unos trámites al Distrito Federal, pobrecito, cada viaje era un vía crucis, no entendía este ritmo de vida, y eso que estamos hablando de hace tiempo, pero ya sabe, Carlos, todos los trámites importantes se hacen aquí por el absurdo centralismo, no entiendo por qué no hay un presidente que cambie eso, por eso no voto por nadie y...

—Mamá, otra vez te estás desviando del tema.

—Voy al grano entonces: dos policías detuvieron a mi padre, lo metieron preso a Lecumberri. ¿Qué le parece, Carlos?

—Triste.

—No diga eso, no estamos hablando de poesía, sino de injusticia. Lo acusaron de fraude, ¡hágame el favor! Directo a Lecumberri por una confusión de nombres: papi tuvo la desgracia de que existiera otro Rómulo Buadilla. Cuando se aclaró el malentendido le dijeron «usted disculpe, Rómulo», pero él no pudo oírlos bien, pues lo dejaron medio sordo a golpes. La Policía Secreta, así se llamaba entonces, lo torturó de mil formas. ¿Puedo describir cómo? Advierto que la anécdota del hombre cagando en la ciudad resultaría una imagen más hermosa.

—No, mamá, no describas nada, sólo di que ése es un ejemplo de por qué desconfías de la policía.

—Ya escuchó a mi hija...

—Bueno, señora —dijo Carlos—, eran otros tiempos, incluso hay una renovación de los cuerpos policíacos. Nos estamos capacitando...

—¡Buf! —Mamá Chayo respiró fatigada—. Me agrada, Carlos, me gusta para mi hija, sólo me preguntaba por qué no resultó gerente de banco o al menos un sencillo vendedor de los que van de puerta en puerta vendiendo aspiradoras, en vez de policía.

—Mamá, esos vendedores ya no existen.

—Como sea —dijo ella—, aunque fuera matón, Carlos, bienvenido a casa. Voy a ver en qué circunstancia dejé la cena...

Nos quedamos solos. Carlos me miraba desconcertado: no sabía si le había caído bien o mal a mi madre. Brenda lo miraba a él con el sadismo absoluto de disfrutar intimidarlo.

—¿Dónde está Sigfri? —le pregunté.

—Jardín —respondió ella sin dejar de ver fijamente a Carlos.

—Conózcanse y quiéranse —dije—, ahora vengo. —Y los dejé solos.

Estaba abusando de él, lo sabía, pero lo mejor en una relación es mostrar las cartas desde un principio. Así después no hay que esforzarse en fingir lo que no somos ni deseamos ser, en mi caso una hipócrita abnegada.

La casa de mi mamá tenía dos mil metros de terreno, un jardín con árboles frutales. Una piscina que gran parte del año estaba cubierta de hojas. Siete recámaras, seis baños, un salón señorial, casita para el servicio al fondo del terreno. Varias décadas atrás esa casa parecía la adecuada para una pareja bien habida de Polanco de la que se espera una familia numerosa. Papá era director general de unos laboratorios farmacéuticos. Ahí se hizo amigo de un joven químico recién llegado de Alemania, Günther

Hagens, que después se convirtió en mi esposo y me dio dos hermosos hijos. El padre de mi madre, Rómulo, era hacendado en Querétaro. Mi abuela murió de una absurda gripe mal curada que se le convirtió en pulmonía. El abuelo Rómulo envió a mamá Chayo a Viena, donde fue educada en una academia de Corte y Confección, estudios que, desde luego, sólo le sirvieron para viajar por Europa y saber hacer una tarta de chocolate como Dios —y todo repostero de alta estirpe— manda.

El hecho es que mantener esa casa para que no terminara pareciendo mansión de locos costaba varios miles de pesos al año. Cada tres meses se hacía necesario contratar un equipo de gente que la hermoseara. No había jardinero ni personal regular. Sólo don Fito, un viejo sordo que hacía de todo un poco y que por temporadas vivía en la casita del fondo y luego se iba por meses a Veracruz, donde vivían sus hijos y sus mujeres. Don Fito tenía muy mal humor. Yo no me explicaba por qué mi madre no lo ponía de una patada en el culo en la calle. Siempre que ella le pedía algo, el viejo respondía con gruñidos y luego hacía todo al revés. Su aspecto me repugnaba. Sin que nadie se lo exigiera, vestía un overol que alguna vez fue azul y terminó por tener un tono morado pálido. En el bolsillo se había mandado zurcir las palabras «Ingeniero Fito Reyes». Estoy segura que de ingeniero tenía lo que yo de médica cardióloga, pero lo que sí tenía era ingenio, sabía componer cualquier cosa que cayera en sus manos, desde aparatos electrónicos hasta sistemas hidráulicos. Lo malo es que no le ilusionaba hacer bien las cosas. Sólo si se le agarraba de vena hacía todo bien y dejaba a la gente con el ojo cuadrado. Si alguna vez mi madre le llamaba la atención, la respuesta de don Fito era la misma: un día de estos me iré a trabajar con los judíos. Como todo el mundo sabe, en Polanco viven muchos judíos. Don Fito decía eso porque creía que mi familia era fascista. Y porque intentaba decirnos que comparados con los judíos nosotros éramos unos pobretones. Otra cosa que me repugnaba de él era el paliacate rojo que sobresalía de uno de sus bolsillos. Era frecuente que lo usara para sonarse los mocos y devolverlo a su sitio hecho una bola. Mamá decía que don Fito era lo último que le quedaba de esos años en que esa casa estaba llena de alegría. No me puedo imaginar cómo debió de ser ese hombre años atrás. Por ahí había una foto suya en la sala: el pelo negro, mirada vivaz. Pulcro y de no mal aspecto. ¿Qué sucedió con él? Sabrá Dios. La alegría en casa no tenía que ver con una familia numerosa; a fin de cuentas nunca lo fuimos porque la gente de mamá vivía en Querétaro y la de papá en Alemania. Tal alegría era de muchos amigos, mamá y papá eran de esa gente que se vuelve centro de la sociedad.

Constantemente yo le insistía a mamá Chayo que vendiera el caserón y comprara un apartamento a su medida, pero invariablemente respondía que ni muerta, que de ahí saldría con los pies por delante, como su Burke. Lo que ella no consideraba es que el dinero para mantener la casa a flote salía de mi bolsa. Me costaba horrores decírselo. Llegué a pensarlo, nunca tuve el valor.

Sigfrido no estaba en el jardín. Tuve un mal presentimiento. Lo busqué por todos los rincones. El único ser vivo al que vi en mi recorrido fue a *Sincera*, la perrita poddle de mamá Chayo, echadita en su canasto a días de parir; me largó una mirada en la que compartimos preocupación materna.

Regresé a la sala.

—¿Tienes idea de dónde puede estar tu hermano? —le pregunté a Brenda.

—Tú ya sabes la respuesta, Karina —respondió.
Salí deprisa.
—¿Adónde vas? —me preguntó Carlos.
Le respondí la de Jesucristo:
—¡No preguntes y sígueme!
Carlos aprovechó para huir a toda prisa de Brenda.

El Mustang de Carlos tenía un golpe en una puerta. Carlos siempre estaba diciendo «hoy me ocupo de eso». No tardé en comprender que nunca lo haría y que entre sus defectos estaba dejar todo para después, en ese sentido yo era diferente, muy responsable, aunque toleraba que él fuera de otro modo mientras no aplicara su forma de ser en mis asuntos.

—¿Crees que debo llevar a Brenda a un psiquiatra? —le pregunté.

Él hizo un gesto muy suyo, movió la mandíbula como si se le zafara, un gesto que según yo denotaba no querer tomar partido.

—No te precipites —dijo.

—La que se precipitó fue ella. Le clavó el lápiz en el ojo a esa muchacha.

—Si quieres la llevamos con Makomsi.

—¿El que diagnostica a los criminales? —interrogué escandalizada.

—Es una autoridad en la materia. En la oficina siempre confiamos en él.

—Mi hija no es una criminal.

—No me malentiendas. Piénsalo de este modo: un médico de la Cruz Roja atiende acuchillados, baleados, así que si llegas con un dolor de vientre serías un caso fácil para él. Lo mismo sucede con Makomsi: ha hecho perfiles de los sujetos más oscuros que te puedas imaginar, tu hija le sería pan comido...

No creí entender su punto.

—Quizá lo que necesita es canalizar su energía. ¿Le gusta el deporte?

—A los trece se entusiasmó con la natación, pero según ella el profesor la traumó por querer obligarla a ser deportista de alto rendimiento.

—Tal vez le vio grandes cualidades.

—Puede ser, pero a ella lo que le gusta es ir al río, cerca de la hacienda de mi abuelo, echarse a nadar, estar todo el día sin hacer nada, comiendo fruta como un mono y matando el tiempo con los adolescentes de por ahí.

—Ya veo. Bueno, siendo así ya veremos...

—¿Ya veremos qué?

—Si necesita un psiquiatra o retomar las clases de natación.

—Mi primo es psiquiatra, no necesito al tuyo. Y de lo otro ya te dije. Sabe nadar. Tiene un río completo. No necesita una piscina.

—Oye, tranquila, tú me pediste mi opinión. No te enojes conmigo.

—Discúlpame, Carlos.

—Disculpada. —Me pasó el brazo por el cuello y me dio unas sacudiditas como si yo fuera su mascota ladradora—. Vamos a tranquilizarnos, ¿okey?

—Sería lo mejor —masculllé.

—¿Crees que le he caído bien a tu madre?

—Le pareciste el hombre ideal.

—Ella es una gran mujer, y salta a la vista que debió ser hermosa. No tanto como tú, pero sí debió tener lo suyo.

—Oye, Carlos, ¿cuándo podrías hablar con ese psiquiatra?

—¿Estás segura?

—¿Cómo que si estoy segura? ¿Tú no lo estás?

—Meto las manos al fuego por Makomsi.

—¿Entonces cuándo hablas con él?

—Pronto.

—¿Cuándo es pronto?

—El jueves.

—Hoy es jueves.

—El jueves entrante.

—¿Por qué no antes? ¿Por qué una semana completa?

—Porque los jueves es cuando lo veo. Y hoy ya lo vi.

—¿No puedes buscarlo antes?

—Está bien, Karina, lo buscaré.

—¿Cuándo?

Carlos me lanzó una mirada de furia reprimida y dijo:

—Hoy le hablo.

—¿Lo prometes?

Alzó la mano:

—Bajo juramento.

—Perdóname que insista, pero mi hija no es tu coche...

—¿Por qué dices eso?

—Tú sabes por qué.

Se quedó hundido en una espiral de silencio. Yo di por terminado el tema. Carlos me gustaba, pero en cuanto a compromiso no servía para maldita la cosa.

—Dijiste que el padre de la chica es amigo del procurador, ¿verdad?

—Eso dijo él.

—¿Crees que es verdad?

—Y si lo fuera, ¿qué?

—Bueno, pues estamos hablando del procurador general de Justicia.

—Lo dices como si con una orden suya se pudiera instaurar el uso del garrote vil.

Carlos puso cara de «algo por el estilo».

—¿Cómo se llama el padre de esa muchacha?

—Honorio Ordóñez. ¿Por qué?

—Curiosidad...

—No querrás intimidarlo o algo así, ¿verdad, Carlos?

—¿Por quién me tomas?

—Por un policía...

—Ahora entiendo a quién realmente no le gustan los policías.

—Ni me gustan ni me molestan —aclaré.

—¿Entonces por qué andas conmigo?

—No tiene que ver tu profesión, te lo aseguro.

—Siempre tiene que ver. Nos atrae la gente por lo que hace.

—¿Ah, sí? Explícate... ¿Qué te atrajo de mí?

—Tus piernas.

—¿Y qué de lo que hago?

—Que vendas antigüedades, objetos decorativos, todo eso...

—Pues casi nunca te paras por La Garbo, y siempre que estás ahí intentas irte cuanto antes, de hecho dudo que te guste el arte...

—Reconozco que soy un idiota para todo eso, pero me gusta que te guste a ti, de hecho me gusta porque te admiro. Ya sabes que yo con cuatro palos monto una casa, pero mi novia no, mi novia es especial. —Otra vez me tocó el cabello de esa forma rústica pero sincera—. No te preocupes, Karina, no haré nada que no quieras que haga...

—¿A qué te refieres?

—Llegamos. Ve bajando mientras busco dónde estacionarme.

Fui a la recepción del hospital y encontré a Honorio Ordóñez gritándole a mi Sigfrido. Lo aparté y levanté la barbilla en plan de ataque.

—No le estaba haciendo nada —dijo el tipo—, no soy como su hija, sólo le estaba pidiendo que se largue, es muy ofensivo que esté aquí.

—Él no le hizo nada a su hija.

—Es hermano de la bestia.

—Cuidado con la forma en que la llama...

—¿O si no qué?

En ese momento apareció Carlos.

—Tranquilito, cabrón. —Le mostró a Ordóñez el interior de su cazadora; una cacha que no era precisamente la empuñadura de una máquina de afeitar.

Honorio Ordóñez se puso del color del esmalte de mis uñas —oficialmente blancas—, pero hizo el esfuerzo de mantener el gesto duro. Carlos lo empujó. Yo se lo permití. No servía para los compromisos, pero había que dejarle servirse con la cuchara grande si la ocasión lo ameritaba. Aquel tipo ya necesitaba un poco de freno. Su hija no era precisamente santa Teresa, recordemos que le había roto el corazón a mi Sigfri.

—¡María, llama a la policía! —ordenó Ordóñez.

Su esposa asomó la cabeza de no sé qué escondite.

—Yo soy la policía —dijo Carlos.

La parejita se quedó en ascuas.

Decidí que era un buen momento para intentar la vía diplomática.

—Vamos a terminar con este pleito. Siento lo de su hija. Mi hija también lo siente. Yo correré con los gastos de la operación.

—¿Con su dinero puede hacer que mi hija no pierda el ojo? —preguntó la madre de Susana.

—Además no somos unos jodidos —dijo el tipo muy arrogante—. Guarde su dinero para el abogado y el juicio. Le hará falta.

Consideré que las negociaciones habían terminado.

—¡El procurador está muy enojado! —cantaleó Ordóñez al vernos ir hacia la puerta.

Carlos regresó dos pasos, el hombre dio uno atrás, pero Carlos sólo le hizo una seña obscena con un dedo.

En la calle la cargué contra Sigfrido por haber ido al hospital. Le dije que esa gente era el enemigo. Sus ojos de Gandhi me desbarataron. Su mirada era capaz de calmar a las bestias, incluyéndome a mí. Carlos le puso una mano en un hombro y le dijo:

—Tu único error es que te gustan las mujeres peligrosas. Ya nos iremos a tomar unas cervezas para que te dé un par de consejitos, muchachote. —Dicho esto me guiñó un ojo.

Por supuesto no le devolví gesto alguno.

Desperté con dolor de mandíbula. Ocho años atrás me comenzó ese problema. Visité toda clase de médicos. Al dentista. Al ortopédico. Al neurólogo. Finalmente me pusieron en una especie de cuarto conectada por cables a una máquina. Dormí toda la noche en ese lugar, monitoreada por los expertos. Al día siguiente me mostraron la cinta. Fue curioso verme dormir. Era como ver a otra persona. Una que me provocaba rechazo. En fin, me demostraron que durante el sueño apretaba las mandíbulas con mucha fuerza. Lo siguiente era mandarme a un psiquiatra y también darme medicinas para el dolor. No fui al psiquiatra. Conocí a Rama Kudri, que me curó por medio del yoga y mentalizaciones en las que soltaba toda mi furia y mis temores. Pero, de vez en cuando, el dolor reaparece y sé que es hora de volver al yoga, cerrar los ojos e imaginarme en el paraíso, con un Dios tal cual yo lo pueda concebir. El mío no es el viejo de barbas. El mío es el anverso de don Fito. Un hombre bueno, pulcro, amable, y que mientras lo imagino me llena de admiración porque pese a verse ordinario es Dios. Y me dice «ven», aprópiate de lo que quieras, mostrando frente a mis ojos un paraíso de belleza indescriptible. Como Beverly Hills, pero sin ricos.

Reconocí la musiquilla de un anuncio publicitario de mayonesa. Fui a la sala y encontré a Sigfrido mirando la televisión. No la miraba en realidad, estaba sentado en el sofá con las piernas cruzadas en postura de flor de loto, vaqueros claros y yérsey blanco, descalzo, guitarra en las manos. Sus largos dedos iban sobre los trastos dibujando acordes, pero no hacía sonar las cuerdas. Luego apuntaba notas en un cuaderno pautado.

La carne que preparó mamá Chayo había estado bien, pero me sentó mal el chardonnay; a mi juicio los vinos espumosos son ofensivos. Y no es que bebiera mucho, sino que no acabé de quitarme de la cabeza la desagradable escena en el hospital, además me pasé la cena de puente comunicativo entre Carlos y Brenda, si es que podemos llamar comunicación al hecho de que en algún momento él le preguntara si le gustaría competir con él en clavados y ella le respondiera: «Ahógate.» También tuve que darle varios cortes a Brenda, que estuvo recibiendo llamadas al celular (las compañeras querían carne fresca en cuanto a la bronca con Susana). En fin, que la cena navideña fue tortuosa.

—¿Vas a ir al concierto? —me preguntó Sigfrido.

El teléfono timbró, era Carlos.

—Enciende la tele, Karina, en las noticias...

La imagen de un periodista en el recuadro inferior derecho de la pantalla daba la noticia, la imagen grande era la de un sitio que yo conocía bien, varios reporteros y unas cuantas patrullas estaban afuera del edificio de Andrés Farfán.

—Dos balazos dicen —se dejó oír la voz de Carlos en el teléfono.

—Qué impresión —balbuceé.

—¿Cuándo lo viste por última vez, Karina?

—Hace poco. ¿Dónde lo están velando? Tengo que ir.

—Tranquilita, no te muevas de tu casa, el cadáver todavía está caliente, de hecho al rato tengo que ir yo mismo, me asignaron las averiguaciones previas...

—¿A ti por qué?

—Para joderme. Quizá se me nota que odio a esos remilgados conductores de televisión. Perdón, sé que era tu amigo, pero ya sabes que no lo soportaba.

—Ahora está muerto.

—Pero su imagen «sigue viva en el corazón de los mexicanos» —ironizó Carlos—, no han parado de sacarla en la tele, la cabeza me revienta de tanto verlo, es vomitivo.

—¿Qué debo hacer? —pregunté.

—Háblale a su familia, dales el pésame, tú sabrás, pero yo en tu sitio me mantendría al margen. Siendo un tipo público habrá esa clase de gente que se dicen periodistas, pero que no son más que buitres, buscando sensacionalismo. Mejor que no te asocien con él o te inventarán cualquier cosa.

—¿Como cuál?

—Nena, no seas ingenua...

—Ya veo...

—Tengo que decirte algo más, Karina. Voy a tener que interrogarte.

—¿Por qué?

—Rutina. Sólo trata de recordar lo más importante, como cuándo fue la última vez que hablaste con el joto y ese tipo de cosas.

—¿Qué joto?

—Farfán.

—Tenía dos hijos, se casó dos veces.

—Lo joto le era tan incontenible como el agua que salta de las cataratas del Niágara. No podía esconderlo, mucho menos en la tele, donde se notan hasta las agruras. Pero no lo juzgo, pudo ser que no naciera así, sino que fuera culpa del maquillaje.

—¿El maquillaje?

—El que les ponen a esa gente para salir en pantalla, tiene sustancias que atacan las hormonas masculinas. Lo leí en una revista...

Contuve la risa. Recuperé el tema:

—Hasta hace poco tenía una novia muy bonita —dije.

—Ese dato es importante, quizás ella lo mató porque lo encontró a cuatro patas mirando el horizonte, ya hablaremos, ahora debo irme. ¿Comemos juntos más tarde? Tengo un hambre de elefante. La muerte siempre me da hambre.

—Me llegó una nueva dependienta a la tienda, necesito capacitarla.

—Si cambias de opinión, llámame, y oye, ¿alguna novedad con Susana?

—Ninguna.

—Yo hace un rato vi a Ramón Cueto.

—¿Quién es Ramón Cueto?

—El secretario particular del procurador. Estuve tentado a preguntarle si su jefe conoce al tal Ordóñez, pero me acordé que Cueto siempre me trata como si me acabara de conocer, así que mejor uno de estos días lo invité a tomar unos tragos a la Polar y ahí le toco el tema...

—¿Por qué los hombres siempre se «tocan el tema» cuando están borrachos?

—¿Qué pasó, Karina? Yo no me maquillo ni salgo por televisión.

—De cualquier forma olvídalo, no quiero arreglar nada fuera de la ley.

Al colgar recordé que Sigfrido me había hecho una pregunta. Se la respondí:

—Sí, Sigfri, iré a tu concierto, y te escucharé tocar como si fueras George Harrison resucitado.

Sonrió dulcemente.

No he mencionado a Fénix. Bueno, es que es la mar de extraño. Esa tarde escogió los velatorios Gayosso para verme.

—¿Ha venido ya el sacerdote? —me preguntó plantándose a un lado del féretro con las manos cruzadas en reposo.

Negué con la cabeza.

Fénix levantó la tapa del ataúd y contempló la cara del muerto; se trataba de un muerto cualquiera. Ni joven ni viejo, ni guapo ni feo.

No faltaron reacciones de incomodidad ante el atrevimiento de Fénix, pero nadie vino a llamarle la atención. En lugares así los verdaderos dolientes suelen estar demasiado metidos en su duelo como para reparar en tonterías; de hecho, se encuentran en un sopor irreflexivo. Los verdaderos dolientes nunca saben si los presentes eran amigos o enemigos del difunto, sólo los amigos del qué dirán están pendientes de los intríngulis que se generan en ese tipo de situaciones.

—¿Concepto?

—Venus en bronce...

—¿Tanto vale ya el bronce?

—Los pezones son de oro, Fénix.

—¿Pues de qué tamaño son?

—Sería de mal gusto que te lo diga en este momento...

—¿Y cómo vas a justificar el pago por una estatua que debe valer la mitad de lo que te daré?

—Digamos que los coleccionistas son excéntricos...

—Tú sabrás tu cuento. Por cierto, Valeria te manda saludos desde París. ¿Quieres tomarte unas vacaciones o participar en lo que viene?

—Ya habrá momento para descansar —dije mirando la cara del muerto.

—Muy bien, Karina, ¿traes lo mío?

Asentí.

Un sacerdote joven hizo su aparición. Fénix besó las puntas de sus dedos y los puso un par de segundos sobre el ataúd, dio la vuelta y se fue a un sitio más discreto, yo hice lo mismo (a excepción de besar el ataúd), me situé junto a Fénix mientras el cura se situaba frente al féretro. Una señora y un chico como de catorce años fueron junto al cura. No me cupo duda que era la familia cercana. Lloraban con sinceridad. Había como treinta personas. Rezamos. Anclados al mundo. Esa cosa inoportuna y de mal gusto llamada muerte sólo le sucede a los otros.

El ataúd era color marrón claro, hermoso. Al alto brillo. Lo imaginé en mi tienda de regalos. Lo visualicé cuajado de geranios como un enorme macetón rectangular.

Saqué discretamente el cuaderno y se lo entregué a

Fénix, él lo vio con el mismo gusto que cuando yo la saqué del mueble, en casa de Farfán. Se lo guardó en el bolsillo de su gabardina negra y se fue. Después lo distinguí entre varios hombres en el pasillo, yendo hacia el elevador. Lo distinguí por su cabeza bien redonda y pulcramente calva.

El día que Anahí Moreno llegó pidiendo trabajo a La Garbo no di gran cosa por ella. Me gustaba su tez morena, su boca gruesa y sus ojos rasgados, pero a Anahí parecían avergonzarle y se mostraba un tanto apocada. Por otra parte sólo había trabajado un par de navidades consecutivas vendiendo perfumes en El Palacio de Hierro. Por increíble que parezca, resultó la más experimentada de las solicitantes que llegaron esa semana. Otras habían sido meseras en restaurantes *fastfood* o nunca habían movido una mano para otra cosa que no fuera rascarse la espalda. Una tal Juana había sido albañil. No tengo nada en contra de eso, pero qué desubicada debe estar una persona para pensar que puede soltar la cuchara con cemento y convertirse en dependienta de una tienda de arte y decoración al día siguiente.

Le advertí a Anahí que estaría a prueba. En cuanto se puso el traje de lino color azul y los zapatos que le proporcioné, se vio hermosa y elegante, lo demás era cosa de irla puliendo como a mi Bella Dama.

Muchos creen que le puse Greta Garbo a mi tienda por la actriz. Pero Garbo era el apellido de mi suegra. Una campesina bávara, risueña y más brusca que un cazador de osos. Que yo sepa la actriz ni siquiera se apellidaba Garbo, sino Lovisa. En lo personal no soy fan de Greta Garbo, pero el glamour de aquellas actrices me fascina. Hubiera dado cuatro litros de mi sangre por vivir en esa época siempre y cuando fuera como ellas, pues en lo general no pienso que todo tiempo pasado fue mejor, al contrario, papá me contaba que en los años cuarentas las calles del centro estaban llenas de escupideras. Y que cuando las quitaron la gente protestó. Para mí que en ese entonces la mayoría de los hombres tenían gonorrea y la mayoría de las mujeres tapaojos como los caballos.

De Greta Garbo me sé una frase que yo misma podría haberla inventado:

«La vida sería maravillosa si sólo supiéramos qué hacer con ella.»

Desayuné crepas en la calle Rousseau y llegué a las doce de la mañana a la tienda. Anahí me recibió dándome las últimas noticias:

—Vino un señor calvo con un abrigo de oso.

—Es el señor Sotelo, nos encargó una Venus, ¿te preguntó por ella?

—No. Dijo que vendría después.

—Bien. ¿Por qué no preparas uno de tus maravillosos tés de poleo menta y lo llevas a mi oficina?

Anahí me trajo el té. Le pedí que despejara el anaquel de saldos, quizá si no estaban escondidos y los ponía cerca de la puerta podrían venderse. Mientras la chica hacía su labor, parándose de puntitas sobre un banco alto, pensé de golpe: «Quiero que mi hijo se la tire.» Quizá lo pensé con demasiada fuerza, pues la chica giró y me vio sorprendida.

Anahí Moreno tenía novio. Un chico mayor que mi Sigfrido por tres años de edad, es decir, dieciocho. Demasiado joven para Anahí, que también tenía dieciocho. Considero que un hombre debe ser mayor que una mujer y no al revés, y no porque una mujer no merezca un joven efebo, sino porque las mujeres pensamos dos veces más rápido que los hombres y sólo si éstos son maduros alcanzan a carburar las ideas. A veces ni siquiera la edad les ayuda, yo lo comprobaba a cada rato con Carlos —cuatro años mayor que yo—; más de una vez descubrí que hacía una pausa entre mis preguntas y sus respuestas, síntoma de lentitud mental, pues Carlos no era de los que se pensaban dos veces las cosas.

En fin, pensé que Anahí, mayor que mi Sigfrido, podría despabilarlo.

—¿Qué hago con esto? —La chica me mostró un Pegaso de porcelana al que le faltaba un ala.

—A la basura —dije.

—¿De verdad?

—Sin dos alas un Pegaso no es un Pegaso.

—Deben de estar por ahí, la puedo pegar.

—¿Pegar a Pegaso? Nunca sería lo mismo, linda.

—¡Qué pena! —Anahí lo miró por todos lados.

—Llévatelo si quieres...

—¿De verdad? ¡Mi mamá se pondrá feliz! ¡Le gustan mucho los adornos!

—Sonó la campanilla, Anahí guardó el Pegaso en lo alto del estante y fue a la puerta.

Yo aproveché para escribir una palabra en el chat: «Fénix.»

No tardé en recibir una pregunta:

«¿Cuántos años tenías en el 68, Karina?»

«Menos dos —respondí—. ¿Y tú?»

«Los suficientes para correr de los soldados en Tlatelolco.»

Fénix raramente decía algo de él. Ese pequeño dato me hizo inventarme su pasado de golpe. Me dieron ganas de hacerle más preguntas, pero me contuve.

Escribió:

«Deberías ir al club Delfos en la colonia Del Valle. Mente sana en cuerpo sano...»

«Seguiré tu consejo. ¿Algo más?»

«Ciao.»

Iba a apagar la computadora cuando me llegó otro mensaje:

«Hallo, wie geht es dir, Karina?»

Era mi primo Blaz, desde Múnich. Le dije que bien, y le conté la última «travesura» de Brenda. Pude imaginar su expresión tranquila mientras me decía que sí, que la llevara al psiquiatra que Carlos me recomendaba, pero que tuviera cuidado de no confundir un problema escolar con algo más grave.

«Sie hat etwas Gefährliches», escribí, refiriéndome a que Brenda había hecho algo peligroso, pero Blaz insistió en que siempre hay una frontera entre el instinto asesino y una reacción humana, por muy extrema que ésta sea.

Le prometí que estaríamos en contacto y me despedí:

«Viele Küsse, Blaz, und küsse deine Kinder und Frau.»

Anahí y yo terminamos por cambiar muchas cosas de sitio. Incluso limpiamos y conectamos una fuente de cuarzos cerca de la entrada. La chica me dijo que, según el Feng Shui, las fuentes traen buena fortuna, sobre todo si el agua hace un sonido cantarín. Me sorprendió que supiera Feng Shui. Era un estuche de monerías. La invité a comer; en ese momento sonó el celular. Era Carlos preguntando si podía pasar a verlo a su oficina. Se oía tenso. Quedamos a las cuatro.

Anahí y yo comimos en un restaurante griego cerca de La Garbo. La chica no tenía roce y sus ojos mostraban asombro desmedido ante los platillos bien presentados que llegaban a nuestra mesa. No se lo tomé a mal. Al contrario, mi deseo de que ella y mi Sigfrido se fueran a la cama se intensificó. Mientras llevaba a mi boca un trocito de queso de cabra, imaginé una escena entre una criada ingenua pero sensual y un estudiante malandro en una buhardilla francesa del París del siglo XIX (aunque, a decir verdad, no sé cuál de los dos resultaría más cándido si Sigfrido y Anahí interpretaran esos papeles).

Pedí dos copas de vino, joven, nada fuerte para no atacar el paladar ignoto de mi compañera. Ella no quería beber otra cosa que no fuera Coca-Cola. Insistí. Le dio un sorbito al vino y enseguida se le puso la cara del color de la piel de una uva.

Comimos baklava, brochetas de cordero al yogur y ensalada mediterránea. Cuando pedí la cuenta Anahí alcanzó a ver la suma. Sus ojos se abrieron un poco más grandes de lo normal. Sus pupilas negras y hermosas me conmovieron. Pagué y salimos a caminar. Le pregunté el nombre de su novio. Era un nombre tan ordinario que enseguida lo olvidé. Si me hubiese dicho que se llamaba tiovivo o pocamonta lo hubiera tomado por cierto.

—Me gustaría ser como usted —dijo—. Es mi inspiración. Ojalá un día yo pueda tener mi propia tienda de arte y ser tan elegante y alegre como usted.

Caramba. Muchas flores para un solo jarrón.

—Gracias, pero debes saber algo, Anahí, nadie llega muy lejos en la vida si no se rodea de la gente adecuada...

—Por eso estoy con usted —dijo audazmente, y sonrió.

—¿Y qué me dices de tu novio?

—Estudia en una universidad privada.

—¿Perdón?

—MBA.

—Ya veo. No te dejes guiar por las apariencias.

—Tiene madera de empresario. Va a llegar muy lejos.

—No me refiero a eso, me refiero a... —Enumeré todo lo que me parecieron cualidades del superhombre, para ver si la hacía dudar de su fulano.

No lo conseguí. Su chico MBA parecía Dios sobre la tierra.

Nos detuvimos en un puesto de flores, le pedí que escogiera algunas y que las llevara a la tienda. No quise intervenir en su elección. Tomé distancia y miré a la chica en medio de las flores, junto a la vendedora, regordeta y silenciosa como una oriental. Anahí parecía una flor más en aquel pequeño espacio. De nuevo pensé en mi Sigfrido. Uno nunca sabe cuál será la primera experiencia sexual de los hijos. Uno quiere que no sean desastrosas como lo son para la mayoría de la gente, sino que, por primera vez, se parezcan a eso que pasa en el cine.

¿Y si le proponía a la chica que se acostara con él? ¿Cómo convencerla? Si le ofrecía dinero, podría ofenderse, si le pedía que lo hiciera gratis, también. Vaya dilema el de una madre que quiere lo mejor para su hijo. Le puedes dar la mejor educación, viajes, entorno, si tienes poder adquisitivo y tres dedos de frente. Pero ¿qué hay con el sexo?

Carlos Villanueva no me dio explicaciones cuando salió a mi encuentro en el largo pasillo de la Policía Judicial. Fuimos a su oficina y antes de entrar, dijo en el apuro:

—No te preocupes, Karina, esto es puro trámite...

Dos hombres me recibieron medio levantándose de sus asientos. Uno muy moreno, guapo de cara pero un poco cacarizo. El otro de nudillos impresionantes y cascados. Flaco y con ojos de cuervo. De tan respetuosos que se mostraron resultaron torpes. Ambos cogieron la misma silla para ofrecerme asiento y casi chocan cabezas como dos mohicanos; supuse que Carlos los había prevenido de que yo era de «su pertenencia.»

—Lauro Zavala y Tito Jiménez —los presentó Carlos; el cacarizo era Lauro, el cuervo Tito—. Te van a hacer unas preguntas sobre Andrés Farfán.

—Señora —comenzó el tal Lauro—, ¿cuántas veces vio a Farfán?

—¿En la tele o en la vida real? —pregunté. Sonrieron tibiamente—. Perdón —dije—, los veo tan serios que quise aligerar esto. Éramos amigos, lo vi varias veces.

—¿Hasta dónde llegaba esa amistad?

Carlos fulminó a Lauro con los ojos y éste repuso:

—¿Sabe si tenía enemigos, deudas, problemas?

—No que yo sepa.

—¿De qué hablaba con él?

—Yo no abría mucho la boca. Él tomaba el micrófono todo el tiempo. Hablaba de ropa, de cosas que se compraba en las tiendas. De su gusto por ir a Estados Unidos. Perdonen si no los estoy ayudando, lo más íntimo que Andrés me llegó a contar fue de sus dos matrimonios fallidos, tenía la idea de que sus esposas habían sido frívolas e interesadas; hasta cierto punto tenía razón, pero no del todo, pues él también era frívolo, y al menos a una de ellas la llegué a ver con un niño en brazos; me pareció buena mamá...

—¿Le conoció alguna novia?

—Las cambiaba como a los coches. Uno cada año. Pero la última que yo le vi se llamaba Valéry.

—Háblenos de ella —dijo Tito el cuervo, que hasta ese momento había estado callado.

—Hablaba con acento francés, así que supongo que era francesa, pero no puedo asegurarlo, pues nunca vi su acta de nacimiento.

Mi comentario los hizo sonreír, supongo que les parecí ocurrente o tiernamente idiota a esos representantes del reino de la virilidad policial.

—¿Cuántas veces la vio?

—No puedo precisarlo...

—¿Cómo se llevaban ellos?

—Besos, arrumacos, miel sobre hojuelas, ese tipo de cosas.

—¿Sabe dónde podemos encontrarla?

—Supongo que en Francia, un día se fue, él estuvo triste por unos días, luego volvió a ser el mismo de siempre, entusiasta, seguro de sí mismo. Tenía muchos planes para el futuro. Quería cancelar su programa de televisión, decía que la televisora había abaratado su imagen con los programas de concursos, me dijo que él empezó muy bien en la televisión educativa...

—Con «Nociones y Emociones» —apuntó Lauro y, con cierta nostalgia, imitó la voz de Andrés cuando de joven decía—: «¡Y ahora, amigo del conocimiento, díganos a quién pertenece la genial obra antropológica *Los argonautas del Pacífico occidental*!»

—¿A quién? —preguntó Carlos con fascinación de niño.

—¿Y yo qué sé? —respondió Lauro.

—¿Crees que Valéry pudo matarlo? —me preguntó Carlos a bocajarro.

Sus compañeros le miraron con cierto asombro, supongo que la pregunta era poco ortodoxa o fuera de manual. O que no debía hacérmela a mí.

—¿Cómo saberlo? —dije—. Uno puede estar mirando a una persona que le parece un alma de Dios y ser una asesina.

—¿Alguna vez Valéry se quejó de Andrés con usted? —Tito el cuervo volvió al asunto de la novia.

—Sí, una.

—¿De qué se quejó?

—Del excusado.

Los tres hombres se miraron entre sí.

—El excusado en el apartamento de Andrés es *colog* negro. —Imité a Valéry—: ¿A quién se le *ocuge teneg* excusado de ese *colog*? Eso me dijo. Nos reímos bastante.

También los hombres estaban riendo a esas alturas.

—¿Más preguntas? —Carlos interrogó a sus compañeros.

Ninguno las tuvo. Me pareció que les gustó mi cuento del excusado y también mis piernas. Cuando salieron de la oficina, le dije a Carlos:

—¿Lo hice bien?

—Absolutamente, ya ves, se fueron fascinados contigo.

—Si eso te viene bien a ti, también a mí.

—Así es. Y tranquila, a éstos dos les confío hasta mi vida.

—¿No es confiarles demasiado?

—En este terreno uno tiene que confiar en su gente.

—¿Soy sospechosa de algo?

—Qué simpática, claro que no, tontina... Pero un detalle, lo de la nostalgia por Farfán cuando dijiste que era un buen conductor del programa educativo, no hace falta que lo repitas por ahí, ¿okey?

—¿A qué te refieres?

—Tú sabes a qué...

—No, no lo sé.

—Sí, sí lo sabes —sonrió con sus dientes hermosos y brutales.

—No.

—¡El tipo era una mierda! —espetó Carlos, y señaló el vacío como si ahí estuviera el fantasma de Farfán—. ¡A ese idiota no le importaba si alguna vez tuvo talento! ¡Le embarraban millones de pesos, droga, mujeres! ¡Qué carajos le importaba si para eso salía en la tele diciendo chistes y moviendo los brazos como un pendejo! —Imitó el ridículo movimiento con los brazos y las piernas que hacía Andrés en la última triste etapa de su vida televisiva—. ¡Soy el cangurito volador! ¡El cangurito volador! —comenzó a cantar la cancioncita idiota—. ¡El cangurito volador, el cangurito volador!

Le pedí, por piedad, y controlando la risa, que dejara de imitarlo.

Dio un manotazo en el escritorio y dijo con furia:

—¿A quién pertenece la genial obra antropológica *Los argonautas del Pacífico occidental*?

Parpadeé asustada.

—Yo sé la respuesta, Karina.

Me sorprendió que él, con su carrera trunca en abogado, pudiera saberla. Pero me sorprendió aún más su cara enrojecida.

—¡Andrés Farfán no sabía la respuesta! ¡Ésa es la respuesta correcta! ¿Me entiendes, Karina?

Moví la cabeza negativamente.

—Lo que trato de decirte es que ese tipo, el que empezó en un programa educativo, ya era el mismo superficial y pervertido que compraron sus últimos patrones. ¿Y sabes por qué? Por el guion.

—¿Qué guion?

—Hay un guion. ¿No lo sabías?

Estaba tan exaltado que temí preguntarle de qué guion me hablaba.

—¡Un guion que escriben los guionistas y que gente como Farfán repite como un maldito perico! «Y ahora, amigo del conocimiento, díganos a quién pertenece la genial obra antropológica *Los argonautas del Pacífico occidental...*» Guion, Karina Shultz. ¡Papel! ¡Líneas que tal vez ni el guionista al que se le ocurrió la pregunta supiera la respuesta, porque la buscó en Internet!

Estuve a punto de decirle que cuando Andrés hacía ese programa no existía el Internet, pero temí que me golpeara.

—No lo hagas, Karina —dijo con cierto dolor irremediable—, no digas cosas que él no fue, pero que tal vez te hubieran gustado...

—¿Estás celoso?

Se encogió de hombros y dijo:

—Indignado. Y otra cosa. Tengo un problema con la cena de Nochebuena.

Su mandíbula comenzó a bailar de un lado al contarme que pasaría la Nochebuena con su ex mujer y su hija.

Le dije que conmigo no había regaños ni estupideces. Bastante problema tenía él con su relación enfermiza como para sumarme a su carga.

La tranquilidad volvió a su semblante. Me dio un beso largo —que yo hice más corto—: aún me sentía incómoda por su estallido de rabia. Me acompañó al ascensor, pasó su mano detrás de mi nuca y dijo que nunca había conocido a una mujer tan inteligente, encantadora, hermosa y bla, bla, bla, como yo.

—Antes que lo olvide, creo que el papá de Susana te engañó. No conoce al procurador Bustillos.

—¿Sigues con eso?

—Si fuera cierto tu hija ya estaría en la cárcel. Por otro lado, estoy tratando de que la denuncia se traspapele. Averigüé dónde la presentaron; en la quinta delegación, tengo amigos ahí...

—No sé quién me sorprende más, si el papá de Susana o tú.

—Más vale no arriesgarnos, Karina. Sé cómo se mueven este tipo de cosas. Las cárceles tienen una sobrepoblación del 70 por ciento, en cuanto alguien como tu hija llega a un lugar así, lo primero que le hacen...

Le pedí que se callara.

Fuimos al estacionamiento. Dijo que mi pelo lucía espléndido cuando le daba la luz del sol o algo por el estilo. Eso me recordó que debía comprarme el tinte para seguir siendo rubia.

No hay problema más grande para una falsa rubia que encontrar un tinte de pelo para seguir siendo una falsa rubia. Con esto quiero decir dos cosas, la primera es que hasta este momento de mi existencia no he conocido a una auténtica rubia platinada y la segunda que ninguna mujer debe confiar en los almacenes donde venden lo mismo tintes que pescado o zapatos.

La realidad es que el 99 por ciento de los tintes con la foto de una mujer estilo Marilyn Monroe convierten el cabello en un estropajo color naranja, en especial cuando el grupo racial tiende al rojizo, como es mi caso. En consecuencia suelo comprar mi tinte en una tienda especial, desde luego esto sucede cuando no tengo tiempo de ver a mi estilista, Andrei, que ya sabe mis necesidades.

Puerca vida, la tienda de tintes estaba cerrada.

Volví a La Garbo. Le regalé unos aretes a Anahí y le deseé feliz Navidad. Ella también me dio un regalo. Unos pañuelos con mis iniciales bordadas por su santa madre.

Cerramos la tienda temprano, la llevé en coche hasta el metro Polanco y me fui a casa. Al llegar encontré a Sigfrido y a Brenda discutiendo. Es decir, Brenda gritaba y Sigfri se hacía tortuga en una esquina del sillón.

—¿Qué pasa aquí?

—Susana Ordóñez ya es oficialmente tuerta —espetó Brenda.

Di un paso atrás y casi tiro un jarrón que no era de la dinastía Ming, pero que apreciaba como si lo fuera porque perteneció a los Shultz del siglo XIX.

Al ver a mi hija tan indiferente le pregunté:

—¿Qué vas a hacer si viene la policía a buscarte?

—Hacerme «ojo de hormiga».

—Guárdate tus bromas para cuando estés presa —le respondí.

Cogí el teléfono y le hablé a Salmerón. Por fin lo encontré. Me dio demasiados detalles técnicos sobre lo que podía pasar con Brenda. Pero también dijo que se ocuparía de todo, igual que cuando vas al médico y no entiendes los pormenores de la enfermedad, pero confías en el experto.

—Hoy es Nochebuena —dijo Brenda—, no vamos a dejar que esto la eche a perder, ¿o sí? ¡Ánimo! —Y cantó—: *Jingle bells, jingle bells!*

Al darse contra el muro de nuestro silencio, estalló:

—¡A la mierda todo! —Subió la escalera dando pisotones, se detuvo en un descanso y dijo—: ¡Y tú, Karina! ¡Sólo hice el trabajo que tú debías hacer!

Aquellas palabras me helaron la sangre. Por un segundo pensé que mi hija sabía algo de mis asuntos íntimos y personales, tal vez no de forma consciente, pero sí intuitiva.

Sigfrido y yo la escuchamos dar de porrazos en su habitación.

—¿Cómo viviremos con esto? —preguntó mi hijo.

Mi Sigfri y sus preocupaciones ontológicas, le besé la frente y dije mi estúpida frase de cajón: que todo estaría bien.

Fui a la cocina a pedirle a Areli que preparara mole, arroz y el postre que se le ocurriera. Me preguntó si ésa sería la cena de Nochebuena. Areli era una buena muchacha de pueblo, tenía un olor como a pápalo quelite y canela.

—No, Areli —le dije—, la cena la vendrá a preparar el chef Basurto, tú encárgate de la comida.

Y eso hizo, encargarse de preparar todo como le había enseñado, el postre de su elección fue sencillo, plátanos con crema. A fin de cuentas ni los chicos ni yo comimos nada, estábamos tensos por el asunto de Susana Ordóñez.

Por la noche tocaron la puerta, miré por el rabillo de la cortina. Eran mis amigas, Manoli Valdepeña, Carlita Gómez Pinzón y Geraldine Alpuche cargadas de regalos. Uno muy difícil de esconder. Tremendo oso de felpa color melaza; precioso el animal.

—*Happy Christmas!* —chiloteó Manoli balanceando el oso por delante.

Areli sirvió licores, café y dulces confitados. Las chicas hablaron de todo y de nada. Carlita de su nuevo novio, un holandés llamado Comelius que se la quería llevar a vivir a un barco que por el momento estaba anclado en el puerto de Veracruz.

Manoli le arrebató la palabra, dio los detalles como si

los estuviera viviendo en carne propia. Comelius vivía conectado a un barril de cerveza y olía a salmón todo el tiempo. Pero tenía más dinero que pelos un gato. Se ponía loco si pasaba más de un mes en tierra firme. Su barco se llamaba *Het mat hart*, que en español significa «corazón de tapete» o algo por el estilo. ¿O no es verdad?, le preguntaba a Carlita. Y Carlita asentía ruborizada y feliz.

Geraldine no dio su opinión, solía hablar poco, como si más bien fuera una testigo de la amistad de todas nosotras, era una mujer de ojos siempre tristes, y tenía razón para ello, su esposo llevaba muchos años postrado en cama.

Mis hijos vinieron a saludar, las chicas les dieron sus regalos, a Brenda el oso, a Sigfrido una billetera Gucci y a mí un libro de recetas de cocina escrito por geishas (no sé qué me habrán querido insinuar con eso).

—Ponle un nombre al oso —le sugirió Manoli a Brenda.

—Es osa —respondió Brenda—. Y se llamará la tuerta muerta —añadió.

Las chicas dijeron que se tenían que ir a comenzar los preparativos de sus respectivas cenas de Nochebuena. Las acompañé a la puerta, Manoli se adelantó al coche, parloteando algo sobre Comelius, Carlita me dio un abrazo fuerte y me susurró al oído:

—Tengo un tumorcillo...

Sus ojos, más aguados que dos aceitunas en salmuera, me vieron con una mezcla de amor y miedo. No supe qué decirle, de hecho no creí que ella quisiera oír nada. Le apreté la mano y eso fue todo. Las vi partir y regresé a casa sintiéndome desconcertada. Hace unos minutos Carlita parecía feliz por su novio holandés, y de pronto me espetaba lo del tumor.

Quise marcarles a Geraldine o a Manoli para preguntarles si sabían algo, pero decidí que no era buen momento.

Media hora más tarde, llegó el chef Basurto y preparó pichones en vino tinto. Mientras él y Areli cocinaban atendí al teléfono. Carlos me dijo que me echaba de menos y que estaba enamorado de mí como un adolescente, lo noté borracho y por la forma quedita en que hablaba supuse que ya estaba en casa de su ex. Cuando un hombre exagera su fragilidad suele provocar dos cosas en una mujer, ternura o desprecio, según el tiempo que lleve la relación; supongo que la nuestra todavía tenía futuro, porque le dije que se lo tomara con calma y que yo también lo echaba de menos.

Recibí otra llamada y escuché a Sinatra cantar *Strangers in the Night*. Cada Navidad Fénix me hacía ese regalo. Tenía sentido. Una tarde de lluvia, cuando me eché a llorar porque no podía con mis primeros «objetivos», Fénix me dijo: «Es bueno llorar por quien se mata, significa que todavía tienes algo por dentro», y en la radio de su coche comenzó a escucharse esa canción. No sé la razón, pero las personas tenemos la capacidad de sentir nostalgia hasta por los momentos difíciles cuando se vuelven parte del pasado, como si la atmósfera que los envolvieron nos conmoviera.

—¿No vas a ayudarnos, Karina? —dijo el chef Basurto desde la cocina.

Jonás Basurto era un tipo muy atractivo de uno noventa de estatura, masculino como pocos y gay como muchos. Mi marido y yo lo conocimos en una fiesta, en Cocoyoc. Era el chef particular de un político que no sólo le pagaba un jugoso sueldo, sino que lo tenía viviendo a cuerpo de rey en su residencia. ¿La vida perfecta?

No para Jonás, era más desdichado que un perro sin dueño. Lo suyo, nos dijo a Günther y a mí aquel día espléndido en Cocoyoc, donde Jonás hizo paella para ciento cincuenta invitados, no era cocinar a granel; decía que aun teniendo los ingredientes adecuados y el tiempo de preparación escrupulosamente medido, la cantidad siempre afecta la calidad. Günther respaldó su hipótesis, citó varios inventos en los que el hombre ha tratado de replicar lo pequeño en lo grande y cómo esto ha sido prácticamente imposible. Incluso, dijo, la fabricación en serie de automóviles si bien logra su propósito de uniformidad termina por traer consigo la insatisfacción y el vacío emocional de las masas. Es por ello que en el siglo XX nace el gran vacío existencial. Günther era de esa clase de personas que nunca escatimaban en dar reconocimiento a los demás, y para ello se valía de recursos filosóficos, algo muy alemán, supongo.

Jonás quedó prendado de él y nos ofreció ser nuestro chef de por vida. Si tienen un evento, una cena especial, cualquier cosa que celebrar, no duden en llamarme. Dos años después la vida daría vuelcos. Günther moriría cazando jabalíes en España, Jonás me abrazaría familiarmente en el sepelio y yo sería la madrina de su propio restaurante de comida francesa, en Polanco.

—Vienes ya o resucito a los pichones, Karina.

Ver a Jonás era un espectáculo no sólo por su guapura, sino por la forma en que preparaba los platillos, desde sofreír hasta batir o poner agua a calentar y arrojar encima de la carne un puñado de sal gorda, además de que todo lo hacía entre bromas y actitudes histriónicas. Particularmente esa Navidad estaba desatado (¿quizás un nuevo amor?). Al cabo de un rato ya había bebido —y hecho beber a mi asistenta— varias copas de Oporto. No sé si lo imaginé, pero me pareció que la estaba seduciendo, lo cual no sería extraño, desde luego no para llevarse a Areli a la cama, sino para darse a sí mismo palmaditas narcisistas.

Aquel tipo chaparrito caminaba delante de mí mostrándome las instalaciones del club deportivo. Y yo, entretenida, le miraba las nalgas. Tenía dos bonitos balones de fútbol americano. Era bajito de estatura y, aunque eso le restaba masculinidad, no dejaba de ser atractivo.

—Esa piscina es olímpica —señaló—, la del fondo para niños. Del otro lado tenemos el gimnasio, ahora mismo se lo muestro, señora Shultz.

—No se preocupe, puedo seguir sola el recorrido.

—No hay problema, la acompaño...

—Si no le importa, me gustaría darme mi tiempo...

El hombrecillo me guiñó un ojo y se fue.

Dije la verdad, me tomé mi tiempo. Estudié cada salida, cada punto de fuga y cada recoveco del club. El sitio era demasiado abierto. Sólo las duchas estaban aisladas por un par de pasillos laberínticos. Al final del recorrido llegué a un balcón desde donde vi de nuevo las piscinas. Abajo aparecieron tres tipos corpulentos de traje, corbata y gestos insolentes, escoltas de político, ¿qué más?

Me vieron, les saludé moviendo la mano. No repararon en mí. Yo traía una pañoleta en la cabeza. Justificable, pues hacía bastante viento. Y gafas oscuras, también justificable para un día de sol. Aunque el sol era tibiamente invernal.

Algunos fulanos descansaban junto a la piscina. Ninguno parecía deseoso de darse un chapuzón. A juzgar por sus cuerpos flácidos, panzones y pálidos, me parecieron jubilados y aburridos. Al cabo de un rato llegó un hombre al que conocía por los noticieros, era el candidato a jefe de gobierno. Usaba bañador. No estaba mal el sujeto; moreno como el tronco de un árbol, feo pero sin llegar a lo muy feo, es decir, deteniéndose en lo interesante. Su nariz parecía la de un indígena de la casta divina. El hombre subió al trampolín y cayó al agua como un clavo hundido por el golpe certero de un romano contra los pies de Cristo.

Oí la noticia en la radio del coche. Cuatro hombres, un juez y tres políticos, habían sido baleados en un restaurante de la colonia Juárez. Uno de ellos estaba grave, en un hospital al sur de la ciudad, los otros camino a la funeraria. Recordé haber leído el nombre del juez, en el cuaderno en casa de Andrés Farfán.

Me detuve en la rampa del estacionamiento, cogí el boleto de la máquina, la pluma se levantó automáticamente, aparqué el coche y fui hacia uno de los edificios donde seguí las señales hasta dar con la sección de maternidad.

Nunca vi tantos cuneros y bebés juntos. Fénix los miraba a través de la ventana. De nuevo un excéntrico lugar para hablar conmigo.

—Yo pesé tres kilos novecientos cincuenta gramos al nacer —dijo.

—En cambio yo era una plumita.

—Por eso es bueno el ejercicio, ¿qué tal el club?

—No tiene privacidad. ¿Tiene que ser ahí?

—No nos adelantemos, por ahora el cliente sólo necesita información.

—¿Qué clase de información?

—Lo habitual en esos casos. —Fénix tocó la ventana

tratando de llamar la atención de uno de los bebés—, pecados, vicios, secretos...

Una enfermera con caderas de perdición entró al cunero y revisó a los bebés. Cogió a uno en brazos y lo acercó a la ventana.

—Es todo un vikingo —opinó Fénix.

—Sí —dije—, todo un vikingo. Debió hacerle un boquete a mamá cuando nació.

—Ven, vamos a brindar por Erik *el Rojo* con café de hospital.

Subimos a la planta alta. Ahí estaba la cafetería. La enfermera voluptuosa llegó poco después. Fénix hizo las presentaciones:

—Karina, Aleja; Aleja, Karina.

De mujer a mujer, nos revisamos ropa y maquillaje a discreción.

—¿Te gustan los bebés? —me preguntó Aleja con acento cubano.

Comprendí de dónde venían esas caderas.

—Conózcanse —dijo Fénix; se puso de pie y se largó.

—Bueno, chica, lo primero es concluir lo pendiente. Yo voy a planear lo del hospital. Mientras tanto no tengo mucho que decirte. Apunta mi teléfono, y llámame para guardar el tuyo, ¿okey?

Así lo hice.

—En casa tengo ron —dijo—. Si vienes por la noche nos podemos conocer un poco mejor —añadió, y se tocó los dientes con la punta de la lengua de forma voluptuosa, pero natural.

—Por lo pronto quisiera concentrarme en el trabajo —respondí.

—Hasta luego entonces —dijo la cubana. Se puso de pie y se fue.

Mientras se alejaba mi teléfono timbró. El mensaje decía:

«Ron cubano, por supuesto...»

Alcé los ojos y la vi contonearse rumbo a los pasillos, los médicos que estaban por ahí volteaban a verla. No me considero una mujer envidiosa, pero pensé: «púdrete, chica».

Sigfrido miraba la tele como de costumbre, usándola de compañía para practicar la guitarra. Le pregunté si estaba nervioso porque se acercaba la fecha de su concierto. Dijo, acremente, que su única preocupación era Susana Ordóñez.

—Y todo por la cabrona de mi hermana —remató.

Le quité la guitarra de las manos y la estrellé contra el brazo del sillón. Sacó un sonido feroz y quedó partida en dos partes unidas ridículamente por dos cuerdas.

A Sigfrido se le paralizó el corazón unos segundos.

—Puedes llamarla como te dé la gana —le dije—, pero no quiero oír que vuelvas a decirlo con odio, ¿entendiste, Sigfrido?

Sigfrido me lanzó una mirada mezcla de indignación, sorpresa y temor.

Fui a prepararme un gimlet y cuando giré él ya se había marchado. Me senté a ver la tele. Me saqué los zapatos y maldije que fueran bonitos, pero inútiles. Si alguien pudiera combinar un par de zapatos finos y la comodidad de las chanclas de estar en casa se haría millonario. Pobres de mis pies; me dieron unas incontenibles ganas de llorar por ellos, estaban destrozados. Y también me dieron ganas de llorar por mis uñas y por mis hijos. A mis uñas les hacía falta pedicura, a mis hijos un padre. Günther les hacía falta.

La última vez que me salí de mis casillas fue cuando se fugaron de la primaria y los encontré atravesando la avenida Insurgentes. Los subí al coche, les describí con todo lujo de detalles cómo lucía un cadáver atropellado. Me detuve en un tanatorio donde trabajaba mi amigo Jorge Gaytán, y les dije que entraríamos a ver cadáveres para que supieran que no les mentía. Sigfrido me suplicó piedad. Brenda parecía emocionada. Nada me detuvo. Sigfrido miró el cadáver de un vagabundo, entre la pena y el asco, y salió corriendo. Brenda me preguntó con su vocecita de niña: «Karina, ¿los muertos siempre son azules o los pintan así para engañar a los gusanos?»

En la tele daban las noticias. El procurador, Bustillos, declaraba que el atentado en el que perecieron los políticos y el juez quedó gravemente herido, no quedaría impune. Me pregunté si Bustillos tendría tiempo también de ocuparse de mi hija Brenda. No me lo pareció.

Cambié al canal de la televisora donde trabajó Farfán. Daban un resumen lacrimógeno de su vida; le llamaban mártir, ejemplo de las generaciones venideras, y acusaron al gobierno de no estar haciendo nada por encontrar al culpable y, en cambio, de permitir que sus detractores lo difamaran; ya se especulaba que Farfán estaba metido en asunto de drogas, pero ellos lo llamaban un adalid de la comunicación.

Zapping.

El candidato que vi en el club deportivo en debate con su contrincante.

Zapping.

Hombre comido por un lagarto cuando al estúpido se le ocurrió meterle la cabeza entre los dientes.

Zapping.

Los idiotas de Big Brother discutiendo por usar el baño.

Zapping.

El candidato y su oponente. Cuentan con dos minutos para hablar de economía. El rival luce un espléndido traje color gris Oxford. La caída es impecable. Corbata roja oscura, gafas sin monturas, un grueso anillo de matrimonio. Lo único malo es que la frente le brilla. No es culpa suya (la televisora debe cuidar ese tipo de cosas). En cambio mi «objetivo» debe tener un pésimo asesor de imagen; usa corbata gorda como de los años setenta, color yema de huevo, traje color archivero de oficina. Pero en ideas, mi «objetivo» habla sin tapujos. Su contrincante abusa de palabras como «consensos» y «de cara a...». Voy a combatir el percance económico —cuando yo era niña le llamaban inflación—, de cara a la sociedad. Habrá consensos entre los diferentes actores sociales...

—Los consensos a los que usted se refiere —dice mi «objetivo»— son entre los ricos para vender el país, porque usted no ve a México como una nación, sino como una empresa, no quiere ser gobernador de la ciudad, quiere ser gerente regional con miras a ser gerente general en seis años, cuando las elecciones sean por la presidencia.

El contrincante, revira:

—Y usted quiere un México de retrocesos, que sólo perviven en países donde las garantías individuales no existen, donde las filosofías trasnochadas siguen siendo el pretexto para someter al individuo a sistemas totalitarios.

—¿Qué más totalitario que un modelo económico que apoya monopolios y donde los ciudadanos se someten a la ley del más fuerte?

En fin, que se dan por arriba y por abajo.

Zapping.

Me adormilo en el sillón, escucho vagamente a Areli

poner los cubiertos en la mesa. Minutos después viene y me dice que ya se va. Quiere darme un abrazo de feliz Navidad. Me levanto, la abrazo y le deseo que la pase bien. Sus ojos me lanzan un destello de lástima al ver mi gran mesa para catorce personas, vacía. Supongo que cree que me siento miserable. No es así. Lo único miserable es vivir la Nochebuena preocupada por Brenda. El melodrama navideño me tiene sin cuidado, siempre la hemos pasado muy a gusto mis nenes y yo, a excepción de mi primer año de viudez y el de ellos de orfandad.

El ruido de los cubiertos rompiendo el silencio es desolador. Mi hija mueve los ojos hacia una esquinita como si por dentro estuviera construyendo escenarios de lo que podría ser su vida si termina en la cárcel. Sigfrido mira todo el tiempo el plato; no quiere encontrarse con mis ojos, los de la «mala madre» que le partió su guitarra en dos. Yo me descubro dejando en segundo término la Nochebuena, estoy más interesada en pensar en el trabajo que tengo pendiente.

Era 25 de diciembre, la ciudad no estaba del todo muerta. Mis hijos lo estaban a su manera. Dormidos. Conduje por el periférico semivacío, pensando que debía alivianar las vidas de mis polluelos hasta donde Dios me diera vida. Lo de Sigfri estaba chupado. Le compraría una buena guitarra española, con su buena caja de resonancia, una como esa que escuché tocar a un tipo una tarde de pinchos, en el centro de Madrid, junto con mi esposo y una pareja de amigos noruegos. Guitarra sonora, sincera y arrogante.

Sigfrido la merecía, era tan virtuoso como su padre lo fue en su ramo. En cuanto a Brenda, su problema era más difícil de arreglar. Sobre todo porque el padre de Susana no quería justicia, sino venganza. Yo podía hacer algo al respecto. Sólo Dios sabe a cuántos fulanos de esos que van atropellando por ahí debí matar, y no lo hice para no mezclar lo que hago por trabajo y mis emociones. Eso es lo que hubiera querido hacerle entender a Brenda cuando me hablaba de débiles y fuertes. Si yo me dejaba llevar por mis reacciones inmediatas, ¿qué vendría después? ¿Matar a Areli cuando rascara el teflón de las sartenes con estropajos de metal?

Matar por hambre es una necesidad primaria, pero al ser humano no le basta. Yo, Karina Shultz Buadilla, no promuevo el crimen. Sería un caos si todo mundo se permitiera hacerlo. Ya se mata en exceso. Basta abrir un periódico para darse cuenta. Mi esposo era lo más cercano que puede estar un hombre de un santo —un santo ateo diría él—, y aun así tenía ese raro placer de matar bestias; «el deporte de la cacería», le llaman algunos eufemísticamente. Falta gente en el otro extremo, en el de los pacifistas. Yo, si fuera alguien público, le diría a la humanidad: dejad que los asesinos matemos en vuestros nombres. Vosotros matad en los videojuegos y compartid el placer que produce la muerte virtual, pero no os metáis en terrenos que no os pertenecen, porque cuando matáis no matáis limpiamente, sino que dejáis un chiquero espeluznante.

Supongo que nadie votaría por Brenda Shultz bajo ninguna circunstancia.

Los pasillos de la policía judicial lucían desiertos. El tipo que me hizo firmar la entrada y que me pidió una identificación no reparó en mí. De haber llevado un arma, la habría puesto, sin problema alguno, sobre su sien. Y de hacerlo con el silenciador habría podido salir de ahí tranquilamente. La cámara de vigilancia no apuntaba hacia mí, otro error. Pero todo eso no fue más allá de mis juegos mentales, llegué a la oficina de Carlos y lo encontré en actitud de niño castigado. Le pregunté por la Nochebuena. Me respondió con un gesto tan descompuesto como leche que lleva tres días fuera del refrigerador, así que enseguida le cambié el tema.

Me tendió un papel y dijo:

—Tu declaración del otro día, debes firmarla...

Le eché un ojo y estampé mi firma.

—Tenemos los resultados del laboratorio —dijo Carlos—. Positivo para cocaína. Te lo dije, el tipo no era ese que la tele está tratando de vender. En fin, estoy abrumado, acaban de echarme encima también el asunto de los muertos del restaurante. ¿Por dónde empiezo? —Se llevó las manos al rostro y se talló como si quisiera cambiarlo por otro. Dio un largo suspiro, se echó atrás en el respaldo de la silla y de pronto me miró con ojos chisposos de hombre a hembra.

—Estás que te caes de buena, Karina...

Me senté en sus piernas y jugué con sus cabellos ensortijados.

—¿Quieres que sea tu secretaria cariñosa?

Le ganaba la desazón.

—Estoy jodido, Karina, bien jodido.

—Yo diría que no tanto...

—En serio, muy jodido. Ya no aguanto a mi ex...

—Hablas como si siguieras casado con ella.

—Tres años divorciados y seguimos pelando. Mi hija en medio...

Quise decirle que necesitaba poner las reglas claras, pero yo no era psicóloga y tampoco quería echarme encima la carga de darle consejos que luego me demandaría como obligación.

—¿Qué crees que me dijo Cecilia en medio de la cena?

—No puedo imaginarlo.

—¿Por qué no me defendiste cuando Raúl Ramos me atacó? Eso dijo.

Comencé a temer que estuviera por mostrarme el lugar donde había vomitado la noche anterior.

—Te cuento rápido...

«Rápido o que te parta un rayo», pensé.

No fue rápido, me contó con todo lujo de detalles una de esas peleas que los casados tienen y donde el egoísmo, la falta de comunicación y los enredos que no van para ninguna parte son los ingredientes principales. Un tal Raúl Ramos era el tercero en disputa, no entendí bien si celaba la amistad de Carlos o si se quería tirar a Cecilia. Me dio lo mismo. Torcí la boca.

—Lo mismo digo yo —apostilló como si mi gesto dijera muchas cosas a su favor—. Ahora dime, ¿crees que me importa encontrar a los asesinos del conductor de televisión que se metía coca hasta por las axilas y se tiraba hasta las cerraduras de las puertas? Al infierno con él. Si de veras quieren a los asesinos que vean a qué cartel de la droga pertenecía Farfán...

—Tómatelo con calma, ya lo resolverás...

—Eso quisiera, resolverlo, y no estar aquí metido un 25 de diciembre, pudiendo... —agregó volviendo a ser un niño castigado—, pudiendo estar con mi novia por las calles, los parques y los cafés...

Le pellizqué la mejilla y le dije que necesitaba ir a comprar una guitarra.

—Si me esperas, vamos juntos...

—¿No necesitas quedarte?

—Al carajo con Farfán, está muerto. Y los del restaurante también.

—Menos uno, según leí en el periódico.

—Lo más seguro es que la felpe, le metieron siete balazos. Es obeso y no andaba bien del corazón, según supe.

—Uno nunca sabe...

Se levantó, se puso el saco y dijo:

—Por cierto, mañana como con Cueto...

—¿Qué Cueto?

—El secretario de Bustillos, te lo mencioné el otro día. Le voy a preguntar si Ordóñez lo conoce, y si es pura mentira vamos a ver de a cómo nos toca con ese pendejo...

—Quedamos en que no harías nada que yo no quisiera. De verdad, yo me hago cargo.

—Mira, Karina, tu familia es mi familia. Y no voy a dejar que nadie les haga daño.

—Te lo agradezco, pero...

—Esto va más allá de ti y de Brenda, está mal que un sujeto se valga de la autoridad para intimidar a la gente. Es algo así como jurar en vano en el nombre de Dios, yo no me puedo quedar cruzado de brazos. Merece que le parta la madre al cabrón.

—No quiero que hagas nada, hablo en serio, Carlos, no hace falta.

Sonó el teléfono de la oficina, Carlos masculló una ofensa sin destinatario preciso y contestó. Respondió con muecas. Sus ojos me decían que nuestro plan de ir juntos a por la guitarra se iba al diablo. Por pura educación me quedé esperando el final de su charla. Tapó la bocina con la mano y dijo:

—Lo siento. Como dicen en las películas gringas, mi culo les pertenece. ¿Te hablo después, Karina?

Asentí.

Salí de ahí deseando una bocanada de aire limpio.

Las tiendas estaban cerradas. Decidí parar en un café cuando sonó el teléfono. Era Aleja la cubana. Insistía en que nos viéramos en su apartamento; preferí citarla en otra parte. Nos encontramos en un restaurantito mexicano. La cubana pidió enchiladas con crema y trocitos de chorizo encima. Yo crepas de espinacas. Agua para las dos.

—¿Viste el debate de ayer, chica?

—Sólo una parte.

—¿Cuál es tu posición política?

—Que me dejen ser.

Sonrió.

—Desde hoy estás con el candidato Mora. —Me mostró unos folletos de propaganda del «objetivo»—. Échales un ojo, bucea en Internet, lee lo que ha publicado, conoce su ideario, sus planes políticos, sus ideas de transformación del país y toda esa vaina. —Me señaló sobre uno de los folletos punto a punto los objetivos del candidato, yo miré discretamente parte del rostro felino de Aleja y el cabello que le caía en bucles negros; era una mujer muy sensual, pero cuando se ponían en plan serio parecía de estilo sesuda y respetable.

Descubrió que la miraba, me apresuré a mirar el folleto.

—Ahora lo otro —dijo—, como ya te diste cuenta parte de mi día cuido mocosos en los cuneros de la clínica, no es fachada, soy enfermera de verdad. Es lo que hacía en mi país.

Hizo una pausa como si esperara asombro de mi parte. Imaginé que tendría una historia similar a la mía y que Fénix la habría reclutado por un hecho también parecido al mío, pero no se lo pregunté. Ni me interesaba saberlo ni me parecía buena idea intimar con otra sicaria.

Ya que he dicho esa palabra, supongo que eso soy,

aunque el término en mí me parece impreciso, a los sicarios se les puede contratar de diferentes formas, y su precio suele ser más accesible que mis tarifas, vamos, no es que yo tenga tarifas —Fénix decide cuánto—, pero creo que me paga bien, y que no sólo se trata de meterle un tiro a nadie, las más de las veces le saco información, su muerte es la pura cereza del pastel.

—El hospital donde trabajo es filial donde tienen al juez, tengo pase libre para deambular entre ambos, esta noche te espero en el estacionamiento del otro, no vayas en coche, entra hasta la recepción, pero en vez de ir hacia esa puerta me esperas en el estacionamiento general. ¿Alguna duda?

Dije que no.

Se levantó, me dio un súbito beso en la mejilla, cerca de la boca, y antes de irse, dijo:

—Presiento que vamos a trabajar muy bien juntas. Y el ron en mi casa está pendiente...

Llegué a casa, tiré los restos de la cena de Nochebuena a la basura y preparé una sencilla torta de carne y ensalada. La llevé a la mesa y esperé que los chicos vinieran por sí solos a comer; mientras tanto cogí la laptop con la idea de hacer la tarea que me encargó Aleja, pero en vez de eso tecleé «Los argonautas del Pacífico occidental» —que había mencionado Carlos en relación al viejo programa televisivo de Farfán— y me di una pincelada de cultura; la obra la había escrito un antropólogo polaco llamado Bronislaw Malinowski, en 1922, y según decía Wikipedia el libro era fundacional en los estudios etnográficos, así que busqué la palabra «etnografía» y supe que se trataba de un método de investigación ocupado en describir culturas y grupos sociales. Conseguí bajar de la Red un fragmento de *Los argonautas* y comencé a leerlo hasta que terminé zambullida y sorprendida. «Esto es lo mío —precisé—, de esto va lo que hasta la fecha he estado haciendo.» Una lista de rostros y nombres desfilaron por mi mente, el último, el de Andrés Farfán. A todos ellos los había estudiado como un etnógrafo, permitiendo que el «extrañamiento» me hiciera interesarme por entender sus pautas de conducta, pero no en términos psicológicos sino en relación a su entorno. Había sido «parte de ellos, de sus vidas», pero sin perder la conciencia de que no lo era, había llevado mi propio diario de campo, aunque no era publicable ni le servía a otra gente que no fuera a los clientes de Fénix, lo había llevado en mi cabeza porque no podía dejar por ahí escrita ninguna información.

Lo dicho, no soy una sicaria normal, nunca me atrevería a meterme en ese tipo de asuntos espeluznantes de la frontera, a matar a nadie por un refresco, a cortarle la cabeza con un cuchillo, a vivir entre aspirar coca y el siguiente encargo, creo que yo soy algo parecido a una «etnosicaria».

Lamenté no haber terminado la universidad. Me casé muy jovencita y luego todo fue Günther, Günther, Günther, y no porque él fuera un egoísta, sino porque el mundo masculino ha formado un imán tan potente que cuesta demasiado no vivir bajo su sombra; los hombres son árboles frondosos pero ásperos al tacto. Las mujeres no crecemos bien bajo su sombra, hay plantas que necesitan su propio terreno para florecer. Yo soy de ésas.

Sentí deseos de estudiar antropología. La única limitante era mi edad, me costaría trabajo remover las neuronas dormidas; en cuanto a los recursos los tenía a mi disposición, podía costearme mi regreso universitario entre

La Garbo y los encargos de Fénix. ¿No era un plan hermoso, entusiasta?

—Esto está muy rico. —La voz de Sigfrido me sacó de mis entelequias.

El corazón se me hizo chiquito. Su voz no guardaba rencor por lo de la guitarra rota. Si he de ser sincera mi admiración por su nobleza rayaba en la envidia. Levanté los ojos de la laptop y lo miré. Tenía sangre en la nariz y no se había dado cuenta. Horror.

No pasaron más de veinte minutos cuando ya había puesto a mi Sigfri en manos de un médico; le revisó la nariz con la típica lamparita, dijo que no había golpes ni algo que indicara el motivo de la hemorragia.

—Por favor, doctor, dígame qué tiene mi hijo —solté mi frase de telenovela.

—Tal vez insolación.

—¿En diciembre?

—Anemia. Lo veo bajo de peso.

—Come todo lo que le doy.

—Sugiero análisis.

—¡Hágalos ahora mismo!

—Tranquila, señora Shultz, hay un protocolo. Lo primero será que vaya con su hijo donde le voy a indicar.

—El médico se puso a escribir pausadamente en aquel papel membretado; me dieron ganas de quitarle el bolígrafo y clavárselo en un ojo al estilo Brenda Shultz, pero si me metían en la cárcel, ¿quién cuidaría de mi Sigfri? Comoquiera que fuera, duele decirlo, mi hija ya era una bala perdida y se cuidaría por sí sola, pero él, pobrecillo, Brenda había dicho una gran verdad: nació para que las zorras lo maltraten.

Se me salieron un par de lágrimas, las sequé discretamente.

Cuando regresamos en el coche, Sigfrido todavía tuvo magnanimidad para consolarme, él, él a mí cuando podía ser un canceroso y yo la perra que le rompió la guitarra. Tal vez hasta era la culpable de que Susana Ordóñez le rompiera el corazón. Después de todo, dicen los psicólogos que una madre es el modelo que los hijos buscan en las mujeres de su vida, por lo tanto tal vez lo había avasallado con mi personalidad y esa muchacha no era muy distinta a mí.

Sigfrido entró en casa y dijo que tomaría una siesta; dicen que cierto tipo de cánceres comienzan por un cansancio pernicioso. Sentí un nudo en la garganta. Maldita ciudad y maldito mundo con su cambio climático y la revolución de los virus. Todo daba cáncer. Los productos light, los teléfonos celulares, el sol, el aire, hasta el pensamiento negativo daba cáncer. Todo un mundo de sicarios diminutos, invisibles...

Llamaron a la puerta. Era Anahí. Le preocupó no verme en La Garbo justo el día en que traían la nueva mercancía; según ella mi teléfono estaba fuera de servicio. Me sorprendió no haber puesto a cargar la batería. No soy una persona que se pueda dar el lujo de cometer errores u omisiones.

Le pregunté si había llegado el pedido completo, me dijo que sí incluyendo la Venus con los pezones de oro del señor Otelo. Luego me mostró el catálogo de lo que compramos y el de posibles nuevas adquisiciones; le dije que lo mejor sería trabajar en mi estudio si no le importaba. En ese instante regresó Sigfrido diciendo que iría a dar una vuelta en bici para repasar mentalmente su concierto.

Lo miré, miré a Anahí, volví a mirarlo a él y volví a mirarla a ella. No hace falta repetir lo que pasó por mi cabeza. Los dejé solos diciendo que necesitaba mi libreta. Fui al estudio. Acomodé despacio las cosas sobre el escritorio intentando escuchar lo que sucedía en la sala. Limpié la amatista, la lupa de mi padre, el cenicero del abuelo, y volví sigilosamente a la sala. Anahí estaba sola. No pude evitar desencajarme y preguntarle dónde se había ido Sigfrido, ella se encogió de hombros.

—Bueno, ¿qué te pareció mi hijo? —hice la estúpida pregunta.

Su respuesta fue la única posible. «Agradable.»

—¿Y su libreta? —me preguntó—. ¿No fue a buscarla?

—La olvidé, pero no importa...

Compraríamos dos objetos, una ingeniosa imitación de *El beso*, de Klimt, en escultura de madera, y un librero ondulado estilo Dalí.

Sigfrido asomó la cara.

—Ya me voy, mamá —dijo.

Cuando se marchó le conté a Anahí unas cuantas cosas de él. Su talento musical. Su sensibilidad extrema. El cómo lloraba al ver injusticias. Su amor a los animales; los perros callejeros se le encaramaban, los gatos le maullaban y los pájaros bajaban a posarse en su hombro. Nada de lo que dije fue exagerado. Y para no dar esa impresión mencioné algunos de sus defectos; callarse lo que le duele, falta de confianza en sí mismo y demasiada añoranza por el padre muerto. Quizá le sería bueno ampliar el círculo de sus amistades, sobre todo con, sí, claro, las chicas...

Anahí asentía a todo y eso me exasperó. Una vocecita dentro de mí tenía ganas de decirle: «Despierta, estúpida.

Lo que estoy tratando es de que tú y él se vayan a un hotel a darle rienda suelta a los instintos.»

Sonreí al pensar tal cosa. Como si fuera un diapasón ella me respondió con otra sonrisa. Nos reímos juntas. No sé por qué, es decir, yo no sé por qué reía ella y presumo que ella no sabía por qué reía yo.

Mi delicado olfato me dijo que la chica estaba en sus días, no es que oliera mal o que pensara que no era cuidadosa con su higiene, va más allá de eso, no todo el mundo tiene la facultad para percibir ese tipo de levísimos olores, cosa que tampoco sirve de mucho; en ese momento sólo me sirvió para reiterar mi idea de que ella ya era una señorita «en toda regla» y que no habría cosa más saludable para mi hijo que tener sus primeras experiencias con una mujer joven.

—La noto distraída, señora Shultz.

—Llámame Karina.

—Me da pena.

—Entonces no lo hagas, nunca hagas nada de aquello que luego te avergüence.

—Lo tendré en cuenta...

—¿Y tu novio? ¿Cuándo me lo presentas?

Mi pregunta la descolocó.

—Si no quieres, no lo hagas.

—Sí, sí quiero, le voy a decir que quiere conocerlo...

Terminamos de revisar el catálogo. Anahí se fue. Encendí la televisión. Daban los resultados de la encuesta sobre el debate político entre los candidatos. Según el noticiero, mi «objetivo», Juan Mora, había arrasado; supuse que los votantes no tomaron en cuenta el color de su corbata. Su contrincante minimizó los resultados.

Escuché una puerta. Era la del baño junto al recibidor. Bajé el volumen de la tele. Brenda lloraba. Yo podía reconocer su llanto porque era gutural. Un tanto sobre-cogedor. Me acerqué. Toqué suavecito y pregunté si estaba bien. Del otro lado se dejó oír un huraño «sí».

—¿Quieres que hablemos?

—No, Karina.

—El abogado me dijo que todo saldría bien...

—Me da lo mismo.

—Sé cómo te sientes.

—Qué vas a saber. Tú fuiste una niña mimada.

—¿Y tú no lo eres? ¿No lo tienes todo?

—Menos ese mundo rosa en que tú creciste. Yo he visto las peores cosas, tengo amigos ricos que huelen pegamento, amigas que se meten dedos en la boca y vomitan para no engordar, conocidos que suben a YouTube el día que se cogieron a su perro.

Me horrorizó oírla, le supliqué que abriera la puerta, quería abrazarla, quería borrarle esas ideas e imágenes de la cabeza.

—Vete al carajo, Karina, ahora no estoy de humor...

—No me hables de ese modo, nena.

—Lárgate ya, cabrona.

—¿Cómo me llamaste?

—¿Quieres que te lo repita o ya me vas a dejar en paz?

Guardé silencio, inspirar, espirar, inspirar, espirar...

—Sé que defendiste a tu hermano. Y sé cómo se siente al querer hacer daño a los demás, pero también sé que estás arrepentida.

—¿Arrepentida, dices? ¡No has entendido nada!

—Entiendo que tienes miedo.

—Indignación se llama. ¿De verdad no te molesta que se burlen de tu hijo?

—Claro que sí, pero cuando salga de la secundaria las cosas serán distintas, Sigfrido podrá vencer su timidez.

—Sigfrido no es tímido, es otra cosa...

—¿Cuál?

—Marica. Marica perdido. Y yo lesbiana.

¿Un hijo gay? ¡No estoy preparada para eso!

Siempre me consideré de criterio amplio. ¿Pero mi Sigfri? Yo la supuesta Señora-Sangre-Fría, estaba sin piso con lo que me había dicho mi hija adolescente con esa puerta de por medio, como en un confesionario. En cuanto a ella pensé que se había definido a sí misma sólo para provocarme; una como madre intuye —¿o me equivoco?— las inclinaciones sexuales de su hija, no sé si de mujer a mujer, o de hija a madre, pero lo intuye.

Mi preocupación se centró en Sigfrido.

—Póntelas. —Geraldine Alpuche me tendió dos pantuflas envueltas en una bolsa de plástico mientras yo no dejaba de pensar en la palabra «gay». Pero según yo estaba ahí para quitarme de la cabeza lo dicho por Brenda.

Seguí a Geraldine a lo largo del túnel de vidrio intachablemente limpio, que conectaba el recibidor con la sala. Tanto las pantuflas como el túnel podían desconcertar a cualquiera que no conociera a Geraldine. Ésta era la razón: su esposo tenía los riñones muertos. Cada día ella debía practicarle diálisis, en una habitación que parecía un laboratorio totalmente aséptico.

Justino era un cuarto de siglo mayor que Geraldine, había sido su maestro de piano cuando ella tenía trece y él treinta y nueve años. La hizo suya cuando cumplió los quince (según las malas lenguas encima del piano.) A partir de entonces su amor estuvo sellado por la desdicha, él vivió la vida a todo tren y ahora era un viejo enfermo y ella cargaba con el resultado de los excesos como si los hubiera hecho ella.

Los ojos de Geraldine, perpetuamente consumidos por el suplicio, me trasmitían las anécdotas de siempre; las súbitas hospitalizaciones, los chantajes y quejas de ese viejo que ansiaba morir, pero que a la vez lloraba como un niño por temor a lo desconocido. Llegué a pensar que si mi amiga me lo hubiera pedido yo lo habría despachado pronto y sin dolor. Pero matar se parece a ese tipo de dones que uno no puede usarlos con la gente querida ni con uno mismo.

Sandra, la hija de Geraldine, estaba en la sala. Ella era un vivo ejemplo de lo que uno no puede hacer por los demás. Cuántas veces no sentí ganas de decirle que debía depilarse esa pelusa con aspecto de bigote y vestirse acorde a su edad, diecinueve añitos.

Nos sentamos a beber café y jerez.

—¿Sabes qué me dijo Carlita la otra noche? —le pregunté a Geraldine.

—Sí, que tiene un tumor, pero no quiere comenzar la quimio...

—¿Por qué no?

—El cabello, no quiere perderlo...

—Es mejor eso que perder la vida.

—De todos modos parece que los pronósticos no son buenos, Karina.

—¿Quién más lo sabe?

—Sólo nosotras, me hizo jurar que no se lo diría a nadie, especialmente a su novio el holandés.

—¿Qué podemos hacer por ella?

—Como no sea un brindis en su velorio... —dijo Geraldine con un gesto ausente de sarcasmo. Alzó sus estrechos hombros y sus ojitos amargos se hicieron más pequeños—. ¿No te parece estúpido, Karina?

—¿Qué cosa?

—Que la felicidad toque a tu puerta y llegue el diablo y te la quite. ¿Cuántos años lleva la pobre de Carlita sola? Su último novio usaba patillas y pantalones acampanados, y eso ya lo dice todo...

—Es cierto. Salud.

Bebimos más café y jerez. Sandra le recordó a su madre que faltaban cinco minutos para las nueve de la noche, hora de la diálisis de papá. Geraldine miró con ojos nostálgicos la taza de café y las copas, dio un suspiro y dijo:

—Lo siento, debo ir a bañarme por quinta vez, antes de atender a Justino.

Se fue.

Abordé a Sandra con el único tema donde fluía como pez en el agua. Sus estudios universitarios. Me dijo que le faltaba un semestre para terminar la carrera. Estudiaba Química.

—¿Y luego qué sigue, nena?

—Trabajar, supongo...

—No lo dices muy convencida.

—Quisiera seguir estudiando.

—No creo que a tu madre le parezca mala idea. ¿Te gustaría un posgrado en otro país, por ejemplo?

Los ojos se le iluminaron.

—¿Dónde te gustaría, Sandra?

—Lejos, muy lejos...

—¿Quieres que convenza a tu mamá?

—No, gracias, no me sentiría bien si mi papá se muere mientras yo no estoy aquí.

—¿Cuál sería la diferencia?

Me lanzó una mirada de reproche.

—Considéralo. Podrías ir a la Sorbona... Tú le perteneces a París desde que pisas las calles. Podrías conocer a un chico, a otro estudiante como tú, no, mejor a uno que no fuera decente, eso es lo que necesitas. Te imagino con él en uno de esos cafetines de Montparnasse hablando de... —me corregí al ver su bigote—, química...

La hice sonreír.

—Hablaré con tu madre.

—No lo hagas, no quiero.

Caso perdido.

Cuando salí de aquella casa y miré las bardas cuajadas de buganvilias pensé en la facilidad con la que se juzga a la gente rica. Cualquiera que viera a Geraldine Alpuche o a Carlita Gómez Pinzón pensaría, automáticamente, lo superficiales que son y el supuesto mundo rosa en el que viven. Nada más alejado de la realidad. Puse un CD que le gustaba a mi marido, *Réquiem de guerra*, de Benjamín Britten. Una música que no me gustaba en absoluto, pero que me hacía sentir la ilusión de que Günther estaba a mi lado (igual que mamá Chayo cuando le ponía su lugar en la mesa a mi padre).

Avancé unas calles y el ruido de un claxon me hizo girar la cabeza. Junto a mí se había emparejado un coche negro, el conductor me hacía señas. Bajó la ventanilla. Era Tito, el cuervo, ese policía que trabajaba con Carlos. Le sonreí incómoda. Me hizo señas para que me orillara. Supuse que podía tratarse de algo importante, me detuve. Tito bajó de su coche. Yo permanecí en el mío. Se acercó.

—Hola. ¿Qué cuenta?

Me sorprendió su pregunta.

Pasaron unos segundos y él sólo sonreía como un

perfecto imbécil, mirando al interior de mi coche como la habitación de una mujer desnuda.

—Bueno, pues suerte —dijo. Me miró con una extraña audacia, y se largó.

Eso fue todo. Yo me quedé hecha una estúpida.

Salí al jardín con la idea de cortar unas rosas y un tipo se acercó a la verja y me dio un papel, diciendo:

—¿Señora Shultz?

Cogí el papel mecánicamente. Le pregunté qué era. Correspondencia, dijo.

—Firme en la línea de recibido, por favor...

Así lo hice. El tipo se largó. Caminé abriendo el sobre, Brenda bajaba las escaleras con su perezosa humanidad a cuestas.

—Es un citatorio —dije en voz alta—, tienes que presentarte a declarar por lo de Susana Ordóñez.

Brenda articuló un «sí» chiquito y siguió su camino espasmódico hacia la cocina.

Fui al teléfono con la idea de hablarle al abogado. No lo encontré, así que le pedí a Brenda que no saliera a la calle. Refunfuñó. Podían echarle el guante en cualquier momento sorpresivo. Brenda parecía dos cosas: un perro asustado y una gata a punto de sacar las uñas.

Areli nos oyó hablar y, enseguida, ofreció su ayuda:

—Mi marido tiene unos amigos que se encargarían del asunto...

—¿Trabajan en los juzgados? —pregunté.

—No, pero son gente que sabe presionar, ¿me explico?

—No creo que sea buena idea que hablen con el papá de Susana, es muy terco.

—¿Y quién dijo que le hablarían?

—No soy partidaria de la violencia, Areli.

—¿De veras no, señora?

Su pregunta me llenó de suspicacia, pero la evadí, pues hubo cierta etapa de mi vida donde sentí que todo el mundo descubría mis actividades...

Fui al tocador, me rocié un poco de Dior y salí a la calle. Decidí caminar hasta la tienda. A veces las calles de Polanco tenían la magia de limpiar mi aura o algo por el estilo, después de ese paseo siempre podía pensar claramente.

En La Garbo, me llevé una sorpresa.

—Buenos días. —Era Tito, el cuervo maldito.

Anahí, atrás de él, me lanzó una mirada suplicante.

El tipo sostenía un gato de porcelana por el cuello.

—¿Cuánto vale? —preguntó, y miró al gato como si acabara de cazarlo.

—Siete mil pesos —dije.

El cuervo arqueó las cejas sorprendido y puso al gato en su lugar.

—¿Podemos hablar? —preguntó.

Le pedí a Anahí que nos trajera café.

—Me quedaron un par de dudas del otro día que hablamos de Farfán.

—Si quiere que vaya otra vez a declarar, ahora mismo le hablo a Carlos y fijamos fecha.

—No hace falta meterlo en esto, sólo son duditas: en qué año conoció a Farfán y si alguna vez tuvo problemas con él...

—1999 y sí —respondí sin titubear—, problemas como todos los amigos, que a veces discuten y luego se contentan.

—Me refiero a celos. El tipo era un don Juan, me

cuesta creer que usted, una mujer tan hermosa, no le llamara la atención.

—Sólo éramos amigos.

—¿Cree que él estaba enamorado de usted?

—¿Cómo puede ayudar eso a aclarar quién lo mató?

—Bueno, no se preocupe, me dio gusto verla. —Se
rascó una ceja—. ¿Me haría un descuentito por el gato?
—Sonrió—. Es broma. Me voy.

El tipo me dejó cortada. Decidí hablar con Carlos al
respecto, quizá si le insinuaba que alguna vez Farfán «me
pareció enamorado de mí» me serviría como escudo para
cualquier dilema futuro.

Nos citamos en un café frente a la Judicial. Como no
estaba abierto no tuvo empacho en llevarme a la cantina
de junto, Los Hombres Sin Sosiego.

Carlos y yo proveníamos de diferentes clases sociales,
es cierto, pero él no era uno de esos policías al que la naturaleza dotó de una bruta capacidad para moler a golpes
a la gente sin sentir escrúpulos. Era un hombre de clase
media de la colonia Narvarte. Dejó la carrera de Leyes
porque le fascinaba el lado práctico de la justicia. Decía
no ser bueno para los estudios, creo que se subestimaba.

Yo nací entre algodones, tal como decía Brenda. De
niña pensaba que los niños pobres lo eran porque no co-
mían yogur —¿y no es un poco cierto?—. No obstante,
agradezco haber tenido contacto con el lado rústico de
mi familia.

La revolución mexicana tuvo que hacer un medio círculo en la hacienda de mis bisabuelos maternos, La Esquirla, para seguir su camino hacia el centro del país, pues
el viejo Cástulo tuvo la habilidad de tranzar con los revo-
lucionarios. Finalmente, en el año treinta y dos perdió la
hacienda, aunque años después su hijo —Rómulo, mi

abuelo— la recuperó pagándola jugosamente al gobierno de Plutarco Elías Calles.

En esas tierras bravías Rómulo y la tía abuela (la abuela ya había fallecido por lo de la gripe mal cuidada) criaron a los seis hijos, entre ellos a mi madre.

Burke no era un esposo para mamá. Era Dios resucitado. Sólo había dos cosas que no le gustaban de él. Su disciplina despiadada y que no saludara a los vecinos. Pero fueron una pareja afortunada. En conclusión, tuve a los mejores progenitores que pudo darme la vida, y también un abuelo extraordinario. Prácticamente mi niñez la viví en La Esquirla consentida por gente que me enseñó a ordeñar vacas, apilar estiércol y asistir los partos de las yeguas. Quizá por eso, aunque luego me convirtiera en «una señorita de ciudad», nunca perdí cierta sencillez ni adquirí el asquillo que mis amigas tenían para las cosas «fuchis» de la vida.

Carlos se encontró con amigos y se puso a jugar una partida de dominó. Yo era la única mujer, aparte de las meseritas de rechonchos cuerpos que andaban por ahí. Todos los hombres parecían una punta de idiotas. Me divertía ver sus manos. No es un mito que el cuerpo tiene proporciones equivalentes. Cualquiera que haya tomado una clase de pintura sabe, por ejemplo, que la pantorrilla tiene el tamaño del antebrazo. Y que el dedo medio equivale al tamaño del instrumento varonil. Fue divertido ver esas manos pequeñitas y a sus dueños mirando a las meseras como si ellos fueran caballos salvajes.

Carlos terminó su partida de dominó. Sin más preámbulos le conté mis dos encuentros con Tito y su interés de saber si en alguna ocasión había discutido con Andrés Farfán. También le dije que Farfán tuvo su etapa de interesarse por mí, pero que se le pasó enseguida.

Carlos hizo la pregunta que yo esperaba.

—¿Y por qué no me lo dijiste antes?

No tuve una respuesta.

—Qué jodidos son los celos —dijo.

—Lo siento —dije.

—No lo sientes, si lo sintieras me lo habrías dicho antes. Ahora quedé en ridículo.

—¿Con quién?

—Con Tito.

—¿Y qué te importa Tito?

—Es mi compañero de trabajo.

—Bueno, él cree cosas que no son ciertas. No sé de dónde las sacó.

—Del diario.

—¿Qué diario?

—El de Andrés Farfán. Encontramos su diario. Ese Tito me va a escuchar, no debió meter la mano en mi cajón. No debió leer ese diario sin mi permiso, yo lo tenía ahí para leerlo, pero no podía, no tenía estómago, seguro que ahí Farfán dice que se enamoró de ti y por eso Tito está tan seguro...

Hice un esfuerzo por que mi cara no reflejara preocupación.

—¿Por qué no lo leíste?

—Porque las dos primeras páginas me repugnaron, no decían nada que pudiera esclarecer su muerte, más que diario parecía más bien una agenda de gastos, al tipo sólo le interesaba el dinero. ¿Sabes algo, Karina? Estoy haciendo muy mal mi trabajo, ¿y sabes por qué? Porque no quiero hacerlo. De hecho, si alguna vez el asesino queda al descubierto lo que haré será felicitarlo.

—Es triste lo que dices...

—Triste que mueran niños de hambre, triste tanto perro callejero, triste que mi coche ya esté tirando aceite y esté para chatarra siendo un Mustang del 68, todo eso es muy triste...

—No sé qué decirte.

—Nada, no digas nada.

—Siento no haberte dicho antes lo de Farfán, pero también déjame decirte que lo siento no porque me importe, sino porque Tito lo sepa y eso te moleste.

—Qué dura eres conmigo.

—Prefiero ser sincera.

—Llámalo sinceridad, pero igual me partes el corazón, Karina. Ahora voy a tener que leer completo el diario —dijo mirándome con recelo.

—Hazlo —dije fríamente—, es tu trabajo, quizás ahí esté escrito el nombre del asesino.

—Has visto muchas películas, nena.

—Y tú tal vez tienes miedo a encontrar que en ese diario diga que Farfán y yo nos acostamos.

—¿Y lo hicieron?

Lo miré con absoluta seriedad.

—Perdón. ¿Sabes una cosa, nena? Vamos a matar dos pájaros de un solo tiro. Tú vas a leer ese diario por mí.

Abrí los ojos como platos.

—Sí, tú, lo vas a leer y yo ganaré dos cosas: la primera será demostrarte que confío plenamente en ti, la segunda que me ahorrarás el tortuoso trabajo de leer lo que escribió el jotito. ¿Qué me dices?

—No quiero leer nada, es poco profesional que me pidas eso. Si encuentro un dato que te sirva quizá lo pase por alto. ¿Cómo puedo saberlo?

—Te repito que has visto muchas películas, no hay forma de que ahí esté el nombre del asesino. Así que debes leerlo por mí. Y darme un resumen general.

—No quiero.

—¿Y si te lo ruego?

Se puso de rodillas, me sacó una sonrisa.

—Ésa es mi chica.

Hicimos el amor en un hotel barato. Él parecía tener uno de esos apremios de orfandad y desesperanza que atacan a los hombres y que se resuelven como de milagro luego del orgasmo; y entonces una es la que se queda preguntándose dónde quedó todo ese «hasta la eternidad». Hace tiempo que no lo hacíamos en un lugar así. Lo triste del caso es que no reviví la emoción de otros tiempos. Carlos se quedó dormido y yo, mirándole, pensaba en otros novios que se habían ido —¿o quedado?— en aquellos hotelitos donde aprendimos a hacer el amor, pero que en ese entonces llamábamos coger y la palabra nos ponía como locos.

Carlos era bastante guapo, pero no del estilo «bonito». Se parecía un poco a esos norteños que conocí en La Esquirla. Tenía un color de piel rojo curtido. Me gustaba su frente machacada por dos rayas de madurez y una cicatriz de la que siempre me contaba una historia diferente. Era un tipo bien proporcionado, de uno ochenta, flaco cuando comía mal, no más guapo de la cuenta y sobre todo absolutamente indiferente a su propio atractivo.

La luz del celular parpadeó. Era tarde. Me vestí y me fui sin hacer ruido.

Sigfrido y sus amigos ensayaban para el concierto. Dos violines, un chelo, una flauta transversa y mi Sigfri con una guitarra vieja. Sus amigos eran muchachos sanos, un poco locos como deben ser a esa edad. Algunos solían decir que yo era la madre perfecta. Y, también un par de ellos me miraban con un amor no muy casto. Nada que se saliera de control.

Les pregunté si ya habían cenado. Dijeron que no.

—Pues una pausa —dije, y los encaminé al comedor.

Areli aún no se había ido, así que me ayudó a preparar la merienda. Metimos un par de aguacates en la licuadora. Le agregamos chilitos verdes y el guacamole quedó listo. Anahí insistió en freír las tortillas con ajo, para darles más sabor. Les puso pollo, el guacamole encima y las servimos. Los chicos devoraron, menos Néstor, que era más flaco que mi Sigfri, y que siempre tenía cara de llanto, pero que en cuanto oía un chiste vulgar, reía con desparpajo.

—¿Puede darle a mi madre su receta del guacamole, señora Shultz? —me dijo el pelirrojo Dani.

—Seguramente tu madre lo prepara muy bien.

—Como vómito de alienígena —respondió.

Todos rompieron a reír.

—Ya hablaré con ella —le advertí.

—¿Me va a denunciar, señora Shultz?

—Te lo mereces, malagradecido. ¿O piensas que esa mata de pelo rojo en tu cabeza basta para que la gente te vea con dulzura?

Lo del vómito fue pie de otros chistes hasta que no hubo estómago que aguantara tantas risas. Las únicas que no reíamos éramos Areli y yo. Yo por mantener mi papel de autoridad, ella por una suerte de pudor de clase social.

Debo confesar que azucé lo más posible a los chicos para que siguieran bromeando. Sus risotadas adolescentes me refrescaban.

El teléfono timbró. Era Manoli. Lloraba entrecortada. Quizá ya también se había enterado del cáncer de Carlita Gómez Pinzón. Por fortuna tuve el buen tino de no adelantarme a sacar el tema. Me dijo que Geraldine acababa de llevar a Justino al sanatorio español y que, al parecer, esta vez sería para no volver a casa.

—¿No será otra falsa alarma? —pregunté temerosa de que la buena noticia no fuera cierta.

Manoli lloró como si se tratara de su marido, me dijo que el pobre viejo tenía paralizadas varias funciones vitales: intestinos, hígado, páncreas.

—Tranquilízate —la consolé—, esto tenía que pasar tarde o temprano...

—Quería pedirte, Karina, que fuéramos juntas al sanatorio. Estoy en el coche, voy hacia tu casa y te recojo.

Le dije que iría más tarde, pues tenía a los amigos de mi hijo en casa. No le gustó la idea de ir sola al sanatorio. Me dijo que pasaría la noche acompañando a Geraldine hasta el fatal desenlace. Prometí unirme al grupo en cuanto me fuera posible.

—No lo olvides —dijo Manoli—, porque Justino no llega a mañana.

Dejé a los chicos solos. Fui a la tina y me acosté en el agua y contemplé mis pezones emergiendo como dos pequeñas torres de submarinos nazis. Repasé las instrucciones que me dio la cubana y también su rostro y la forma de su cuerpo. Nunca quise tener un cuerpo así de voluptuoso, tal vez sí, de adolescente, pero el resto de mi vida siempre me ha parecido que ese tipo de cuerpos están bien para la pornografía.

Media hora después me vestí con pantalones de mezclilla y una cazadora negra. Cogí lo necesario para mi trabajo, es decir, sólo mi arma, y bajé la escalera. Los amigos de mi hijo ya se habían marchado. Areli también.

—¿Vas a salir, mamá?

—Sí, hijo, mamá tiene cosas que hacer, vete a dormir temprano.

—¿Crees que va a salir bien mi concierto?

—De maravilla. Eres un gran ejecutante...

Crucé la estancia. Brenda estaba sentada a mitad de la escalera, leyendo el último best seller sobre «los amoríos de Cristo». Levantó la vista y me miró.

—No me arrepiento —dijo—, se lo merecía.

Salí con el coche del garaje. Encontré a Areli caminando por la avenida Mariano Escobedo. Se despidió moviendo la mano. Hice lo mismo. La chica vivía muy lejos. En Chalco. No le ofrecí llevarla hasta la parada del microbús, pues debía concentrarme en mi trabajo. Encendí la radio. Tocaban una música frenética. Me pareció premonitorio. El móvil timbró. Era Gustavo Salmerón. A buena hora llamaba ese abogado. No respondí. Karina, la mujer de casa, no estaba en ese momento, no debía entrometerme en sus asuntos ni dejar que ella estuviera presente cuando yo hacía los míos.

Aparqué el coche donde me dijo Aleja. La vi cerca de una puerta de vidrio, me devolvió una mirada breve y entró al edificio. Crucé hacia el pasillo, Aleja me esperaba frente en el ascensor, vestía de enfermera. Me acerqué, pero no le dije nada, pues un médico llegó. Entramos al ascensor. El médico no reparó en mí; en cambio, clavó sus ojos en la cubana. Ella le sonrió con absoluto descaro. Él le lanzó una mirada de anhelo frenético y salió del elevador, en el segundo piso.

Las puertas volvieron a cerrarse. Subimos al tercer piso. Salimos. Me hizo entrar a un cuarto de limpieza, apenas cabíamos las dos juntas. Había una estantería, uniformes, escobas, mofetas y productos de limpieza.

—Ponte esto. —Me dio una bata, una peluca negra y un implante de látex. Ella se miró frente a un espejo que estaba sobre la puerta, sacó un lápiz labial, se dio un retoque, frotó un labio contra otro y desabotonó los dos primeros botones de su bata dejando brotar aquel par de melones de aspecto muy terso.

Me quité la cazadora, la blusa y la falda. Alejan quitó el espejo de la puerta y lo movió hacia mí; alcancé a ver el perfil de su sonrisa morbosa cuando me quedé en bragas. Me arrojó una bolsa de plástico, ahí guardé mi ropa y me puse la bata.

Coloqué el implante de látex sobre mi nariz. La cubana se acercó para moldearlo. Pude sentir el aire tibio de su boca húmeda y gruesa.

—Ya está —dijo, y me apuntó el espejo para que me observara.

Mi nariz parecía más voluminosa, pero se veía bastante natural.

—Ahora yo voy al sexto piso, chica, tú esperas a que suba un par de pisos más, después lo llamas, regresas al sexto, yo tendré todo listo para ti. ¿Alguna duda?

—¿Qué hago con mi ropa?

—Déjala aquí...

—¿Dará tiempo de volver por ella?

—Cariño —me guiñó el ojo—, conmigo el tiempo corre de otra forma...

Hicimos según sus instrucciones. Ella se quedó en el sexto piso, yo subí al nueve y regresé. Cuando las puertas se abrieron el corazón comenzó a latirme de esa forma en que lo hacía cuando la vida y la muerte parecían una sola cosa.

Al fondo del pasillo había una silla vacía junto a una puerta. Caminé en esa dirección. Oí risillas y murmullos. Al pasar junto a una puerta supe que provenían de ahí, pero yo seguí hasta la otra, donde estaba la silla. Entré a la habitación y encontré a un hombre obeso conectado a varios tubos. Su boca estaba chueca, sus manos reposaban palmas hacia arriba a los lados de su cuerpo. Su frente brillaba de sudor y su tez era muy amarillenta. Tenía las uñas moradas.

Palpé la pistola debajo de mi bata. Se dejó escuchar un levísimo ruidito que me hizo detenerme cuando ya había tocado la tibia empuñadura. Era el hombre, que lanzó una especie de suspiro o de gruñido suave como de bebé que duerme. Saqué la pistola con el silenciador, le apunté a la cabeza y disparé; un pedazo de frente se zafó de su sitio al mismo tiempo que escuché un zumbido. Luego se impuso el ruido continuo del aparato que mostraba los signos vitales, ausentes en el hombre.

Guardé la pistola y salí del cuarto. Hasta ese momento me pareció que todo había salido correctamente. Pasé junto a la puerta donde había oído las risillas y murmullos, se abrió y yo me sentí lista para sacar de nuevo el arma y disparar a quien fuera. La cara de Aleja se asomó, estaba encendida, pero lo moreno de su piel contenía bastante la bilirrubina.

—Vámonos —dijo acomodándose la bata y abrochándose los botones que tenía abiertos hasta la cintura.

Alcancé a ver, fugazmente, en el interior del cuarto a dos tipos uniformados, medio desnudos y volcados grotescamente uno sobre el otro. También vi —aunque después no supe recordar dónde— un manchón de sangre muy rojo y encendido.

Fuimos de nuevo al ascensor.

Esperé que Aleja me preguntara cómo habían salido las cosas, pero sólo me tomó la mano y asintió como si yo fuera alguien infalible. El ascensor se detuvo en el quinto piso. Nos miramos, yo preocupada, ella con ojos divertidos. Aquel médico que nos habíamos encontrado antes entró, y no pudo ocultar el placer de ese nuevo encuentro con la cubana; luego tomó compostura y se puso de cara hacia la puerta, nosotras detrás de él.

Aleja me apretó la mano. Discretamente se desabotonó los botones de la bata y movió una pierna hacia delante, usaba ligueros y ahí llevaba una pistola pequeña, la sacó y la puso entre las nalgas del médico.

El médico giró un poco, y al darse cuenta de lo que estaba pasando, volvió la cara hacia la puerta, ella le frotó las nalgas con la pistola. El cuello del médico se perló de sudor.

—No me hagan nada —dijo muy quedito—. No... dispares...

Supongo que los minutos fueron interminables para él. La puerta se abrió en el tercer piso. Lo que podía haber sucedido es que alguien estuviera ahí, pero no fue así. El médico salió del ascensor caminando sin fuerza.

Las puertas se cerraron y la cubana rompió a reír.

Aún no tenía aliento para reclamarle lo que había hecho. No lo tuve hasta que la puerta se abrió en el segundo piso, en ese momento ya no quise reclamarle nada, sino ir deprisa por mi ropa. Caminé sintiendo que Aleja venía detrás de mí muerta de risa. Abrí la puerta del cuarto, entré, ella también, pero cerró y echó el cerrojo. Me puso contra la pared y me tapó la boca con una mano mientras, con la otra, me apretó con fuerza la vagina. Traté de zafarme. Reía sin control. Se lanzó a lamerme el cuello a todo lo largo. Sus manos me apretaron las nalgas. No paraba de reír y yo no sabía qué me tenía peor, si el ultraje, su risa o que ese médico ya hubiera ido a buscar a los de seguridad.

Le di con la frente en la nariz. Gruñó de dolor, y no era para menos, pues enseguida le corrió un río de sangre. No intentó taparla, siguió sobándome las nalgas mientras, con su lengua, se quitaba la sangre que le llegaba hasta la boca.

—¡Putita rubia! —dijo—. ¡Me excitas mucho, putita desgraciada! Te voy a coger aquí mismo...

Oímos un ruido, alguien acababa de quitar el cerrojo de la puerta. Aleja se echó de espaldas contra ésta cuando estaba por abrirse y se echó a reír otra vez. Mi miedo parecía excitarla y divertirla. Me mostró de nuevo los ligueros en sus piernas y la pistola que guardaba en ellos.

—¡Abran! —ordenó una voz de flauta.

Aquello hizo reír más a la cubana.

—¡Carajo! —exclamó la voz. Dio un golpe y luego todo quedó en silencio.

Aleja me desgarró la bata de un tirón. Mis pechos quedaron al aire. Sus ojos se encendieron como un niño que ve dos helados juntos en una tarde de domingo. De otro tirón me arrancó la peluca. Me mordió la nariz de una forma puntual y delicada, y se llevó con sus dientes el implante de látex. Rápidamente, cogió la bolsa de plástico; sacó mi blusa y mi chaqueta y me las arrojó. Guardó en la bolsa la peluca y el implante.

Comencé a vestirme aprisa, ya no podía pensar en otra cosa que en salir corriendo.

Aleja abrió la puerta y, simplemente, se marchó. Yo terminé de vestirme afuera, las manos me temblaban, salí al pasillo, no había absolutamente nadie. Sólo yo y mi miedo. No usé el ascensor, sino las escaleras muy deprisa.

Bajé y cuando salí del edificio sentí el aire de la calle como una verdadera bendición. Corrí a mi coche. Toqué mi nariz y sentí algo áspero. Era un poco de pegamento del látex. Lo tallé fuertemente.

Encendí el coche, no dio marcha y sentí la muerte apretándome el cuello. Pero sólo eran mis nervios, mi pánico absoluto. Volví a intentarlo y esta vez el coche dio marcha.

Dejé atrás el hospital y comencé a ver calles y semáforos en su aspecto rutinario.

Transcurrieron cuarenta minutos antes de que tres coches aparcáramos en un paraje de la vieja carretera México Cuernavaca, a doscientos metros de la cinta asfáltica, cerca de un grupo de pinos altos y frondosos.

Cuando me interné en el paraje me percaté de que el rumor de los coches ya no se oía tan cerca y eso me inquietó. De uno de los coches salió Aleja, del otro Fénix. Dejamos las luces encendidas de los coches. Supongo que para poder vernos las caras, pero teníamos un aspecto siniestro e inquietante.

Le repetí a Fénix lo que ya le había dicho por teléfono antes de acordar aquel encuentro, pero agregué que no quería trabajar más con Aleja. Fénix no mostró asombro ni emoción, ni siquiera cuando dije que el médico le diría a la policía que dos enfermeras, una de ellas armada, lo atacaron en el ascensor, y aunque lleváramos implantes la policía sabría que dos mujeres mataron al juez.

Era el turno de Aleja, yo tenía curiosidad.

Sonrió y dijo:

—Tú me conoces, Fénix, ¿cuántos trabajos he cumplido sin problemas?

—Doce —dijo él.

—Sí, mi cielo, doce. ¿Y tienes queja de mí?

—No. Ninguna queja.

—Yo siempre juego un poquitín. ¿No es verdad, cariño?

—Es verdad, siempre juegas un poquitín, es tu forma de ser...

Aleja sonrió y me guiñó un ojo.

—¿Y el médico? —le preguntó Fénix.

—Conozco a los hombres como él y te puedo jurar, mi vida, que lo que hizo en cuanto salió del elevador no fue ir a por los de seguridad, sino meterse al baño a completar lo que yo no le hice con la mano. ¿Te basta con esa explicación?

—Me basta —dijo Fénix, y fue hacia su coche.

Aleja parecía a punto de reír violentamente, igual que en el cuarto del hospital. El olor de los pinos se encendió con una ráfaga de aire. Hacía frío y tal vez era hora de marcharnos.

—¿Yo también tengo que hacérmelo con la mano? —dijo Fénix desde su coche.

Aleja me sonrió triunfal:

—Ahora voy, cariño...

Antes de irse, se acercó hasta rozar con las puntas de sus pies los míos:

—Mañana te veo, chica, tú y yo vamos a disfrutar lo del candidato. Relájate. Nos lo podemos coger juntas antes de despacharlo...

Fui hacia mi coche. Abrí la puerta. Entré y acomodé el espejo retrovisor. A pesar de que hacía frío bajé la ventanilla pensando que cuando estuviera en marcha el aire limpio de la carretera me sería edificante.

En ese momento escuché el disparo. Vi por el espejo retrovisor cómo Fénix sacaba de su coche el cuerpo desguanzado de la cubana, por debajo de los brazos. Y lo dejaba caer como un costal de mierda en la tierra.

—Mañana hablamos —dijo Fénix en la oscuridad.

—Sí, mañana —repliqué conteniendo el aliento.

Fénix entro en su coche, echó reversa pellizcando el cadáver de la cubana con las llantas y se marchó.

Bajé de nuevo del coche. Fui frente a Aleja. Sus ojos estaban abiertos, como si hubieran guardado la sorpresa del disparo.

Pero su boca parecía a punto de escupir otra risotada brutal.

Aún seguía oliendo los pinos de la carretera mientras el vapor de la ducha se me pegaba al cuerpo, y aún los olí al salir del baño y cuando me eché de espaldas en la *chaise longe*. Un par de minutos después llegó Carlos, me dio un beso y puso en mis manos aquel cuaderno como si fuera una Biblia o algo por el estilo:

—No es sólo un diario —dijo—, es mi confianza ciega en ti.

No le di mayor importancia, puse el diario por ahí y le dije que me iría a pasar la noche junto a mis amigas, al Sanatorio Español, para estar con ellas en la agonía de Faustino.

—Invítame a un trago y luego te vas.

—Te estoy hablando de que alguien va a morir.

—Entonces te acompaño.

—No, gracias.

—Entonces invítame al trago.

Serví dos. Me acomodé en la *chaise longe* con los pies a un lado. Él los cogió entre sus manos grandes y comenzó a darles masaje.

—Hace rato te hablé y tenías el teléfono apagado. ¿Dónde andabas?

—Bañándome.

—Fue un baño muy largo.

—Sí, muy largo...

—¿Te puedo contar de mi trabajo o te fastidia mucho?

—Cuéntame, te escucho. —Cerré los ojos.

—Hablé con mi superior para ver si me quita de encima lo de Farfán y me deja el asunto de los acribillados en el restaurante. Dijo que lo pensaría. Pero no parecía muy convencido, creo que no se da cuenta de que estoy llegando a mi límite.

—Bueno, lo va a pensar, tú tranquilo.

—Sí, yo tranquilo... Otra cosa, ¿por qué me dejaste solo en el hotel?

—Por lo de Faustino...

—Pensé que querías que se muriera ese viejo.

—¿Tan obvia soy?

Carlos sonrió:

—Eres de esas personas que no pueden ocultar lo que sienten, no sabrías cómo guardar un secreto, y si lo intentaras te pillaría a la primera...

—Seguro que sí.

—Tan seguro como que me llamo Carlos Villanueva y soy policía.

—Y yo soy de la idea de que todo el mundo tiene al menos un secreto.

—¿Cuál es el tuyo?

—Si lo digo dejará de ser secreto. Yo no te preguntaré cuál es el tuyo.

—No lo tengo, soy un hombre transparente, como agua de manantial.

—Si tuvieras algún secretillo no me importaría, Carlos...

—Eso dices para sacarme cuerda...

—De verdad. ¿Alguna amante por ahí?

Sonrió y dijo:

—Guardar secretos me repugna, siento que cargo un lastre, siento que no vivo en paz...

—Si hablas así es porque sí has tenido secretos.

—Pero ya no, ahora soy un hombre libre. Mi cabeza tenía ventanas que estaban cerradas, un día las abrí todas, entró el aire y se ventiló. Vivo en paz. Muy en paz, Karina. Tan en paz que a veces pienso que estoy muerto.

Me presenté en el Sanatorio Español lista para dar consuelo. Geraldine Alpuche y Manoli Valdepeña lloraban quedito, abrazaditas como dos huérfanas. Supuse que estaba por enterarme de mi tercer muerto de la noche (mi «objetivo» reciente y Aleja la cubana). Las miré en total silencio y hermandad. Aproveché una baja de volumen de su llanto y pregunté:

—¿Ya?

—¡Se murió! —chilló Manoli alargando las palabras.

No pude evitar sentir un vuelco de alegría. Lo disimulé tanto como la media que, en ese momento, descubrí que se me había corrido.

—Es mejor no llorarlo —dije—. Dicen que si los lloras no se van del todo.

Callaron de golpe el llanto, entonces pensé que lo querían tan muerto como yo. Pero Manoli espetó:

—Carlita, ella está muerta.

Tuve que sentarme para acabar de oír la noticia. Me contaron que Carlita Gómez Pinzón le pidió al conserje de su edificio que subiera de inmediato, éste la encontró tirada en el piso, con un frasco de pastillas. La foto de Comelius estaba entre sus manos ya un poco rígidas. Esa misma noche sería el velorio, sólo que Geraldine y Manoli estaban ancladas por lo de Justino. No di crédito.

A pesar de todo, esa noche Geraldine la pasó estupendamente: primero porque no tuvo que dormir al lado de Justino; lo tenía en total aislamiento y los médicos se hacían cargo de él. Segundo porque estuvimos juntas contando anécdotas de nuestra larga amistad, anécdotas que siempre llevaban algún chiste o estupidez graciosa hecha por Carlita Gómez Pinzón, como cuando fuimos de vacaciones a Rusia y nos perdimos en un edificio laberíntico y burocrático, del que nos ayudó a salir un guardia de porte estupendo.

Pensar en Carlita nos dejaba un sabor agridulce. Geraldine repitió aquello de: «¿No es estúpido que la felicidad toque a tu puerta y llegue el diablo y te la quite?» Yo imaginé a Comelius en la cubierta de su *Het Mat Hart* frente al océano inmenso, con sus ojos cicatrizados de sal, llenos de amor frustrado (y de cerveza), escuchando el canto de sirena de su novia que ya sería fantasma.

Planeamos el entierro de nuestra querida amiga. Muchas flores coloridas —porque ella siempre fue así: le gustaban las piñatas, el baile, la fiesta—, músicos en el panteón tocando Vivaldi, en fin, una despedida en toda regla, inolvidable, pero que sólo quedó en nuestras mentes, el sepelio real fue desprovisto de gracia: unas viejas tías de Carlita llegaron de Aguascalientes para hacerse cargo «como Dios manda» de los servicios, hubo misa con cura adormilado, flores apestosas, mucho llanto y luto riguroso.

Carlita dejó unas cuantas cartas. Una para cada amiga (preferí quemar la mía). La carta especial fue para su holandés. Aunque de alguna forma Manoli se enteró de su contenido y nos lo dijo: «Lo nuestro ya será para otro viaje. Tuya, Carlita.»

Junto con el amanecer Justino logro salir de otra de sus crisis de riñones muertos. A eso de las nueve, dejé a las chicas dormidas en la sala de espera, salí a los jardines del sanatorio. Había gatos echados en la hierba, vigilando con sus ojos de vitrales coloridos los pasos de la gente. A mi Günther le gustaban mucho los gatos. A mí no, pero no porque les tengo envidia. Quisiera ser tan cínica y hermosa como un gato. Es difícil encontrar un gato feo. Tal vez por eso existe el dicho «voy a darme una manita de gato».

De cualquier forma odio cuando sacan las uñas y con sus ojos enigmáticos y cínicos observan tu reacción cuando descubres en tu mano la aparición de tres filones de sangre.

Sigfrido se había quedado despierto practicando la guitarra. Pese a su tenacidad seguía temiendo no dar el ancho. El pobrecillo repetía tantas veces las pisadas sobre los trastos de la guitarra, que algunos de sus dedos comenzaron a llagarse. Brenda dormía en el sillón abrazada al gran oso de peluche.

Cuando entré en la habitación y me desnudé para darme un baño, descubrí en el espejo mis pezones renegridos, era a causa de algunas pellizcadas que me dio Aleja; me eché a llorar como si alguien pudiera verlos aparte de mí. Tendría que ocultárselos a Carlos. Eso es lo malo de matar, que siempre tenemos que esconder detalles después, ojalá todo fuera como dijo Carlos, quitarse el lastre de encima, no tener más secretos que los que uno se guardó de niño. Abrir las ventanas de la mente para que entre aire limpio.

Cogí el diario de Andrés Farfán, intenté leerlo, pero me sucedió lo mismo que según Carlos le pasó: no pude con aquellas cuentas que explicaban el dinero que iba a ganar por tal o cual programa, por tal o cual gira en el interior del país donde sería el amo del show de variedades, y la gente le festejaría sus dichos, sus clichés y su «baile del cangurito». Donde podría engañar a media humanidad de que era un tipo sin defectos, generoso, irreprochable.

No fui al panteón. No vi el ataúd subir en el piso electromecánico y entrar en el compartimiento de la pared de mármol. Me eché a dormir y soñé que Carlita no tenía cáncer sino un dolor de muelas, pero que de todas formas se mataba. Ah, y más tarde me desperté y fui a cumplir mi propósito. Compré una hermosa guitarra española. Sonaba idéntica a la que escuché en Madrid, sobre todo cuando mi hijo le sacó algunas notas del concierto de Aranjuez.

—Eres la mejor madre del mundo —me dijo. Ésa fue su nota más hermosa.

Las mujeres amamos tanto a nuestros hijos que los echamos de menos cuando crecen, es como si los que fueron antes, pequeñitos, siguieran existiendo, extraviados por ahí. Los buscamos en sus ojos adultos, pero no los encontramos ya y eso duele, duele y ese dolor se vuelve absurdo porque también es bueno que estén creciendo, fortaleciéndose.

Me gustaba ver a mi yaya, Tomasa Iztabé, matar pollos y puercos en las fiestas de La Esquirla. Podía permanecer a su lado horas enteras, observando cómo la mujerona hacía lo suyo. Su técnica era la fascinación de mis ojos de niña, cogía el pescuezo del pollo, lo doblaba encima de uno de sus dedos toscos y le hacía un corte encima con ese machete capaz de cortar un pelo a lo largo. Es cierto que luego del corte el cuerpo del ave hacía las del poseso, pero quiero pensar que esos movimientos eran involuntarios.

Me gustan los cadáveres tendidos al sol. Me gustan bajo la lluvia y me gustan fotografiados por artistas, pero no me gustan en los hospitales ni en los periódicos, no me gusta que les roben dignidad. Si yo fuera candidata a la presidencia ofrecería tres cosas: cerrar los periódicos que retratan muertos y les ponen titulares despreciables, castrar a pedófilos y tirar todas las casas cuyas fachadas sean de mal gusto. Es evidente que nadie votaría por mí. Dirían «eso está bien, pero hay otras prioridades». «¿Cuáles?», preguntaría yo. «Economía, salud, justicia», responderían ellos.

¿Se nace asesino? No lo sé. Lo cierto es que en cierta ocasión la yaya se cortó un dedo sacrificando un pollo que luchó por su vida. Corrió a buscar un trapo para hacerse un torniquete. Cuando regresó se quedó pasmada al ver que yo ya había adelantado un poco. «Nena, me dijo, tienes talento.» Entre las dos terminamos el trabajo. Ochenta y cuatro pollos y seis marranos aquel día del centenario de La Esquirla al que fue invitado todo el mundo sin distinción de clases sociales. Mi abuelo Rómulo estuvo muy feliz, ese día hasta se permitió decirles a sus íntimos que tenía ganas de embarcarse en un buen negocio, sin miedo, con empuje, como si tuviera otra vez 25 años de edad. El año siguiente moriría de un infarto.

A veces me pregunto si alguien tiene recuerdos más hermosos que los míos. Recuerdos donde, para mí, lo malo y lo bueno terminan siendo igual de memorable.

Es mejor hablar de los otros, por ejemplo de mi primo Blaz. Hijo de un primer matrimonio de mi tío Gustav con una judía polaca (luego se casaría siete veces más). Como ya he dicho, parte de mi familia estaba del lado de Hitler, pero eso no fue obstáculo para que el amor de Gustav y la judía —no recuerdo su nombre— perdurara hasta que ella falleció. Blaz y yo nos adoramos, cierta parte de mi infancia la pasé con él. Es mi psicólogo de cabecera aunque, en realidad, sabe poco de mí. Hubiera dado un brazo por que se quedara a mi lado. Tiene un efecto sedante en Brenda. Le habla y ella regresa a su sitio su lengua bífida y sus peligrosos colmillos. A Blaz le gusta mucho México. Es un tipo afable. Alto y de pelo suave color miel. Nunca alza la voz. Huye de las multitudes y tiene por regla no hablar mal ni del diablo, de quien suele decir «también tiene sus razones».

¿A qué viene esto? Supongo que es un rodeo, como lo fue la semana entera. Tal y como lo deduje, un dibujo de nosotras salió en los periódicos y en la tele, nos señalaban como «las sospechosas del crimen del juez Jesús García Ponce». Es irónico, pero de no habérmelo cargado no habría sabido tantas cosas de él, leí su biografía en una revista de política, su historia no era del todo limpia, dicen que había favorecido a cierto millonario en la adquisición ilícita de terrenos de reserva ecológica.

Rama Kudri decía algo y lo decía en serio: «Además del hecho de que la energía no se crea ni se destruye, sólo se transforma, también es contagiosa como la lepra.» Creo que la energía de Aleja contagió a todo el mundo: Fénix se vio obligado a hacer un viaje a Estados Unidos, para dar explicaciones a los clientes que esperaban resultados por lo del candidato Juan Mora. Las elecciones estaban en puerta y ellos tenían prisa. No sé de qué, pero sí mucha prisa.

El concierto de mi Sigfri se suspendió hasta nuevo aviso, uno de los ejecutantes se fracturó una mano. La querella en contra de Brenda se entorpeció gracias a las mañas de mi abogado.

El país entero cayó en coma. Todo se volvió incertidumbre, los políticos decían las mismas sandeces de siempre, pero contradiciéndose a sí mismos de un día para otro, el clima lo mismo, pasaba del frío más extremo al calor más insoportable. Sólo faltaba que nevara en Ciudad de México. Una noche, mientras pegaba flores secas en un álbum, oí un estruendo, me asomé a la ventana y una luz verde y fulgurante se fue apagando en el confín del cielo, podía ser un ovni, un avión del ejército, el fin del mundo, la carcajada de un ángel, no lo sé, el hecho es que con todo lo que estaba sucediendo en esos días no me pareció extraña cualquier explicación y hasta bostecé.

Para rematar, Brenda, Carlos y yo nos presentamos en el consultorio del psiquiatra de la policía judicial. Makomsi tenía apellido extranjero, pero su cara no podía ser más autóctona. Me dio la impresión de que era un tipo pulcro, muy profesional y de pocas pulgas, no fue ni un poquito amable con nosotros.

Carlos dijo que esperaría afuera.

—Usted también —me dijo el loquero, señalando la puerta.

Lo dejé a solas con mi hija tratando de no mostrar desconfianza, y no porque el tipo pudiera hacerle daño, sino porque ella se lo hiciera a él. Carlos y yo fuimos a la antesala. Casi no hablamos. Llevábamos días distantes. Yo sabía la razón. Andrés Farfán.

Su jefe no sólo no reconsideró sacarlo del caso, sino que le exigía resultados expeditos; al parecer ciertos empresarios estaban ejerciendo su poder para que se esclareciera la muerte de Farfán. Decían que ya no era posible vivir en un país con tal clima de violencia, lo cierto es que cuando el crimen ataca a gente influyente o poderosa como el juez o Farfán, entonces la presión al gobierno se vuelve más decidida. No es lo mismo matar a cincuenta extraños que a un solo famoso.

La cabeza del jefe de Carlos estaba por rodar. Y en esos niveles las cabezas no suelen rodar solas. Carlos también podía quedarse sin empleo. Llegó a decirme con un tono de resentimiento que si lo despachaban no iba a morirse de hambre ni a quedarse de brazos cruzados, pensaba crear una empresa de seguridad junto con sus hombres de confianza, Tito Jiménez y Lauro Zavala. Incluso dijo: y si no nos contratan para cuidar empresarios, los secuestramos.

Por otra parte, seamos honestos, a Carlos no lo calentaba el sol porque había leído mi nombre en el diario de Farfán. No podía ser de otra forma. Como dije, me costó trabajo leer el diario, pero al fin lo hice. Mencionaba sus aventuras. Mi nombre aparecía con todas sus letras. Karina Shultz Buadilla. A cada mujer le había puesto un adjetivo y una puntuación en la cama. En mi caso decía «rojo carmesí. 9». Lo del 9 me disgustó, merecía el 10; lo del rojo carmesí me pareció tan cursi que lamenté no haberle pegado tres tiros en vez de dos.

Entendí que ese diario lo había leído Tito Jiménez antes que nadie, y de ahí su sorna cuando nos vimos. Para empeorar las cosas Carlos me contó que casi llegaron a los golpes cuando Tito le dijo «yo no digo nada, sólo lee el diario». Soy sincera, no sentía culpa pero si me dolía el sufrimiento de Carlos. En algo tenía razón, aquello ameritaba honestidad de mi parte, pero la culpa es otra cosa. La honestidad hubiera sido decirle, mira, amor, lo que sucedió entre Farfán y yo fue mera cuestión de trabajo, soy una asesina y a veces el sexo y la muerte trabajan juntos. ¿Lo comprendes, cariño?

El teléfono de Carlos timbró con su estribillo de *La Marsellesa*, respondió a la llamada, colgó y me dijo:

—Tengo que irme, parece que hay una pista buena sobre lo de Farfán.

Me dio un beso esquivo y se largó.

—Señora Shultz —me llamó Makomsi.

Entré y esta vez le pidió a Brenda que nos dejara solos. Se despidió de ella con un saludo de manos como de «chavos banda». Por primera vez vi una sonrisa franca en la cara de piedra de Makomsi.

—¿Cómo ve a mi hija, doctor? —le pregunté.

—Mejor que a usted.

—¿A qué se refiere?

—Se lo voy a decir sin rodeos, a su hija le funciona muy bien el tubito...

—¿Tubito?

—El que conecta las ideas del cerebro con la lengua para decirlas en voz alta.

—No acabo de entenderlo.

—Se lo explico. El único problema de Brenda es que usted es una buena hija de la chingada.

Anahí y yo le sacábamos brillo a los pezones de la Venus.

—¿Cómo está su hijo? —me preguntó dando un tono

casual a su pregunta, pero la estopa en sus manos acarició los pezones de la Venus de un modo delicado. Una corrosiva felicidad me invadió las entrañas. Le dije que bien, esperé unos segundos y le pregunté por su novio.

—Terminamos —confesó.

Estuve a punto de invitarla a celebrar la noticia. Justino no murió, al menos ese rompimiento me compensaba.

—¿Quién tomó la iniciativa? —pregunté.

Guardó un incómodo silencio. Balbuceó que él tenía mucha presión por terminar sus estudios. En ese momento el móvil de Feng Shui tintineó sobre la puerta. Fénix apareció en traje color paja, sombrero de fieltro y zapatos marrón. Fue directo a la Venus. Bajó ligeramente una rodilla en son de rendirle pleitesía y luego besó, fugazmente, uno de los pezones dorados ante el asombro de Anahí.

—¿Puedo llevarme a mi dama junto con mi factura de compra?

Le pedí a Anahí que fuera a imprimir la factura.

—¿Quiere un camión de mudanza o ya lo tiene contratado, señor Sotelo?

—Si es tan amable, encárguese, señora Shultz.

Marqué el teléfono mientras Fénix husmeaba por ahí. Anahí regresó con la factura, a juzgar por sus ojos desorbitados, veinte mil dólares debieron parecerle mucho dinero por una estatua de granito cuyo único valor eran los pezones bañados por una delgada capa de oro.

Una mujer entró en la tienda, observó la Venus y compartió una sonrisa conmigo. Le pregunté si podía ayudarla en algo.

—No lo sé —dijo—, no tengo una idea clara de lo que estoy buscando...

—¿Algún gusto en particular?

—Los espejos, me chiflan los espejos.

—¿De qué estilo?

—Aconséjeme, acaban de hacerme cirugía facial. Un espejo podría servirme para que me acostumbre a mi nuevo aspecto...

Fénix sonrió benévolamente y dijo:

—En ese caso compre uno pequeño.

La mujer salió por patas.

Fénix señaló el librero estilo Dalí.

—¿Cuál es el precio?

Le pedí a Anahí que buscara en el catálogo.

—Veinte mil... ¿dólares? —dijo asombrada.

—Tendrá que hacerme una rebaja, *madame* Shultz —objetó Fénix.

—Del diez por ciento —ofrecí.

—En dos pagos, el siguiente en quince días. —Hizo un cheque y me lo dio.

Sabía que me estaba pagando lo del juez. A mi juicio entre la Venus y el librero este último debía valer más, pues como dije, los pezones sólo tenían una capa delgada de oro. En cambio, el mueble había sido fabricado por un verdadero artista y aparte de su valor estético la combinación de ébano y roble le daban exquisitez. De igual forma pienso que la vida de un juez debería valer más que la de un conductor de concursos de tele, pero bien, el precio lo había determinado Fénix y no hacía falta que me explicara las razones. Con Farfán invertí más tiempo, el objetivo no sólo fue despacharlo sino obtener el diario; en cuanto al juez sólo se trató de darle el cierre final a lo que otros sicarios hicieron en el restaurante.

Mei y Aleja eran como el día y la noche, pero ambas voluptuosas a su manera. De Mei me lo parecía su cuello de cisne, sus pequeños y perfectos senos dibujados en la camiseta suave de algodón, lo demás pura fragilidad oriental. Cenamos en su apartamento, a petición expresa de Fénix que, para variar, no estuvo presente.

—Delicioso el sushi —dije.

Ni siquiera sonrió por el cumplido. Sacó la propaganda del candidato, afiches, una libreta de apuntes y un bolígrafo con el eslogan: «México ya no puede esperar.» Desplegó una laptop sobre la mesa, de color plata, un remedo más de la elegancia que me comenzaba a parecer chocante.

—Te voy a dar una lista de los sitios que frecuenta —me dijo con una voz precisa y suave—, haré la copia en CD. ¿Estás de acuerdo?

Asentí y pensé: «¿Por qué no iba a estarlo?»

Sus dedos se movieron con tersura de paloma sobre las teclas. Metió el disco. Lo quemó. Miré alrededor. La decoración no guardaba relación con Mei, era casi vulgar, así que supuse que lo había alquilado provisionalmente, listo para irse cuando hiciera falta.

Mientras manipulaba la computadora, Mei me dijo:

—Soy una señora rica venida a menos, que se ha dado cuenta de las injusticias, de la bota con la que los gobernantes nos están pisando la cara. De que la economía de México se ha ido al carajo y ocupa los últimos lugares en las listas mundiales de calidad de vida, educación, salud, seguridad, ingresos, de que perdimos la autosuficiencia alimentaria de hace años, que los jóvenes no se matan por droga o alcohol, sino por falta de oportunidades, del futuro que les robó la urgencia de salvarles el culo a los banqueros. La conciencia social me sorprendió de golpe.

Quiero que el candidato a jefe de Gobierno sea Juan Mora, y que luego llegue a presidente. No soy una idealista, soy realista, sé lo que pasa en México. Sé del neoliberalismo, del nuevo desembarco neocolonialista de los países europeos, sé que sus bancos deben el setenta por ciento de su crecimiento actual no a los negocios que hacen en sus propios países sino a los que hacen aquí gracias a las ventajas que les ofrecen nuestros políticos entreguistas. Los oligarcas, las treinta familias que lo deciden todo, ven al pueblo como un misterio; sucio, vulgar. La educación privada es un cuchillo para partir el pan. De un lado quedará lo duro, del otro lo sabroso. El presidente en turno sólo tiene una palabra en boca. Macroeconomía. México es una tienda, todo es vendible. Lo único que pido —Mei levantó los ojos y me miró con una belleza escalofriante— es que México se levante de las cenizas, como el ave Fénix...

Sacó el disco, lo puso en un estuche y me lo entregó.

—¿Alguna duda?

—¿Cuándo comenzamos?

—Cuando lo diga Fénix.

Ya me esperaba esa respuesta.

—¿Algo más?

—¿Puedo? —dije señalando la charola de sushi.

En realidad era una provocación de mi parte, en contra de sus ojos rasgados que iban hacia el reloj en la pared como si tuviera prisa de echarme de su casa. Comparativamente hablando, esa mujer era tan delicadita que yo hacía ahora las veces de la cubana y Mei mi papel.

Le pregunté si no le molestaría decirme si era japonesa o mexicana. Dijo que nació en Tokio, que su padre era japonés, su madre rumana, su abuelo paterno holandés y su abuela materna mexiconorteamericana. Debió notar mi sincero asombro por aquella mezcolanza que, sin duda, produjo un espécimen hermoso, pues se permitió una levísima sonrisa que le iluminó los ojos y le dibujó diminutos hoyuelos a los lados de la boca. «Mierda —me dije—, quizás ésta sea más adecuada para mi Sigfrido que Anahí.» «¿Pero qué dices? —me reproché—. No pierdas la perspectiva. Esta pequeña oriental es capaz de matarlo a sangre fría mientras le hace una posición del Kama Sutra.»

Makomsi no diagnosticó a Brenda, me diagnosticó a mí de un plumazo. Pero no estaba molesta con él, prefería que el problema fuese mío y no de Brenda, según esto si yo cambiaba de actitud ella lo haría en consecuencia; sin embargo, volvíamos a la misma historia, y las palabras de mi primo resonaban en mi cabeza: «Tú no traumaste a tu hija, todo se debe al volátil ingrediente de los Shultz.» Por lo pronto intenté una nueva actitud con mi hija, entré a su recámara, levanté las sábanas, la cogí de los pies y la arrastré fuera.

—¡Chingao, madre! ¿Qué estás haciendo? —protestó—. ¡Eres demencial!

—¡Desde que te echaron del colegio te paras a las doce, huevona!

—Entonces me levantaré a las once. —Se acurrucó en la alfombra.

Cogí la jarra y le eché agua en la cara. La nena se revolvió como si un espíritu maligno enfureciera dentro de ella.

—¡Ahora mismo te metes en Internet y buscas solución a tu vida! Quiero una lista con posibles colegios y/o empleos...

—¿Y/o?

—Sí. Y/o.

—¡Puta madre!

Le lancé ojos de pistola.

—Sólo es una forma de hablar.

—No tienes que aclarármelo.

Minutos después le pedí a Areli que fuera a la tintorería por mis vestidos. Faltaban sólo un par de horas para ir a la comida que le organizaban a Carlos en la policía por sus trece años de servicio. Como cualquiera sabe, en esos casos dos horas son un suspiro si una no tiene nada decente que ponerse. Y nunca lo tiene. Escuché el ruido de un coche. Salí al garaje. Sigfrido sacaba el todoterreno. Le pregunté adónde iba un chiquillo como él sin licencia de manejo y con tan tremendo mastodonte.

—A visitar a Alan —respondió.

Alan era el chico que se había roto la mano.

—¿Y no puedes pedir un taxi?

—¿A Las Lomas?

—Lo dices como si Las Lomas quedara en Marte.

—No sabría explicarle al taxista, pero sí llegar por mi cuenta.

—Sigfri, no hay nada por tu cuenta hasta que cumplas los dieciocho.

—Otra cosa —dijo.

—¿Cuál?

—Tienes la mascarilla de aguacate que te pusiste para dormir anoche. ¿Por qué no te metes en casa, mamá?, asustas.

Mi ferocidad se volvió tremor de pájaro herido; mi Sigfrido me había hablado feo. Di media vuelta y entré a punto de llanto. Alcancé el primer baño donde había un espejo de cuerpo completo. De haber tenido un zapato en la mano o cualquier objeto contundente, mi imagen habría caído hecha añicos como la de la bruja, en Blanca Nieves.

Igual que cuando una tarde vi en los ojos de Brenda su primera regla —y también gracias a mi sutil olfato de perra—, así sentí que Sigfri ya no era más mi niño, su señalamiento era síntoma de rebelión e independencia, lo mismo que el hecho de conducir por ahí. Licencia provisional, tenía. Mi permiso no. Pero ya no tuve valor de detenerlo.

Más tarde, las cosas marcharon mejor frente al espejo de mi recámara.

—Le queda bonito —opinó Areli.

Me observé con recelo. El vestido era impecable; eso tienen los italianos, lo mismo hacen bien una pizza que una prenda de alta costura.

Brenda entró en la habitación y me ofreció el teléfono. Lo cogí y advertí:

—Y/o... No se te olvide, Brenda. Y/o...

—No, *mein* Führer, y/o. —Salió rumiando de la habitación.

Me moví con el teléfono por todas partes. Areli iba detrás ajustándome el vestido. Y yo decía: «¿Geraldine?» «¿Comelius?» «Entiendo.» «No entiendo nada.» «Pero me gusta.» «¡Claro que me gusta! «¡Al carajo con el qué dirán!»

Brenda volvió a asomar la cara:

—¡Ya llegó tu matarrateros, *mein* Führer!

Tapé la bocina y repetí:

—Y/o, Brenda. No estoy jugando.

—*Heil* Hitler!

Terminé de hablar con Manoli. Le di el teléfono a Areli. Le dije lo que debía hacer de comer para los niños y le pedí que cogiera su quincena del cajón de siempre.

Me puse los zapatos altos. Bajé la escalera con una rapidez que hubiera sorprendido a un trapecista del Cirque du Soleil. Pero oh, decepción, mi príncipe azul estaba en jeans. Se lo reproché sutilmente:

—¡Vas vestido como un trabajador de la construcción, Carlos!

—Lo siento. —Su voz sonaba a velorio—. Detuvimos a uno de los asesinos de Farfán, ahora mismo vengo del operativo. Eran dos, uno prefirió morir a tiros, menor de edad... Ojalá no hubiera sido así...

—¿Quién le disparó?

Carlos levantó la cara, sus ojos tenían la misma culpa que los de mi abuelo cuando descubrí que le había robado un conejo de madera a un peón que era medio idiota, pero que tenía alma de artista, y que el abuelo me regaló.

—Hiciste lo que debías —traté de suavizar.

Carlos asintió y estiró la mano para que se la tomara.

—Era un niño.

Me abrazó y sentí que su cuerpo se estremecía para contener el llanto. Lo abracé con fuerza, lo hice sentarse y le serví un tequila, pero se negó a beber.

—¿Dices que atraparon al otro?

—Lo tenemos en los separos.

—¿Ya confesó?

Me lanzó una mirada nueva para mí, la de un hombre que piensa que su novia es un poco idiota por preguntar estupideces. No se lo reproché, acababa de matar a un niño, y yo tenía en qué entretener mis pensamientos.

Manoli me contó que Geraldine y Comelius habían iniciado un romance. Según ella las condolencias entre ambos fueron exageradas en el sepelio de Carlita Gómez Pinzón, y —¿cómo no lo pensé antes?— ese sepelio debió de ser para Geraldine como un día de fiesta, de los pocos eventos sociales al que asistía en mucho tiempo, mientras su hija se quedaba cuidando a Justino.

Noté a Manoli escandalizada (o tal vez celosa...).

«¿Te parece correcto lo que está haciendo?»

«Correctísimo.»

«¡Pero es una mujer casada!»

«Con un muerto viviente».

«No es cosa de risa, Karina, ¡esto es inmoral!»

«Si Geraldine puede ser inmoralmente feliz, hay que celebrárselo.»

«¡Si se casan que no me inviten a la boda! ¡No iré!»

«Tranquila, Manoli, ¿no vas muy aprisa? Apenas comienzan.»

«Sólo te diré que la última vez que hablé con Geraldine tenía sonrisa. ¿Tú alguna vez le viste una sonrisa?»

«¿Por qué no lo celebras entonces? ¿No te da gusto?»

«Tú sabes cuáles son mis ideas, para muchos soy anticuada, algunos se burlan de que en mi casa tenga platos con la foto de Juan Pablo II, pero creo que mis ideas merecen el mismo respeto que las de cualquiera.»

«Entonces respeta las de Geraldine.»

«Lo voy a intentar, pero no te prometo nada...»

«Te ayudará tu buen corazón cristiano, estoy segura.»

«¿Alguna vez le has deseado la muerte a alguien, Karina?»

«¿A qué viene esa pregunta?»

«A que ahora mismo se la estoy deseando a Justino, para que lo de Geraldine con ese holandés no sea tan inmoral. ¿Te parece que estoy loca?»

«Como todo el mundo, Manoli.»

—Era un niño —repitió Carlos, que siempre sí se bebía el tequila.

Joder con eso, pensé, imaginando al chico sinvergüenza liarse a tiros con la poli y quedarse muy campante si se salía con la suya. Lo cierto es que la razón de los tiros era equivocada; ese chico y el otro no tenían nada que ver con lo de Andrés Farfán, yo lo sabía, ellos lo sabían, pero Carlos no. Supuse que si la verdad le abriera los ojos el haber matado al chico sería aún más insoportable. Y supuse que quizás esos mocosos se pusieron nerviosos con la policía.

Llegamos a una cantina en Coyoacán. Medio departamento de la policía judicial estaba en una mesa larga. Alrededor de treinta personas. En cuanto nos vieron aplaudieron, le gastaron bromas a Carlos, y uno que otro se puso de pie en actitud de respeto. Comenzaron a felicitarlo por la detención del asesino de Farfán y la neutralización del otro. Así la llamaron, neutralización. Hice un ligero mutis para que sus entusiasmados compañeros le prodigaran abrazos resonantes. Ocupamos dos sillas cercanas a la cabecera, junto a un tipo de cara hosca, moreno como el negro santo, traje, corbata y pelo al alto brillo. Supuse que se trataba del jefe de la corporación, pero me equivocaba. Era el secretario particular del procurador, nada menos que el últimamente muy nombrado por mi Sebas, Ramón Cueto.

—Tanto gusto, señora —dijo con su voz de barítono alcohólico, e hizo lo que ya ni los príncipes, me besó la mano.

Me sorprendió el hecho de que a nadie le agradara Farfán, lo cual podía implicar un rasgo de profesionalismo de parte de esa gente, como un médico que alivia al enfermo aunque no le simpatice. Ahí me enteré de que los supuestos asesinos habían entrado a robar al departamento de Farfán dos años atrás. El jefe de Carlos daba entrevistas en los medios diciendo que las cosas se habían resuelto. Lucía feliz, quizá no por hacer justicia sino por salvar su propio pellejo.

Imaginé que, mientras celebrábamos, un ladroncito de poca monta era siendo obligado a firmar su confesión a chingadazos. Carlos me diría que no, que esos tiempos habían quedado atrás, y mamá Chayo que los de la Secreta se llevaron a su padre a Lecumberri y que los nuevos policías eran hijos de los viejos.

Algunas mujeres, policías me imagino, me fiscalizaban al detalle. «¿De dónde sacó Carlos a esa güerita mamona?», estarían pensando. La mayoría, lo digo sin ánimo de ofender, eran un pelín vulgares, de ropas apretadas y de mal gusto, con ese tonito de voz que arroja la voz sin modularla. Y con labiales que más bien parecía pegoste de dulce.

Circuló la bebida típica de burócrata, cubatas. Pero, como buen político en ascenso, Cueto pidió tequila Don Julio. Eso sí, a nadie vi beber algo que no tuviera alcohol. Las secretarias bebieron micheladas con cerveza light tamaño pata de elefante. Yo pedí un gimlet. Y en ése me quedé, pues no soy de largo alcance y siempre he pensado que si un hombre ebrio parece un animal, la mujer ebria parece el vómito de ese animal.

La comida fue abundante. Charolas con sopesitos de fríjol con queso de cabra colocadas a manera de pirámide, empanaditas de cazón, taquitos de barbacoa, mojarras al ajo, huausontles en pasilla, chamorros y una variedad de quince salsas a escoger, desde la clásica de tomate verde y chiles, hasta la borracha, habanera, de árbol y chipotle molcajeteado. Tortillas de maíz azul recién hechas. Tremendos guachinangos y sábanas de carne. Yo pedí filete Sol acompañado de verduras, Carlos devoró un chamorro que Pedro Picapiedra le hubiera arrebatado a garrotazos. Llegaron a los postres. Los borrachos evitan comer dulce como los vampiros la cruz. Había flan casero, chongos zamoranos, pasteles Imposible, gelatina de cajeta, fresas con crema chantillí. Llegó la hora de los cigarros y el café. Carlos y Cueto cortaron puros como dos vaqueros cartucho. Los meseros, serviciales, despejaron la mesa como un equipo de limpieza que dejó impoluto el lugar de la masacre. Los cafés cortados, americanos, capuchinos y expresos fueron lo siguiente, además de coñac, anís Chinchón, licor del 45.

—Un brindis —se paró un tipo tambaleante— por Carlos, que le partió la madre a esos cabrones que mataron al señor don Farfán.

Aplausos.

Un hombre no me quitaba la mirada de encima: Tito Jiménez el Cuervo. A su lado estaba el cacarizo Lauro Zavala. Cuchicheaban mirándome y haciendo esas caras que los tipos ponen cuando hablan de las mujeres como de trozos de carne en su jugo.

La cortinilla musical del noticiero capturó nuestra atención. Detrás de la barra había un televisor: el conductor, sentencioso y engolado, prometía darnos a conocer los últimos hechos del asesinato del noble mártir, Andrés Farfán, a las siete en punto. El ruido en la cantina no permitía escuchar bien, pero las imágenes lo decían todo. Una camioneta de la judicial afuera de una casa en un barrio popular, un cadáver cubierto con una sábana blanca a media calle y sus cuatro veladoras (Carlos clavó su mirada cargada de tristeza en aquella imagen); la mano del muerto afuera de la sábana, vuelta hacia arriba, como pidiendo limosna, y un zapato deportivo abandonado un poco más lejos. Otra imagen: el interior de la vivienda, una mesa con armas, dinero, cocaína. Una más: el criminal —otro chico— presentado frente a los reporteros. El chaval tenía cara de susto.

Y cómo no, imágenes de Farfán resucitado en sus viejos programas, rasuradito, digno, ocurrente. Equis kilos menos de peso. La antorcha de la indignación fue encendida por el lacrimógeno y hábil manejo de cámaras; la sonrisa, el perfil correcto, la frase amistosa de Andrés, su afecto hacia el público en el estudio, cámara lenta a sus ademanes, música de violines.

Corte a un anuncio de toallas femeninas.

Yo podía decir algo de Andrés. Tenía su lado bueno. La pasábamos bien. Pero me bastó oírle hablar alguna vez por teléfono para darme cuenta de que se movía como un tiburón depredador en ese mundillo de la televisión. También es verdad que, entre copa y copa, se metía a los baños y salía con las pupilas dilatadas y la presión arterial a tope. No obstante, si me echaban el guante, no podría decir quiénes ni por qué ordenaron enfriarlo. Quizá si lo vemos con cierta perspectiva, Farfán no sólo fue víctima de quienes nos involucramos en cortarle su programa de televisión de por vida, sino de algo más complejo; la farándula, sus putas ociosas, la fama de la pantalla chica, la golfería alegre que da ir por ahí recibiendo halagos, el dinero a carretadas, y todo eso cuyos catalizadores fueron el egoísmo, la simpatía y la ambición de un tipo medianamente astuto.

La gente se fue despidiendo, una secretaria se acercó a mí y a Carlos. Puso una mano en su hombro, le besó la mejilla muy cerca de la boca. Alabó sus trece años en la Institución. Le habló de cosas que yo no podía entender. Gente, lugares, situaciones, cosas que sólo «ellos dos» sabían, todo el tiempo con la mano en su hombro y acercándole la boca al oído. Después se despidió de mí lacónicamente (ese tipo de guerritas femeninas me daban risa) y yo le dije adiós con la buena educación que me enseñaron mis padres. Lo único malo de esa educación es que no se puede evitar ser hipócrita; de otra forma, le hubiera dicho que el pelo rubio la hacía parecer chango güero y que no hay fabricante —hasta el momento— que haya logrado hacer unas uñas tan largas que no se vean falsas, y si las suyas no lo eran, tenían el grosor de una mesa de pino barato.

Quedamos cinco personas en la mesa, Carlos, yo, Cueto y dos secretarias. El hombre había apagado su puro apestoso y ahora fumaba un Delicado sin filtro. Su dedo meñique tiraba la ceniza en el cenicero. Daba sorbos a una copa de whisky (había pasado del tequila a esa otra bebida sin pudor alguno). El tema: las elecciones a jefe de Gobierno.

—Una cosa —dijo Cueto—, Juan Mora es un tipo con buenas intenciones pero no tiene los pies puestos en la tierra. Se rodea de puro carroñero que está esperando los despojos del tigre.

—¿Qué tigre? —pregunté.

A Cueto pareció gustarle mi ingenuidad. Era un macho y quería «educar» a la débil fémina. Yo parpadeé los ojos cual Bambi agradecida.

—Alberto Olmos —dijo refiriéndose al candidato opositor— tiene todas las de ganar. Un grupo sólido detrás. No sólo los industriales, sino de su equipo inmediato, pura gente bien educada, con visión moderna del mundo. Un plan económico muy consistente.

—Entonces ganará —dije.

—No sé, hay quienes piensan que Juan Mora es reencarnación de Moctezuma. Con perdón suyo son puro indio jodido.

Las secretarias rieron como un par de guacamayas.

—Ahí tienen a uno de los cercanos a Mora —siguió Cuesto—, Indalecio. ¿No acaban de agarrarlo metiéndose fajos de billetes como si fueran caramelos en los putos bolsillos? ¿Saben qué pasa? —interrogó a todos paseándonos con la mirada aturdida—. Que lo traemos en los genes.

—¿Qué cosa, mi lic? —interrogó una de las mujeres.

—Los rateros, los mexicanos traemos eso en los pinches genes. Y un día un puto científico ruso me va a dar la razón...

Otra vez estallaron las risas.

—¿A poco no, mi Carmela? —dijo Cueto tocándole la rodilla a una de las mujeres.

—Pero... —opinó Carlos— Mora está arriba en las encuestas.

—Y así mismo va a irse derechito a chingar a su madre cuando le caiga la aplanadora de los poderosos —sentenció Cueto. Y lanzó un bostezo.

Carlos levantó la mano y pidió la cuenta. Insistió en pagar.

—No me hagas esto, hermano —protestó Cueto.

La palabra «hermano» pareció ser para Carlos la orden de salida a los caballos del hipódromo. Dio su tarjeta de crédito antes que Cueto pudiera «desenfundar» la suya, y, ya sin cohibimientos, dijo:

—Una pregunta, licenciado. ¿Usted sabe si el procurador Bustillos conoce a un tal Honorio Ordóñez?

—¿Quién es ese pendejo?

Las dos secretarias volvieron a reír.

—Le voy a ser franco, mi novia tiene cierto problema

legal con un tal Honorio Ordóñez, que dice ser amigo del procurador. Cómo chinga. Ya sabrá, juicio de por medio y toda la cosa. No quiero entrar en detalles... —Se detuvo para hurgar la reacción de Cueto.

—Entre, Carlos, entre —dijo Cueto mirando lascivo a las secretarias—, entre hasta el fondo —sus ojos bajaron a las piernas cruzadas de una de ellas—; no hay prisa, aquí nos chingamos otra botella de Chivas, con perdón por la expresión. —Recargó la boquilla de la botella sobre la copa y la volvió a llenar.

Una de las secretarias sacó el labial y comenzó a pintarse la boca en plan de guerra. Carlos contó pelos y señales del problema de mi hija. Me sentí francamente avergonzada. Pero no tuve el valor de abrir la boca. Las secretarias me veían con falsa lástima y mucho morbo.

Trajeron otra botella. Entre copa y copa Cueto habló de política, del futuro del país y de arqueología maya. Al parecer era experto en cualquier tema. Al final, borracho y todo, logró recuperar el asunto de mi hija:

—A ver qué se puede hacer —resolvió—. Ya pagamos, ¿verdad, agente?

Carlos, asintió.

—Pues a trabajar, Villanueva. —Cueto empinó el resto de la copa. Se levantó. Su mano cogió el respaldo de la silla al dar un traspié. Las secretarias se apresuraron a servirle de apoyo.

Salimos escuchando un trío de músicos que nos acompañaron a la puerta lanzando su mejor versión de una canción de Los Panchos. Un empleado trajo los coches de Carlos y de Cueto, este último una cosa grande parecida a un alucine futurista de Spielberg.

Carlos y yo nos quedamos solos, otra vez callados. Subimos a su coche. Manejó a lo largo de Río Churubusco. Su cara era la de uno de esos títeres de guiñol que esperan que les metan la mano para poder decir algo. Los trozos de ciudad pasaban fugaces a los lados. Una rara sensación de espasmo me subía y bajaba desde el ombligo a la vagina. Pensé en Geraldine. La imaginé en la proa del *Het Mat Hart*, vestida con una prenda de algodón; su hermosa cabellera recién pintada de color caoba levantada por el viento, los brazos quemados por el aire, el aire acariciando sus ojos de mujer hermosamente avejentada. Por primera vez libre, libre del carcamal moribundo de su marido. A él lo imaginé atado a una enorme rueda de madera que giraba, abierto de pies y de brazos. Alguien le lanzaba cuchillos. Ese alguien era yo. Y todos daban en el blanco.

—Karina —dijo Carlos, en el mismo tono serio de cuando llegó a mi casa—. Lo nuestro se acabó.

Karina Shultz no se daría el lujo de perder el porte porque un cabrón no supiera valorarla. Fríamente enumeré las ventajas del rompimiento con Carlos Villanueva. Al menos tres; el hombre era un inculto que no sabía distinguir unas sábanas de seiscientos hilos de la tela con que se fabrican los costales. Pero no logré que esas ideas me duraran más de cinco minutos. Quería matarlo. Ese lujo sí que me lo podía permitir. Le pediría una última cita. Haríamos el amor, le pincharía el cuello y me apartaría de la cama mientras él pasaba de la sorpresa al susto y del susto a la furia y de la furia al pánico. Me sentaría tranquilamente a presenciar su muerte. «¿Quieres que se acabe? Suplícamelo.» Tal vez él diría que no, pero sólo unos segundos, esos que aguanta cualquiera antes de ver que el cloruro de potasio derrota a cualquier macho de porquería. Cogería una segunda jeringa. Me montaría encima de Carlitos, le pegaría una bofetada y le diría «salúdame a tus abuelitos de mierda». Y le clavaría la jeringa en el corazón llenándoselo de aire. Carlos lanzaría un grito, las venas del cuello y de las sienes endurecidas precederían al último estertor.

Soy una mujer muy sentimental: lloré al imaginarlo muerto.

El pobre ya lo estaba. Me dio una razón para terminar. Me contó que él y su ex descubrieron que su hija, Arcadia —quizás el nombre fue su primer motivo de odiar la vida— llevaba tiempo siendo anoréxica. La internaron en una clínica. Por recomendación de no sé qué estúpida, fueron a hablar con un cura que les dijo que el problema de la nena era la consecuencia del divorcio y de la época de depravación actual. Por lo tanto sólo quedaba una solución, reintentar el matrimonio que juraron ante Dios y terminar con nuestra relación prohibida. Así la llamó Carlos, eso me hizo hervir la sangre más que su decisión de romper.

En fin, él tomó su decisión y jódame yo.

¿Y si mataba a Cecilia?

La había visto un par de veces. Una en la oficina de Carlos cobrándole la pensión alimentaria, la otra en un súper comprando limpiador de estufas, es decir, en ninguna situación dignificante. Debo reconocer que su cara era una réplica de la Monalisa. Pero su cuerpo nada, poca cosa.

A veces Carlos se comportaba como Peter Pan y eso harta a cualquier mujer. Es verdad que al principio un hombre del tipo soñador tiene su encanto, pero la química demuestra que cuando una manzana no madura después de un tiempo se pudre. Los sueños de los hombres tienen fecha de caducidad, muchos se aferran a ellos, quizá de forma honesta, lo cual los lleva a volverse patéticos. Hay otra clase de hombres que no sueñan, arrebatan sueños o compran los ajenos, es la clase de hombres que gustan a muchas mujeres que conozco, los llaman triunfadores, yo los llamo «ya me diste pereza».

Matar a la tipa no era mala idea. Fénix dice que gente como yo no somos asesinos, sino dinamiteros a la vieja usanza. Encargados de poner los cartuchos a la entrada de la mina. Hay que hacer saltar por el aire las piedras antes de buscar el oro. La mujer de Carlos, en este caso, era una piedra humana, una piedra en el zapato. No tenía por qué matarla sádicamente. Un tiro en la cabeza bastaría, sus sesos de Monalisa quedarían desperdigados en las paredes de su domicilio, arte espontáneo, instalación, como le llaman los jóvenes artistas que luego se paran en La Garbo pretendiendo venderme cosas como un retrete cuajado de flores.

¿Y si los mato a ambos?, me pregunté. Después de todo habían jugado conmigo. Eran esa clase de parejas que siempre se están dejando y en su camino de desacuerdos y reconciliaciones joden a la gente buena como yo. Una fuga de gas sería lo correcto para que agonizaran despacio.

¿Qué culpa tenía Arcadia la bulímica? ¡Maldita adolescente! ¡Estúpida egoísta!

Llegó temprano. La trajo Areli, maullaba todo el tiempo. Era multicolor y tenía una pata chueca. Enseguida Brenda quiso ponerle Brenda II. Me pareció que sería un buen nombre cuando el animal creciera y sacara las uñas; mientras tanto pegué el grito en el cielo. No quería una gata en casa. Éramos enemigas naturales. «No se preocupe, señora. Me la voy a llevar conmigo; es que cuando venía me la encontré. Y me dio harta lástima.» Eso dijo Areli.

Sí, le tuvo lástima. Lástima a mis costillas.

Le pedí que la mantuviera lejos de los muebles y que me llevara té al estudio; mientras tanto salí al jardín, pues escuché que el aspersor de agua estaba abierto y no era hora de regar las plantas. Si algo me ponía fuera de mí es que la gente fuera tan inconsciente en cuanto a cuidar el agua, hubiera podido matar por eso.

Cerré la llave, reparé en el buzón, lo abrí y encontré dos recibos por pagar y un sobre blanco que sólo decía mi nombre y que no estaba cerrado. Me alejé mirándolo por ambas caras, con el temor de que se tratara de otro citatorio judicial. Entré a la casa. El teléfono que estaba en el pasillo dio un timbrazo. Contesté y aquella voz de mujer me espetó:

—¿Su hija duerme en paz?

—¿Señora Ordóñez? —pregunté.

Rompió a llorar. Colgó bruscamente. Abrí el sobre, saqué el papel y leí:

«¿Cuánto te pagaron por matar a Farfán, rubia de mierda?»

Sólo faltaba que se abriera el techo y un rayo me partiera en dos. Me senté frente al escritorio. Me dolían los ojos. Había llorado la mitad de la noche pensando en lo bueno y lo malo de Carlos Villanueva. Mis ojos parecían los de un pez globo. El índice de mundo mezquino se elevaba a mil. Me lanzaban ataques anónimos y yo no tenía ni cabeza para pensar. Pero debía mantener la guardia en alto de la misma forma que un controlador de vuelos. O mi vida entera terminaría estrellada, trágicamente.

No era la primera vez que surgían esa clase de situaciones, eran inevitables, como podía serlo el que, pese a la escrupulosa asepsia con la que Geraldine hacía las diálisis de su marido, de vez en cuando se colaran bacterias y el viejo terminara un par de días en el hospital. La primera vez que me pasó algo así fue con un «objetivo» de Monterrey; mi papel fue representar una amante, rara avis, que le insiste a su amorcito que no se le vaya ocurrir dejar desprotegidos a sus hijos cuando muera, y que haga, lo más pronto posible, testamento. «No te estoy pidiendo nada para mí, cariño, incluso te prohíbo que me dejes algo, pero a tus hijos no los vayas a dejar en la calle.» Me hizo caso, y en cuanto estampó su firma murió esa noche, precisamente con cloruro de potasio, pero no hubo jeringazo de aire en el corazón. El cloruro es, prácticamente, indoloro. El hecho es que uno de sus hijos cometió el error de alardear después, cómo él y sus hermanos encargaron la muerte de su padre. Fénix y yo no supimos cuál de los cuatro hermanos era el que se había ido de la lengua. Tuvimos que cargar parejo con ellos.

Areli trajo té y galletas de nata. Quería consentirme. Supongo que con el tiempo llegó a conocerme demasiado bien. Las mujeres somos como las ondas hertzianas, entramos en sintonía unas con otras y el lenguaje de las palabras comienza a ser un mero artilugio. Las palabras resultan rudimentarias, lo malo es que las ondas sufran interferencias (los hombres), entonces sálvese quien pueda...

Volví a mirar el anónimo, la persona tuvo buen cuidado de recortar letras de periódico, lo cual me hablaba de que había visto muchas series policíacas o de que quizá no debía tomármelo a la ligera.

Un pequeñísimo ruido en la puerta tuvo la fuerza de

hacerme estremecer. Abrí de golpe. Era Brenda II, me observaba con sus ojos terribles y alertas.

—¡Largo! —Di un aplauso y la desgraciada salió por patas.

—¿Quién te quiere tanto para escribirte? —me preguntó Fénix, y se detuvo frente a un puesto callejero, en la Alameda Central, donde lo mismo había un corsé que una radio de onda corta, muñecas regordetas de porcelana vestidas acuciosamente, cuentos y libros con ilustraciones del siglo XIX, afiches de los sesentas, discos de acetato, barras de ámbar, tornillos, cajas de metal que contuvieron galletas, un teléfono móvil del tamaño de un tabique, pesos mexicanos cuando eran de un tamaño decente, charrascas, un muñeco de niño cagando, tres botellas con etiqueta de quinina, tapitas, tapones, corchos, balines, plumas, plumillas, frascos de tinta mágica, changos de plástico unidos con sus bracitos arqueados, chicles de broma, un periódico con titular de la Segunda Guerra Mundial y una máquina de escribir Remington.

Fénix cogió un calidoscopio forrado de papel metálico color azul. Se lo llevó a un ojo, cerró el otro e hizo la misma cara de un niño que acaba de descubrir el universo. El vendedor pellizcaba trocitos de una quesadilla de fríjol que tenía en las manos como algo que la misericordia de Dios le hubiera regalado. Era jueves, mediodía, así que no había mucha gente por ahí. Sólo unos cuantos estudiantes, algún desempleado sentado en una banca con la sección de empleos en sus manos y una vagabunda que seguía a los transeúntes haciéndoles señas obscenas.

—No a todo el mundo le gustan las rubias —dije.

Fénix pagó veinte pesos por el calidoscopio y puso

cara de haber hecho la mejor compra de su vida. Nos sentamos junto a una de las fuentes del parque. Ante un dios del Olimpo que parecía muy serio mientras el agua le bañaba sus atributos.

—Podría ser Tito Jiménez, es subalterno de mi novio. No tengo pruebas, a no ser su sonrisa de que sabe demasiadas cosas de mí y una visita donde me hizo preguntas sobre Farfán.

—¿Por qué no te tomas unas vacaciones, Karina? Yo me ocupo de él.

—¿Al Caribe?

—No te lo recomiendo. Los tsunamis están a la orden del día... ¿Necesitas más dinero?

Su pregunta me sorprendió, nunca rechisté por el precio que él fijaba por cada trabajo cumplido. Con lo que ganaba podría garantizar la educación de mis polluelos, sus seguros médicos privados y ese tipo de cosas que todo padre quiere dejarles como mínimo cuando nos toque irnos de este cochino mundo.

—Mei se hará cargo. ¿Trajiste el anónimo?

Discretamente se lo di. Lo guardó en su bolsillo sin verlo.

No me inquieté más de la cuenta. Se alejó muy alegre con su calidoscopio. Yo me quedé en el mismo sitio, el clima no podía ser mejor, templadito, fresco cuando el aire acariciaba los árboles. Se me antojó uno de esos grandes algodones rosas, y me di gusto.

No sé qué piensan al respecto, ¿se han dado cuenta que la mayoría de los hombres con los que salen a cenar beben más de la cuenta? No pueden detenerse, una copa tras otra. En sentido opuesto están los abstemios hasta la aburrición. ¿Qué les falta? Yo lo sé, disfrutar la vida como Fénix, que tiene alma de niño pero no es infantil, como yo que no necesito un trago para sentir la chispa de felicidad que me provoca el hecho de estar viva, en la Alameda, comiendo un algodón de dulce y sintiéndome satisfecha con la vida que tengo. Los hombres no, los hombres siempre quieren alcanzar algo, se amargan cuando pasa el tiempo y no lo consiguen o sí, pero es imperfecto, siempre es imperfecto. Yo sé que nada lo es, pero no me importa. Este país, esta ciudad de México es de las más imperfectas del mundo, pero me atrapa en su imperfección. Todo está a la orden del día. Puedo vivir con diez pesos o cien mil y sentirme de la misma manera. Porque por diez pesos o cien mil consigo un boleto para esta feria de las diversiones.

Así que caminé sintiéndome muy plena por ser como soy.

Esa tarde le pedí a Manoli que me ampliara el chisme de Geraldine y el «holandés errante». Conociéndola, eso podía durar hasta que recibiera una llamada de la Asociación del Bien Morir de los Nuestros Hermanos Pequeños (A.B.M.N.H.P). Mi amiga había tomado un curso de tanatología especializado en ayudarlos a «ir hacia la luz». Con frecuencia visitaba perreras junto con otros miembros de su asociación para ejecutar el ritual de despedida. Esa ocupación era una de las más importantes de su vida, aparte de organizar obras de caridad y de hacer una cena al mes para los curas.

Yo admiraba a Geraldine. El único problema que alguna vez tuvimos fue un día que le dije: «¿Y cómo vas con la Orden de Los Pederastas Descalzos?» Se ofendió mucho. Y tenía razón. No todos los curas tenían que ser gentuza. Le pedí perdón y tan amigas como siempre.

Al principio ella llevaba muy mal lo de la tanatología, adoptaba a los perros aunque estuvieran a punto de morir y les lloraba horrores cuando se iban. Pero de esa etapa salió algo bueno, adoptó a *Sincera* que, milagrosamente, se recuperó de su enfermedad y luego la regaló a mi madre. Por cierto que *Sincera* dio a luz siete cachorritos. Mamá no sabe dónde colocarlos. Presumo que se quedará con ellos y don Tito se va a enojar mucho cuando tenga que limpiar sus cagadas esparcidas por el jardín. Ya hablé de ese fulano. Lo odio pero no puedo matarlo. Mi madre lo echaría mucho de menos. El señor tiene llaves de la casa. Un día lo vi llegar, abrir el portón y entrar. No hizo otra cosa que eso, pero me di cuenta, por su semblante, por su actitud, que se sentía el dueño de aquella gran casa. Y a su manera lo era.

Con el tiempo Manoli se dio cuenta de que no podía adoptar más perros. Se convenció de que también van al paraíso «si se les habla bonito» y terminó por ser una de las mejores en su trabajo. De hecho llevaba tiempo escribiendo un libro que podía ser el equivalente del manual Tibetano de los Muertos; el guía espiritual le habla al oído al cadáver del perro y le va dando indicaciones de cómo comportarse durante esa senda azarosa que lleva a la reencarnación canina o al paraíso. Y donde los espíritus tratan de confundirlos.

Manoli me narró al detalle la aventura de Geraldine y Comelius. Comelius quería llevarse a Geri a vivir al *Het Mat Hart*. Para solucionar el problema de la existencia de Justino, el abotagado holandés proponía una solución muy «sueca». Incluirlo en el viaje. ¿Por qué no? ¿Acaso había una mejor forma de irse de este mundo que en alta mar, en vez de agonizar en una habitación aséptica? Más aún, Sandrita podría convertirse en parte de la tripulación.

Su carácter introvertido, su piel machacada de granos (su bigote espero yo), todo eso desaparecería gracias al aire puro. Pero Geraldine, chapada a la antigua, dijo que necesitaba pensárselo. Mierda, yo hubiera dicho que sí.

—Me imagino a Justino —dijo Manoli— en el barco de Comelius. El viento se desliza en su silla de ruedas sobre la cubierta, de aquí para allá, de allá para acá, al compás de la marea, acercándose peligrosamente a estribor.

—Y de pronto —retomé su propuesta—, Justino se vuelca con todo y silla y va a dar al fondo del mar. Pero no soñemos —dije—, Justino tiene más de siete vidas.

—¿Alguna vez lo has tocado? —me preguntó Manoli—. Que Dios me perdone, pero es, literalmente, gelatinoso. Otra cosa. ¿Cómo van a organizar sus vidas? ¿Geraldine y Comelius haciendo rechinar los resortes de la cama mientras Justino «de aquí para allá, de allá para acá»? ¿Y Sandra? Tiene diecisiete años. ¿Qué va a hacer en un barco, Dios mío? ¿Volverse pirata? ¡Como para terminar volviéndose loca y matar a su madre, a Comelius y hasta a las gaviotas!

Reímos hasta el frenesí, pero como la burla era demasiado permisiva para Manoli, a ratitos se abanicaba el rostro enrojecido con la mano y sus ojos llorosos evadían los míos.

Debieron pasar dos horas cuando me despertó un ruido semejante a un motor diminuto. Recordé los aviones cazabombarderos que mi marido les trajo a los niños de su viaje último a Berlín y recordé, también, que acababa de tener un sueño: era yo quién me había fugado con Comelius y navegaba dichosamente en el *Het Mat Hart*, pero cuando más feliz estaba, un ruido de avioneta —el mismo que ahora escuchaba dentro de mi cama— rompía mis ilusiones. Arriba del barco aparecía una avioneta bimotor, de la cual salía la voz de Fénix, en un parlante: «¡Karina Shultz, se acabaron las vacaciones, es hora de matar!» Horror.

Alcé de golpe las sábanas y ahí estaba mi enemiga ancestral, roncando a pierna suelta. Brenda II parecía indignada porque la destapé. Sus ojos mostraban la sabiduría de un viejo chino. Le pegué un grito —al parecer esa sería nuestra relación si no la echaba de mi vida— y la cabrona se largó de un salto.

—¡Y no vuelvas o te mato! —le advertí.

Un grito de rata aplastada resonó en las paredes seguido por el ritmo de unas guitarras, después la voz de un muerto resucitado que cantaba sus penurias. Fui a asomarme a la ventana. Era Carlos Villanueva. Ebrio como Baco. Gracias a Dios tenía los pies grandes y podía anclarse en ellos mientras se balanceaba. Tres charritos panzones acompañaban sus desfiguros. Al verme se le inflamó el pecho de pundonor y agravó su canto, pero enseguida se le ahogó la voz en las entrañas y tosió.

Bajé la escalera. Brenda y Sigfrido ya se habían dado cuenta y se partían de risa a mis costillas. Les dije lo que a la gata: «¡Cállense o los mato!»

Salí a exigir silencio. Se oyó un último «chun, ta, ta». Los curiosos aparecieron en las ventanas. Entre ellos Marita Madresiche, una dama de noble cuna y perenne olor a naftalina que disfrutaba mucho al criticar las vidas de sus vecinos. Carlos le pagó al trío y se deshizo de ellos. En cuanto se largaron intentó coronar su serena besándome. Lo repelí. Volvió a intentarlo. Volví a repelerlo. Bajó los ojos humedecidos y exclamó:

—¡Te quiero un chingo, mi güerita!

Se hundió en un silencio que anunciaba una resaca de Dios Padre.

—Será mejor que te vayas a dormir. No hagas esto peor de lo que ya está. Son las dos de la mañana, Carlos. No te digo que las serenatas no me gusten, pero si el galán no se parece a Pedro Infante y el trío no es decente, me repugnan. Así que ahora mismo pido un taxi y te vas. ¿Entendido?

Asintió cabizbajo.

—¿Pues qué estás esperando?

Metió las manos en los bolsillos, se encogió de hombros y dijo:

—Necesito decirte algo, Karina...

Sacó un cigarro y lo encendió por la boquilla, al saberle a rayos lo escupió.

—No tengo nada, Karina...

Aquí viene el sermón de la montaña...

—Ni la casa donde vivo ni a ti, ni nada. Lo que tengo es un divorcio, una hija bulímica y un trabajo de mierda. Creía tener a los asesinos de Farfán, pero sólo eran un par de fulanos que le surtían droga... Otra vez la hipótesis recae en aquella novia, la francesa; encontramos en el teléfono de Farfán unos mensajes de ella, muy amenazadores.

—No lo hagas, Carlos —dije.

—¿Hacer qué?

—Contarme tus cosas. No quiero jugar a eso. Ya no somos nada.

—Es difícil de un día para otro...

—Es cosa de «morderse un huevo».

—No hables así, una dama no habla de ese modo.

—Tal vez yo no lo sea.

—Sí lo eres, eres mi dama, y no debí olvidarlo. Te voy

a decir la verdad. No fue la bulimia de mi hija la razón de mandarte al carajo. Fue el diario de Farfán.

—Me dijiste que no lo habías leído...

—Mentí, igual que tú...

—Yo no mentí —mentí.

—Si tú y él tenían algo yo podía entenderlo... Bueno, no, pero de todos modos era mi derecho saber que me engañabas con ese pedazo de mierda. ¿Sabes cómo me sentí? Confronté a Tito, casi le meto un tiro al pendejo por hablar mal de ti. Es mi mejor amigo y casi lo mato. Al menos deberías mostrarte un poco culpable... ¿Lo estás?

—Ni una pizca.

—No tienes corazón.

—Es cierto —dije—. Di media vuelta para irme.

Me sujetó de un brazo. Le advertí con una seña que la vecina espiaba.

—Dame otra oportunidad, es el trabajo lo que me está chingando. No quiero seguir en eso...

—¿Entonces qué quisieras?

—No lo sé. Ya no lo sé. Perdí la brújula. Me convertí en uno de esos tipos que se despiertan, se bañan, se peinan y van a poner el culo detrás del escritorio. Esos a los que un día les ofrecen un seguro de gastos médicos mayores y el cuento del cáncer de próstata les da tanto miedo como cuando de niños les decían que debajo de la cama había algo del otro mundo. Me veo envejecer en el espejo, y no me gusta, me pregunto si alguna vez fui feliz. Soy una mierda. Mi hija es una mierda. Y mi ex otra. Pero ¿sabes qué es lo triste? Que los tres somos gente buena...

Lo miré compasivamente, no pude decirle nada al respecto, sólo que fuera a su casa, durmiera y esperara a estar lúcido para tomar mejores decisiones. Asintió y dio media vuelta.

—¿Te pido un taxi? —le pregunté.

—No traje coche —dijo, y se alejó antes de que lo evitara.

Fui a la puerta de la casa, giré y vi cómo Marita Madresiche estiraba el cuello para ver a Carlos. Él debió sentir su mirada, pues se detuvo, giró y se sujetó los huevos como respuesta a su curiosidad. La vieja hizo cara de enojo y susto, y cerró su ventana.

Mis hijos, en la sala, ya no se burlaban de mí.

—Una frase barata —dijo Brenda—: Karina, ése fulano te quiere.

Fénix evitaba interferir lo más posible en mi vida privada, así que debía tratarse de algo importante. Me dio una dirección, y sin ahondar en explicaciones me dijo que fuera directamente al departamento 902. Era medianoche. No cuestioné sus órdenes.

Antes de salir de casa, fui al cuarto de los niños. Sigfrido dormía como un bendito, pero Brenda tenía los ojos muy abiertos, leía y escuchaba música con los audífonos. Le pregunté si tenía insomnio, movió la cabeza negativamente. Otra pregunta: ¿era por el asunto de Susana que estaba despierta? Volvió a mover la cabeza. Tercera pregunta: ¿vas a ir al concierto de tu hermano? Esta vez movió la cabeza positivamente, y yo comencé a sentirme que platicaba con un fantasma por medio de la oüija. Cuarta pregunta: ¿estás bien, cariño?

Se quitó despacio los audífonos, me miró con sabiduría y dijo:

—¿Por qué estás despierta, Karina? ¿Quieres que te preste un cómic?

Me mostró el que tenía en las manos, le eché un vistazo. No había una página donde no hubiera violencia. Los ojos de Brenda escarbaban en los míos como queriendo indagar mi punto de vista.

Le dije que tratara de dormir y salí del cuarto.

—¿Y mi beso de las buenas noches? —preguntó.

Regresé y le besé la frente. Me sentí aturdida y estúpida.

Dejo atrás Polanco. Voy hacia una de esas colonias donde los edificios son idénticos y cualquiera que viva ahí podría confundirse de puerta al regresar de una noche de copas y parranda. Subo a uno de los apartamentos. Llego frente al 902. Decido marcarle a Fénix antes de tocar, pero escucho que abren la puerta. Es Fénix. Viste como si hubiera salido de un concierto en Bellas Artes. Me sonríe, «llegaste rápido», dice, y se aparta. Adentro hay un tipo sentado frente a una mesa redonda bebiendo un refresco de lata. No tardo en descubrir a otro tirado en la alfombra bocabajo. Fénix cierra la puerta, me pide que lo siga, y que no me impresione demasiado, abre una puerta, hay una mujer rechoncha vestida con negligé negro y rojo, sentada en la cama, muerta, detrás hay sangre en la pared y la cabecera. «Perdón», dice Fénix, pero no sé si se refiere a esa visión o a que la recámara apesta a calcetines y hay ropa por todas partes y una vulgar caja de condones encima del buró. Me señala un escritorio, donde veo una máquina de escribir, periódicos recortados y hojas de papel arrugadas. Reviso una, dice lo mismo que el anónimo. A los recortes les faltan letras, al parecer todo está resuelto. Pero veo a la mujer.

—Daño colateral —dice Fénix—. No hubiésemos querido... Ven, vamos a ver si hay algo más, Eugenio...

¿Conoces a Eugenio? Eugenio y yo llegamos hace veinte minutos, todo pasó muy rápido, queríamos que hablaras con él pero se defendió antes de tiempo. Nos queda la duda si es él. ¿Puedes cerciorarte, Karina?

Vamos a la sala. Fénix le pide a Eugenio que gire al tipo. Definitivamente es Tito Jiménez. «Menos mal —dice Fénix—, ya sólo resta revisar este chiquero por si hay algo, ¿nos ayudas?»

Fénix revisa la cocina, yo el trinchero, Eugenio le da un último trago a su refresco y va al baño, le escucho zafar los muebles. Veo una parte de él, la que me permite la puerta medio abierta, parece un perro que lo olfatea todo. Apenas lo recuerdo, hace las veces de chofer de Fénix. Alguna vez llegué a pensar que se trataba de su hijo porque se le parece mucho, pero en joven. Descarté la idea por monstruosa. No me veo a mí haciendo «trabajos» con Sigfrido, tal vez con Brenda sí, pero de cualquier forma sería escalofriante. Escucho a Fénix revolver trastos. Abro una gaveta.

—Aquí hay películas y discos —digo sacando dos copias piratas; una de peli de acción y un disco de música grupera.

—Habrá que revisarlos uno por uno —sugiere Fénix desde la cocina.

Meto un CD en la reproductora, enciendo la televisión, es una película. Otro más, una porno donde a una mujer se le corren tres negros en la cara. La corto en el pudor de que Eugenio esté mirando detrás de mí. Y así reviso disco por disco sin encontrar algo normal o anormal, ya no sé.

Vuelvo al trinchero. Encuentro una postal con un dibujo y letra de niño. «Feliz cumpleaños, papi», dice. El dibujo es un sol deforme y un tipo que fuma y le sale humo del cigarro. Escucho un ruido, es Tito que comienza a arrastrarse en el piso, veo la mancha oscura de sangre en la alfombra.

Eugenio sale del baño:

—Ya no tengo balas —dice al ver que Tito se mueve.

—Karina —me llama Fénix.

Entro en la cocina.

—Mira esto. Espaguetis, pimientos, aceite de oliva, ajos, pimienta. Pero no encuentro sal gorda. Yo sin sal gorda no sé cocinar.

Lo veo buscar esmeradamente.

«Ay», se queja Tito en la sala luego de un ruido brusco.

—¡Sal gorda! —Fénix me muestra una bolsa agitándola.

Mete una olla bajo el grifo de agua, después la pone sobre la lumbre.

—Perdón, te distraje —me dice—, sigue buscando...

Salgo. Tito está otra vez muy quieto. Eugenio corta la alfombra con una navaja y revisa las orillas. El reloj marca la una de la madrugada. Me siento en una película sin guion. Voy al baño a mojarme la cara, pero encuentro el espejo desmontado lo mismo que el lavabo y el retrete.

—¿Crees que había hecho algo más que anónimos? —oigo la voz de Fénix.

Cojo un frasco de aspirinas del botiquín que ya no tiene espejo, regreso a la cocina, le pido a Fénix un vaso con agua. Pero en mi trayecto veo que Tito vuelve a moverse. Y Eugenio lo ve con asombro.

Fénix me dice que en el refrigerador sólo hay latas de refrescos de naranja. Le pido una. La destapo y trago la aspirina. Necesito sentarme. Le pregunto a Fénix quién es la muerta. No lo sabe, quizás una prostituta, es difícil saberlo. El agua está en ebullición. A Fénix se le pinta una sonrisa. Le echa un ajo entero, un chorro de aceite, la sal, y comienza a hundir el manojo de pasta lentamente.

—¡Quédate quieto, pedazo de culo! —grita Eugenio, en la sala.

Fénix me cuenta que de adolescente se fue solo a Europa, que alquiló un coche y atravesó toda Italia, donde vivió los días más felices de su vida. Se detiene en ciertos momentos maravillosos que me transportan por valles y por cielos diáfanos. Se le iluminan los ojos al recordar ciertas tabernas donde los paisanos bebían vino tinto a granel y compartían Prosciutto.

—Una pasta como ésta era un lujo para mí en ese entonces —dice.

Otra vez escucho un ruido brusco. Salgo. Pienso en los pollos de mi yaya. Vuelvo a encontrar quieto a Tito.

—Parece que ya —me dice Eugenio con cierta vergüenza. Jadea y tiene las manos llenas de sangre.

Fénix llega con una cacerola humeante.

—La hice al burro.

Me pide que ponga platos en la mesa. Lo hago tratando de darle buen aspecto. Incluso encuentro unas servilletas y las coloco, aunque tienen dibujos de fiesta infantil.

Dice que Tito le alcanzó a decir que no estaba muy seguro de que yo fuera la que mató a Andrés Farfán, que sólo estaba tanteando esa posibilidad, y que pensaba pedirme cincuenta mil pesos de extorsión. Me pregunta si creo que dijo la verdad. Supongo que sí, pero no estoy segura. «Ya sabes —le digo—, cuando están al filo dicen cualquier cosa.»

Eugenio se atraganta, va a la cocina, trae latas de refresco de naranja. No hay vino. No tenemos otra opción. Fénix y Eugenio comen hasta terminar sus platos.

Tito comienza a moverse otra vez.

—No sé qué pasa. —Eugenio señala un cenicero ensangrentado—. Ya le di dos veces.

Hay cierta pereza en ponernos de pie. El sabor de la pasta nos ancla a las sillas. Tito logra llegar junto a la puerta y estira la mano como si pudiera alcanzar el pomo. Eugenio se limpia la boca con una de las servilletas. Se levanta. Va frente a Tito, lo jala de los pies lejos de la puerta. Se le monta encima y lo estrangula con ambas manos durante varios minutos.

Si Fénix me lo hubiera pedido yo habría hecho más limpio el trabajo, como con los pollos de yaya.

—Sólo nos faltó un buen vino —dice Fénix—. Pero nunca es perfecto.

Quince años atrás enfilé mi coche hacia un paraje en La Marquesa, lejos de mis hijos; los dejé en casa de mamá Chayo donde culminó aquel viaje cuyos capítulos principales fueron: Günther muerto en España, los niños enviados a mi lado para que asistieran al sepelio de su padre, ellos y yo perdiendo el avión de vuelta a casa, escala en París donde decidimos darnos tres días para reponer fuerzas; días lluviosos, tristes, hostiles, días donde casi no salíamos a la calle, a veces a andar a lo largo del Sena mientras ellos iban delante de mí arrojando al aire aviones que volaban ligeros, hechos de poliestireno. Yo hablaba de forma artificial cada una de las cosas que les decía, fingiendo una voz serena, amorosa, voz que se rompió una tarde en que acomodé ropa en la maleta y saltó a la vista la camisa ensangrentada de Günther. Me partí en dos. No pude dejar de llorar. Malditos hombres. Maldita cacería. «Vámonos a casa ya, Karina, aquí no tenemos nada que hacer», diría Brenda. Dos días después estábamos a México, hastiados de aeropuertos y ciudades. Era el aniversario luctuoso de mi padre, dos de noviembre, así que no eludí acompañar a mi mamá al cementerio. Pobrecito Sigfrido, terminó por confundir panteones y distancias.

Comenzaron a llegar recibos por pagar. Una deuda enorme con Hacienda por un negocio que emprendió, fallidamente, Günther y del cual me puso como socia. ¿De qué iba a vivir? ¿Cómo sacaría adelante a mis bebés? Y la peor noticia fue una llamada telefónica, una que me dejó sin salida. Así que fui a La Marquesa e hice lo único que puede hacer una mujer cuando le cierran todas las puertas: aullar.

Lloré, lloré hasta que escupí sangre y me quedé muda.

De pronto, como en esas historias que yaya me contaba al calor de unos troncos que sacaban chispas, apareció aquel sujeto.

—¿Puedo ayudarla?

No respondí, me había quedado sin voz.

—Espere —dijo, y se fue.

Lo consideré un loco, caminé mirándome los pies, dando quiebres hasta perderme entre los árboles y las veredas.

—Esto va ayudarle...

El hombre reapareció frente a mí, con un trapo y una botella en las manos. Quizá formol para hacerme perder la conciencia y poder violarme en ese sitio ideal, lo cual no me asustó tanto como la posibilidad de que dejara mi cadáver abandonado mientras mi madre y mis hijos me esperaban. Miré alrededor, no había muchas salidas. «Te la chupo y me dejas en paz», balbuceé. El hombre vertió líquido de la botella en el trapo y se acercó. Era agua. El primer contacto de aquella mano en mi cara fue como la caricia de un ángel. Recargué mi mejilla en su mano y me eché a llorar como una niña.

Volvimos al coche, le di las llaves para que manejara. Le fui indicando el camino, y comencé a resumir mi desgracia:

—... y a los pocos días de haber llegado a México recibo la llamada de un hombre, me dice que él y su hermano eran socios de mi esposo, me cita en su despacho, dice que se trata de algo importante, que si no quiero ver a mis hijos heredando líos legales debo ir. Se apellidan Sterling, hermanos Sterling, supuse que eran abogados. La secretaria me pidió que aguardara, cogió el teléfono y dijo: «Ya está aquí la señora Shultz.» «Son abogados», me dije. Crucé la puerta y vi a esos dos hombres de trajes muy finos, y con esos pañuelos blancos adornando sus bolsillos. El que parecía mayor estaba sentado frente al escritorio, el otro junto a la ventana, fumando pipa. Eran dos sesentones bien vestidos.

El que estaba detrás del escritorio me señaló una silla.

—¿Sabe por qué está aquí? —preguntó.

Dije que no. El que estaba junto a la ventana meneó la cabeza, le dio una chupada a la pipa y volvió a menear la cabeza.

—Bueno —dijo el tipo detrás del escritorio—. Yo soy Jacobo, él es mi hermano Saúl, su marido nos estafó. —Me deslizó un papel sobre el escritorio.

No entendí los términos de aquel papel, pero sí la cifra, seis millones de pesos, y el nombre de mi marido, Günther Hagens como deudor. Ahí estaba su firma. Era su letra. Yo la conocía tan bien como su olor.

Alcé los ojos y me encontré con la mirada poco amistosa de Jacobo. Saúl se acercó detrás de mí. Me explicó, brevemente, que mi marido les había vendido acciones de los laboratorios donde trabajaba.

Le dije que Günther no era dueño de los laboratorios, sólo un directivo.

—Precisamente —dijo Saúl—, las acciones resultaron falsas.

—Lo siento —dije—, pero ése no es asunto mío. Yo sólo soy la viuda.

—Confiamos demasiado en Günther.

—Sí, demasiado —dijo Saúl, y le dio otra chupada a la pipa.

Al oír que lo llamaba con tal familiaridad tuve la certeza de que no mentían, de que quizá mi marido había estado varias veces en ese despacho, quizás hasta se había ido a beber copas con esos dos hombres.

Dos desconocidos lo acababan de convertir en un estafador ante mis ojos.

—No me pueden cobrar ese dinero —dije.

—Ya le mostramos los papeles, señora. Ya le dijimos que confiamos en Günther. Le dimos el dinero en efectivo y en efectivo lo queremos de vuelta.

—No olvides los intereses —apostilló Jacobo.

—No, no los olvido —dijo Saúl.

—Bueno, señores —dije—, ya los escuché, ahora debo irme...

—Explícale —le dijo Saúl a Jacobo, y fue de nuevo junto a la ventana.

Jacobo se agachó a sacar algo del cajón. Noté que la luz se había ido, giré la cabeza y me di cuenta que Saúl había cerrado las cortinas. Cuando volví la cara Jacobo se estaba colocando unos anillos de metal en los dedos. Me puse de pie y sentí un ardor horrible detrás del cuello, precedido por un ruido de freír algo y un instantáneo olor a piel quemada; mi piel. Saúl Sterling me acababa de poner la pipa contra el cuello.

—Acércala —le pidió Jacobo.

Saúl me empujó sobre el escritorio, Jacobo me recargó con fuerza los anillos de metal en la mejilla. No me golpeó con ellos, pero sí apretó muy fuerte mientras Saúl, detrás de mí, me bajaba la falda y comenzó a envestirme.

—No la sueltes —le dijo a Jacobo—. Ya casi termino...

—No, no la suelto.

Por fortuna fue cierto, aquello duró siete segundos. Saúl se apartó. Lo sentí temblar como una maldita y asquerosa gelatina.

—Tienes diez días para darnos el dinero —dijo Jacobo.

—Los intereses son del treinta por ciento —agregó Saúl.

El hombre me había escuchado sin gesticular, detuvo el coche frente a mi casa y me dijo:

—Supongo que el plazo se venció y no sabes qué hacer.

Asentí.

—¿Cómo te llamas?

—Karina.

—¿Y qué has pensado hacer, Karina?

—Pocas cosas, pero todas me parecen absurdas.

—¿Puedes mencionarme cuáles? Tal vez no lo sean tanto...

—La primera ir a la policía, la segunda pedirles una prórroga a los Sterling mientras vendo mi casa y la tercera fugarme con mis hijos.

—¿Y por qué las descartaste?

—Porque de la policía no me fío, porque mi casa no se vende en diez días y porque si me fugo dejo a mi madre sola.

—¿No pensaste en otra solución?

—No.

—¿Se te ocurre alguna en este momento?

Dije que no.

—¿Te gustaría que te ayudase?

—¿De qué manera?

—Hablando con ellos...

Sonreí al imaginarme que los Sterling le daban el mismo tratamiento que a mí.

—No creo que los vayas a convencer de nada.

—Lo puedo intentar.

—Inténtalo entonces —dije por decir.

—Sólo tengo una condición, Karina...

Aquí va, pensé, dinero o sexo. No le daría nada por anticipado.

—¿Cuál?

—Que vengas conmigo y hagas lo que yo te pida.

—Ni de broma vuelvo ahí.

—Entonces me temo que no podré ayudarte...

—No tendría coraje para enfrentarlos...

—Yo creo que sí lo tienes...

—¿Por qué piensas eso?

—Porque te oí gritar en el bosque.

Sacó una tarjeta y me la dio:

—Si cambias de opinión llámame, pero debe ser hoy mismo, mañana salgo de viaje y no sé cuándo regresaré...

Cogí la tarjeta, levanté la cara para decirle que lo pensaría. El tipo bajó del coche y se largó. Al menos pude entrar en mi propia casa, no fue tan terrible, ahí estaba su ropa en el clóset, como si nada malo hubiera sucedido. Por primera vez sentí rencor hacia él. Los hombres siempre tienen que sacar por alguna parte ese instinto de aventura. En todo caso, me pregunté de golpe, «¿qué hiciste con esos seis millones de pesos?».

Miré alrededor, había muchos lugares donde Günther podría haber escondido el dinero. No esperé más. Sorprendentemente no tardé mucho en dar con cuatro millones metidos en el doble forro de un portafolio de cuero color marrón, que Günther ya no usaba, y en el que guardaba papeles viejos. No encontré el resto por más que lo busqué. Me hice un millón de preguntas, consideré la idea de que tal vez tuviera una amante, deudas, nunca lo supe.

A pesar de que horas antes sentí la angustia de poder librarme de la deuda, de pronto conocí a una nueva Karina Shultz: la que no quería pagar nada. Ese dinero era mío, mío y de mis hijos. Ya lo había pagado. Era el cobro por que Saúl Sterling me hubiera jodido. El cobro por la cabronez de los dos.

Cogí la tarjeta, le marqué al sujeto y le dije que aceptaba su ayuda. Me citó frente al despacho de los Sterling a las seis de la tarde. Colgué y antes de salir le marqué a mi madre para preguntarle por mis niños. Tuve ganas de decirle «cuídalos, pues tal vez nunca vuelva a verlos». Obviamente no lo hice.

Llegué frente al edificio y, como si fuera la primera vez que veía al hombre de La Marquesa, me pareció que se trataba de un loco.

—Lo primero que harás —dijo con una voz muy amable— será estar muy callada mientras yo hablo con ellos. ¿Te parece bien?

—De cualquier manera no tendría saliva para hablar. Y me pareció que los buenos modales de ese tipo irían en contra suya.

Llegamos frente a la secretaria. Le asombró verme de nuevo.

—Por favor —le dijo mi acompañante—, dígale a los señores Sterling que la señora Shultz y su abogado desean verlos...

«Así que eres abogado —pensé—, mala suerte, no vas a convencerlos de nada y si esto es para sacar tajada de mí también será inútil.»

—¿Tienen cita?

—No, no tenemos cita...

—Veo difícil que los reciban en este momento sin cita.

—Nos recibirán. Dígales que estamos aquí.

La secretaria levantó el teléfono sin dejar de vernos. Intercambió unas palabras inaudibles. Nos dijo que podíamos pasar.

Cruzamos la puerta. Saúl Sterling fumaba junto a la ventana como si no hubiera pasado el tiempo; Jacobo, detrás del escritorio, me preguntó:

—¿Trae el dinero?

Abrí la boca, pero mi acompañante se apresuró a interrumpirme.

—¿A qué se dedican ustedes dos?

Los hermanos lo miraron hieráticos, él se sentó frente a Jacobo y dijo:

—¿De dónde viene ese ruido? Ya, viene de arriba. ¿Hay un taller arriba? Sí, es un taller. Y parece de costura. ¿Se dedican a la ropa? Sí, se dedican a la ropa. Es obvio que sí. El ruido es de máquinas cosiendo. Tal vez haya una decena de mujeres, son las que suelen dedicarse a eso. Abajo la calle está llena de tiendas de ropa. Debe de ser un buen negocio tener las tiendas y hacer la ropa. ¿Lo es?

Los tipos lo miraban con cierta repugnancia y burla, debo confesar que me arrepentí de haberlo involucrado, de hecho consideré que si lo echaban de una patada en el culo y Saúl volvía a fumar cerca de mi cuello, les ofrecería los cuatro millones de pesos con tal de no sentir su jodienda súbita y repugnante.

—¿Puedo ver el contrato del marido de mi clienta?

—Hoy se venció la fecha de pago —dijo Jacobo.

—¿Puedo verlo?

—¿Va a pagarlo?

—Me gustaría verlo.

Jacobo miró a Saúl como preguntándole si accedían; éste asintió. Entonces Jacobo sacó el papel del cajón y lo puso sobre el escritorio, pero antes de que quitara la mano el tipo que venía conmigo se la ensartó con un cuchillo largo y muy delgado; la mano quedó atravesada con todo y el papel y quedó pegada a la mesa. El grito de Jacobo fue estremecedor.

Yo también quise gritar.

Saúl abrió la boca y se le cayó la pipa. Mi acompañante fue hacia él y lo abrazó dándole una vuelta, se agitaron un poco, no supe qué estaba pasando, pero Saúl se fue poniendo guango mientras el sujeto lo miraba con una sonrisa emotiva y mordaz. Luego lo dejó caer en el piso. Tenía un cuchillo metido en la espalda. Mi acompañante se lo sacó y lo limpió en la ropa del muerto, fue hacia el escritorio donde Jacobo no dejaba de gritar. Y le clavó el cuchillo en la oreja.

Jacobo escupió un borbotón de sangre, y poco a poco se quedó inmóvil.

—Karina —susurró—. ¡Karina! —repitió, y señaló la puerta—, hay que hacer algo con la secretaria...

—¿Hacer? —tartamudeé.

—Tenemos un trato, harías lo que yo te pidiera. Es hora.

Una conmiseración por esa secretaria me nació de forma espontánea.

—Tal vez le hable a la policía por teléfono o salga gritando...

—¿Cómo lo hago? —pregunté.

El tipo quitó el cuchillo de la mano de Jacobo y me lo ofreció. Lo miré dudosa, lo cogí. Salí del despacho. La secretaria tenía el teléfono en la mano, temblaba sin control. Al verme, literalmente, se le pararon los cabellos de punta. No sabía que yo tenía tanto miedo como ella. Oí un ruidito de agua, miré el piso, una víbora de orines venía desde el escritorio donde estaba sentada.

—Se hace tarde —dijo la voz del sujeto.

Lancé un grito estúpido y desaforado y corrí hacia la secretaria; me recibió con un telefonazo en plena frente, pero fue bueno porque me dio el coraje que necesitaba. Le lancé varios tajos. Se defendió con bravura, sus manos se iban llenando de cortes, pero no dejaba de cubrirse y de querer arrebatarme el cuchillo, incluso llegó a cogerlo por la hoja y a tirar de él mientras me veía ya sin temor. Las cosas se estaban poniendo difíciles.

Caímos en el piso, sus fuerzas comenzaron a flaquear, lo mismo que las mías, me faltaba aire. De pronto dejó las manos quietas, y me lanzó una mirada de renuncia. No la contemplé demasiado, pues temí no terminar lo que ya no tenía remedio; le clavé el cuchillo con absoluta decisión en el pecho. Oí que el aire salía por alguna parte, no por la boca ni por la nariz, tal vez por ese lugar donde clavé el cuchillo, pero no puedo asegurar nada. Lo había hecho.

Giré jadeando, mi acompañante estaba detrás de mí.

—Todo salió bien —dijo Fénix—. Ya eres libre.

Al final lo conocí en un café cerca del club deportivo donde lo vi por primera vez. Llegó con una mujer avejentada, pero enérgica y agradable, yo con Mei. La mujer se llamaba Perla y parecía conocer a Mei de tiempo atrás. Mencionaron un par de anécdotas que parecían tener el propósito de que Juan sintiera confianza hacia la oriental y por ende hacia mí. Él me observaba a discreción. Su mirada parecía la de un hombre que ante todo quiere proyectar respeto. Pero también miraba con esos ojos que no pueden evitar ver a una mujer como hembra. Mei contó que nos conocimos cuando la contraté para tomar clases de japonés; la anécdota fue tan divertida que me hubiera gustado que fuera verdadera. Según dijo me aburría en mi tienda de muebles, y que cumplida la primera semana de clases le dije «lo dejo por la paz», pero ella me convenció de que siguiera, pues, poco a poco, podría al menos aprender a decir «hola» y «adiós» en japonés. Esto hizo esbozar una sonrisa a Juan Mora. Mei «confeso» que me dio ánimos no porque yo fuera a aprender su idioma sino porque no podía darse el lujo de perder una alumna. Me sorprendió esa Mei entretenida, dulce y sincera.

Perla cambió de tema, le dijo a Juan que nos habíamos embarcado en hacer una revista para los vecinos de Polanco, y que queríamos entrevistarle para el primer número. Juan respondió con parquedad:

—Cuenten conmigo, es una gran idea.

—Estupendo —dijo Mei.

—Sí —repitió él—, estupendo. Y de pronto comenzó a hablar maravillas de las diferentes colonias de la ciudad. Sobre Polanco se remontó a la Hacienda de San Juan de los Morales, parte de las tierras donadas en el siglo XVI a Hernán Cortés por el rey de España. Dijo que en esas tierras se hacía la siembra de las moreras para la cría de gusanos de seda. Una parte de terreno se convertiría en la colonia Polanco. Con razón, me dije, ya desde entonces mi colonia era muy chic, sólo en un lugar así podían florecer los Shultz y los Buadilla.

Juan contrastó Polanco —su primer estilo colonial californiano y su posterior tendencia a los rascacielos—

con la colonia Iztacalco, al oriente de la ciudad, de rai-gambre indígena. Dijo que en 1850 en ese lugar se introdujo el primer barco de vapor y que éste iba a lo largo del canal de La Viga hasta Xochimilco. Uno de sus célebres pasajeros fue el presidente Benito Juárez, quien estuvo a punto de morir en un accidente en el vapor. Los primeros habitantes del barrio de Iztacalco no llegaban a trescientos y se dedicaban a la extracción de sal del agua, pues debajo de éste quedó sepultado parte del gran lago de Texcoco. A través de los canales se transportaban frutas, flores, hortalizas y, por lo que se puede apreciar en algún antiguo retablo, debió ser hasta principios del siglo XX un paraíso, hoy convertido en calles, avenidas, suciedad, miseria, narcomenudeo, casas de autoconstrucción. Pero, añadió Juan, eso no es más que una parte de la eterna desgracia de los países del Tercer Mundo, y de ahí terminó hablando de que el ochenta por ciento de la tala de árboles en Brasil es ilegal. Con su consecuente contribución al cambio climático, toda la madera termina convertida en muebles en los países de Europa y detrás de ella hay sangre derramada lo mismo que del narcotráfico. Nuestros países, remató Juan, son como un esclavo que lo da todo y sólo queda que se lo traguen vivo.

Miró su reloj. Perla tradujo eso en pedir la cuenta. Le dijo a Mei que fijaría fecha para la entrevista y se fue con Juan caminando sin prisa. Le pregunté a Mei si les habríamos dado una buena impresión al «objetivo». La Mei insensible le regresó al cuerpo, me miró lacónicamente y dijo:

—Tienes que estar pendiente.

Salió de debajo de aquel coche acostada en un carrito de madera con ruedas de fierro. No la reconocí de inmediato. Es decir, sí, pero tuve la esperanza de que no fuera ella. ¿A cuántas chicas de cuerpo de nadadora profesional, tipo ario, conocen trabajando en un taller mecánico de Ciudad de México?

Cualquiera sabe que no hay cosa peor que llevarle la contraria a un hijo adolescente. Sólo se logra acercarlo más al defecto del cual lo queremos apartar. Yo intenté no alterarla.

—¿Así que aquí trabajas? —dije, y miré alrededor como si estuviera en una boutique elegante de Milán. Pero, horror, había grasa por todas partes. No sé si más en el piso o en aquellas paredes tapizadas con pósters de mujeres hipertetónicas empinadas sobre coches deportivos.

Además había varios coches en reparación, lo mismo un Datsun color naranja con un mecate amarrado para que no se le cayera la defensa, que otro tan lujoso que no comprendí cómo el dueño lo traía a ese lugar en vez de la concesionaria, a menos que fuera robado. Debajo de éste salió Brenda.

Tres tipos me miraban como si yo fuera la subnormal.

—Dany, Sebas y el Mamut —los presentó Brenda.

—¿Podemos hablar afuera, querida?

Brenda se puso de pie, su ropa era la misma de todos los días, sólo que estaba llena de aceite. Se sacudió un poco y me acompañó a la puerta.

—¿Me vas a tirar un sermón, Karina?

—No.

—Tranquila, si te sientes mejor, el trabajo es provisional.

—¿De veras?

—En lo que la poli me echa el guante.

Sus amigos nos miraban.

—¿Dónde los conociste? —le pregunté—, nunca los vi en el colegio.

Ellos comenzaron a sonreír, Karina también. El tal Mamut intentaba no hacerlo, pero su bocaza se abrió y me di cuenta de que en verdad era un mamut con sus grandes colmillos enquistados en un par de gruesas encías muy rojas.

Me hubiera gustado decir «y entonces desperté agitada en mi cama», pero no fue el caso. Brenda me acompañó de vuelta a mi coche. Me recordó que yo la había orillado a estudiar y/o trabajar.

—¿Por qué no estudiar? —pregunté.

Me dijo que le pedirían explicaciones de por qué había dejado el colegio anterior, y que ella sólo sabría ser franca y responder: «Porque le saqué un ojo a una cabrona.»

Abrió la puerta del coche, entré como si fuera una anciana demolida.

—Ten cuidado —advirtió—, no vayas a chocar por ahí.

—Óyeme bien, Brenda, tal vez lo que necesitas es un viaje.

—¿Quieres que me dé a la fuga?

—No sé, es una idea.

—Pobre de ti, estás muy alterada. Y no sé si darte la mala noticia.

Mis ojos le preguntaron cuál podía ser peor ya mirando el telón de fondo más allá de Karina, aquel taller, aquellos tipos y mis esperanzas de que mi niña hubiera sido distinta.

—Mejor no te la doy, tal vez nunca la sepas...

Dio la media vuelta. Le pregunté a qué se refería, pero ya no contestó.

Crucé la puerta de mi casa y encontré a Carlos sirviéndose un tequila.

—Lo conseguí —espetó—, me quitaron de encima lo de Farfán.

—Te queda lo del restaurante.

—También eso me lo quitaron.

—Mejor aún...

—Vamos, ya ni siquiera tengo que presentarme mañana, estoy cesado de mis funciones —añadió, y empinó directo de la botella—. Voy a pedirte un favor muy especial, Karina, que no te eches la culpa.

—¿De qué?

—Quiero que eso sí quede muy claro. Vengo a que me escuches. Sólo eso. No hay nadie más a quien le contaría mis cosas.

—Si entras en tema será más fácil.

—El mundo es una cloaca.

—Sigues dando rodeos...

—El procurador Bustillos habló con mi jefe. Lo puso cagado porque metí mi cuchara en el asunto de tu hija. Dijo que ningún huelepedos como yo iba obstruir procesos judiciales. Así que de paso mi visita tiene el propósito de darte un consejo. Pon a tu hija en un avión y envíala muy lejos por un tiempo de este país. Los Ordóñez y Bustillos son uña y carne. Yugi-Oh.

—¿Yugi-Oh?

—Un hijo de Bustillos y uno de los Ordóñez son fanáticos de eso. De ahí viene la amistad. Tienen una importadora de todo ese rollo del Manga japonés. Bueno, ¿para qué trato de explicarte desde dónde comienza la cuerda? Llega hasta el hecho de que sus padres son amigos y de que si no tomas en cuenta lo que te digo tu hija está frita.

—¿Y la ley?

Carlos lanzó una risotada amarga y volvió a empinar el codo. Le quité la botella y me serví en un vaso.

—Si todo eso es verdad, ¿por qué no han aprendido a mi hija?

Carlos sonrió como si la acidez estomacal le obligara:

—Porque para ellos joderte empieza con ver cómo te comes las uñas esperando que te destrocen. Por lo pronto yo ya no puedo ayudarte. Mi jefe dice que estoy fuera por un tiempo. Fue menos duro conmigo de lo que esperaba. Quizá me beneficio ponerle en bandeja de plata a los sicarios de Andrés Farfán.

—La última vez me dijiste que eran inocentes.

—Un chivo expiatorio vale tanto como el que no lo es mientras la prensa no lo desmienta.

—¿No van a sacar a ese muchacho de la cárcel?

—¿No lees los periódicos? Ya le dictaron auto de formal prisión. Incluso fui a entrevistarlo en el reclusorio. Le dije que si me daba una buena pista le ayudaría a probar su inocencia. ¿Quieres saber qué me respondió?

Hizo una pausa como si los oídos castos de Areli no debieran oír. Ella trajo un plato con botanas y se marchó.

—Me dijo: «Mira, pendejo, no me haces ningún favor, aquí o afuera es exactamente lo mismo. ¿Ves a ese cabrón que tiene un brazo escaldado? Le dicen El De Pie porque desde que llegó no consigue que lo dejen dormir en el suelo, se amarra con el cinturón a un tubo para no caerse de noche. Hay diecisiete tipos en cada celda de cuatro por cuarto. Pero yo ya tengo una donde sólo estamos cinco. Me la gané. Y no voy a perder eso por estar en la calle...»

—Me cuesta trabajo saber de qué me estás hablando, Carlos. Nunca he pisado una cárcel.

—No, claro. Lo siento. Es otro mundo. El tuyo no tiene nada que ver con ése, no te ofendas, Karina, pero tú vives en una especie de burbuja, no sabes lo que es la maldad, no tienes ni puñetera idea de lo que es el lado oscuro del ser humano.

—¿Por qué no buscas otro trabajo?

—Voy a esperar a que se calmen las aguas.

—¿Y la empresa de seguridad que pensabas poner?

Se le nublaron los ojos y dijo:

—Eso era un plan mío y de Tito, no podría echarlo a andar sin él. Carajo. Pinche ciudad. ¿Te parece justo que entraran a su apartamento a robarle y lo mataran? ¿Dónde está la justicia que le dé a eso tanta importancia como se la dieron a Farfán? Pero no me voy a morir sin saber qué pasó, ya estoy haciendo mis pesquisas por mi lado...

—¿Por qué no inicias el negocio con tu otro compañero, Zavala?

—Zavala es a toda madre, pero se cree mi padre...

En medio de la turbulencia su definición me hizo sonreír.

—Hace lo posible por no abrir la boca, pero cuando no lo consigue no para de darme consejos. Montar un negocio implica tomar decisiones. Si nos hacemos socios sus consejos van a ser órdenes. Terminaríamos mal. Y por otra parte —otro buen trago de tequila—; casi cumplo los cincuenta y como dijo José Alfredo Jiménez, se me acabó la fuerza de mi mano izquierda. Ya estoy viejo para comenzar de nuevo. O como dice otra canción, ya no tengo nada que dar.

Hizo una pausa y dijo que mejor se iba antes de que se pusiera borracho. Nos abrazamos, volvió a sugerirme que sacara a mi hija del país. Le di las gracias por el consejo, estábamos tan cerca que fue inevitable, nos besamos. Se disculpó y lo odié. Pretendía ser un caballero. Pero a veces una no quiere eso de los hombres.

Volví a ver a Mei el jueves. Las explicaciones las dio Perla. Dijo que Juan Mora quedó vuelto loco con nuestra idea de hacer una revista de la colonia Polanco. Y que incluso pretendía hacer que otros vecinos hicieran lo mismo en sus propias colonias respetando el concepto de unidad que Mei y yo marcáramos para todos los números de las revistas. Juan quería vernos en su casa, nos presentaría a un diseñador gráfico y de paso le tomaríamos fotos o le entrevistaríamos de una buena vez.

—¿Sabes usarla? —Mei me dio su cámara.

Mantuve mi dignidad y dije que sí, pero no lograba encontrar el botón de encendido. Uno de sus hermosos y finos dedos lo oprimió.

—Estaba por encontrarlo —dije.

—Enseguida nos vamos. —Se sacó la camiseta por encima.

Me sorprendió descubrir que sus senos eran más grandes de lo que aparentaba con ropa. Observándola con cuidado, y en ese momento en que su pelo tenía coletas, parecía uno de esos dibujos obscenos y provocadores de Manga japonés. Se quitó las coletas y sacudió su cabello lacio. Apenas pude ver tres segundos el par de senos redondos y los dos pezones ligeramente largos y rosados. Se puso una blusa blanca de algodón y un pantalón negro. Otra vez parecía más delgadita de lo normal. Me pregunté con cierta envidia, cómo puede caber tanto en tan poquito.

El apartamento de Juan, cualquier cosa. Pequeño pequeñísimo. Sala comedor pegados. Muebles de paquete. Un refrigerador que sonaba como camión. Y para acabarla de joder Juan nos ofreció café soluble. Supuse que el presupuesto para la revista no sería la gran cosa. Eso intenté decirle a Mei con los ojos. Ella me respondió con los suyos: «¿Cuál revista, estúpida?, lo que queremos es eliminar al sujeto.» Por supuesto yo bromeaba y ella no sabía el significado de esa palabra.

Mientras la nipona lo entrevistaba yo me dediqué a hacerle las fotos. Disparé unas cuantas al apartamento, vi que a Juan no le molestaba y me alejé disparando fotos por todas partes. Descubrí una recámara, entré, emparejé la puerta y husmeé clóset y cajones. «Muy candidato —me dije—, pero alguien le hace de bolita sus calcetines.» Además descubrí un par de calzones con el resorte medio guango. Aquello merecía una foto. ¡Flash!

Oí que alguien llegaba. Regresé a la estancia. Era un muchacho flaco de copete encima de los ojos. El famoso diseñador gráfico. Juan nos dijo que tenía que salir y nos dejó con él. Le oímos hasta donde la cortesía y la prudencia nos dio permiso. Habló de tipos de letra, del concepto de la revista, tomó notas a nuestra idea y dijo que nos enviaría dos o tres propuestas. Le dimos nuestros mails y nos fuimos.

De vuelta en el coche de la japonesa sentí un mórbido placer de ver su frente incapaz de arrugarse y su voz sin emoción mientras le daba explicaciones por el celular a Fénix de los resultados de nuestro primer acercamiento con el «objetivo.»

Le devolví su cámara y le pedí que me dejara en una esquina.

—Mantente disponible, Karina.

Por primera vez se había dignado decir mi nombre.

Paré un taxi. Le dije al conductor que me llevara a La Garbo.

—¿Qué Garbo? —preguntó.

—Lo siento —respondí, y le di la dirección correcta.

Hacía un calor infernal. Intenté bajar la ventana pero estaba atorada y el único aire es el que entraba por la ventana del taxista. A pesar del aire su camisa se veía de dos colores, el seco y el sudado.

Recibí una llamada. No reconocí la voz.

—¿Señora Karina?

—Sí...

—Habla...

—¿Quién?

El taxi no avanzó más. Un tráiler había intentado pasarse el semáforo y se quedó obstruyendo ambos carriles. Los coches pitaban implacables.

—¿Quién? —repetí.

—El Mamut...

—¿Quién? —Tapé el teléfono y le pedí al taxista que subiera su ventana para poder oír el teléfono, pero no me hizo caso o le importó un sorbete.

—¿Quién habla?

—El Mamut.

Sus colmillos vinieron a mi mente. Lo mismo que el taller mecánico, los otros dos fulanos y Brenda acostada en el carrito con ruedas de fierro. Le pregunté al Mamut si ella estaba bien, no había otra razón por la que pudiera hablarme. Me dijo que se la acababan de llevar a la octava delegación.

Colgué de zape. Le pedí al taxista que cambiara de ruta y me llevara para allá. Giró el volante y en tres segundos quedamos atrapados en el tráfico. Un tipo se plantó frente a los coches con un niño sobre sus hombros. El niño comenzó a hacer malabares con dos naranjas, giró y sacudió sus grandes nalgas de globo.

Recuperé el teléfono del Mamut. Le pedí que me repitiera lo sucedido. Dijo que dos judiciales se la llevaron por la fuerza y que él, Daniel y Sebas lo intentaron todo, incluso persiguieron el coche con palos y piedras, pero que lo único que consiguieron es que se detuvieran por tres segundos y uno de ellos sacara la pistola, diera tres disparos al aire y ellos tuvieran que salir corriendo.

El tipo bajó al niño de sus hombros y se acercó a pedir dinero al taxista.

—¿Por qué no te pones tú los globos en las nalgas y al niño me lo mandas a la escuela? —le espeté.

El taxista me miró asombrado.

El tipo no se arredró:

—Si no va a dar no opine, vieja cabrona.

—¿Qué dijiste, idiota?

—Vieja cabrona. Cabrona y puta.

—¡Repíteme eso, hijo de la chingada! —Abrí la puerta y salí dispuesta a usar la única arma que tenía en las manos: las uñas.

Pero el tipo cargó al niño y salió disparado. De pronto los coches se movieron. El taxista también tuvo que moverse y yo no tuve más remedio que alcanzar la acera para no ser atropellada. Paré otro taxi y el vía crucis volvió a empezar.

Llegué a la Octava. Los pelos tiesos, un tacón roto, pegajosa en mis partes íntimas, deshidratada. Con ganas de llorar. Es un placer llorar, llorar como los trenes que echan humo mientras avanzan sujetos a los rieles. Sacar aullidos mientras se parten colinas y valles a gran velocidad. Sólo que el llanto de mujer pocos lo entienden, parece nuestra desventaja, la toman por tal, así que me contuve y me fui sobre el primer jefecillo que vi para que me diera razón de Brenda.

—¿Karina, eres tú?

Ahí estaba mi abogado, Gustavo Salmerón.

Entonces sí lloré. No por mi hija, sino porque debía verme tan espantosa que el abogado no me reconoció enseguida.

—No llores, Karina, ya me estoy moviendo...

Dijo eso y yo recordé al pobre niño moviendo sus nalgas de globos sobre los hombros de su explotador. Media hora después logramos ver a Brenda, en una sala de visitas donde no estábamos solos. Había dos mujeres compartiendo una bolsita de dulces con chile, hablando bajo. No supe cuál de ellas era la que estaba detenida y cuál su visitante.

—¿Lo ves, Karina? Te dije que lo del trabajo en el taller era provisional —dijo Brenda, como para restarle hierros al asunto.

—Voy a hablar con los Ordóñez, nena, voy a hacer todo lo que esté en mis manos para sacarte de aquí. Sé fuerte. ¿Me prometes que vas a ser fuerte?

—Tranquila, *mein* Führer...

Le bastó decir la palabra «tranquila» para hacerme estallar.

—¿Ves a lo que conduce que no controles tu violencia? —le grité.

—Traté de no darte la mala noticia...

—¿Qué mala noticia?

Brenda miró al abogado.

—Luego hablamos de eso —me dijo—. Vámonos, Karina.

—¿Qué mala noticia?

—Alguien lo subió a YouTube.

—¿Subió qué?

—El video de tu hija cuando ataca a Susana.

Miré a Brenda con ojos de reclamo.

—Obvio no fui yo —dijo—. Yo no podía hacer las dos cosas.

—Dios...

—Tampoco creo que haya sido Él.

Su desfachatez, su cinismo ante la situación me desarmó por completo.

—Ponte de pie —me dijo Salmerón con bastante tacto.

—¡Ya estoy de pie! —grité, pero no lo estaba. Y aquel par de mujeres me veían como si estuviera loca. Les hice saber, atentamente, que aquellas miradas eran totalmente descorteses—. ¡Métanse en sus putos asuntos! —Respiré hondo, tomé las manos de mi hija y le dije un «lo siento, mamá está un poco alterada». El único momento donde Brenda se quebró fue cuando sí me puse de pie, sus ojos se cristalizaron. Después se metió tras una puerta y no volví a verla más.

Salmerón me acompañó de vuelta al área general, me dijo que no fuera a ver a los Ordóñez, pues podía entorpecer las cosas. Él se encargaría de eso. E iba a quedarse en la delegación para hablar a solas al ministerio público. Carlos llegó en ese instante. Estaba al tanto de todo. Su comportamiento fue intachable. Le dio su tarjeta a Salmerón, le dijo que no dejara de mantenerle informado y que él, por su parte, también movería sus hilos. Se ofreció a llevarme a mi casa. En el camino me dijo que no estaba de acuerdo con el abogado y sí conmigo, había que buscar a los padres de Susana, ofrecerles dinero. Yo ya no estaba tan segura de eso.

—Yo lo haré como cosa mía —propuso Carlos.

—No lo sé, no tengo cabeza para pensar. Ahora sólo quiero llegar a casa.

Sonó su teléfono, lo miró pero no tomó la llamada.

—Si tienes cosas que hacer... —dije.

—Es Cecilia, quiere que vaya a la clínica...

Me explicó que al fin habían internado a su hija bulímica. Pero se quejó de la llamada de su ex. No había razón pero quería verlo cuando ya los doctores les habían dicho que no volvieran al menos en una semana. Lo que Cecilia quería era discutir con Carlos, llevarlo al infierno de los reclamos y reproches.

—Me llamará todo el día si no voy —dijo.

—Pues no vayas.

—No puedo hacer eso.

—¿Por qué no?

—Porque me sentiría culpable.

Sentí compasión por él. No supe quién de los dos estábamos peor.

—No tienes idea del dinero que estoy gastando en el tratamiento. Voy a tener que pedir un préstamo bancario, los intereses van a acabar conmigo. Pero eso no lo ve Cecilia. Ella ve que yo jodí nuestra relación. Y que si mi hija está así es por culpa mía. En fin. —Se esforzó en sonreír—. Volvamos al aquí y ahora. Te llevó a tu casa. Buscó a Larios, le preguntó cuál es su precio por retirar la denuncia en contra de tu hija y todo vuelve a la normalidad.

—Eso ya lo intenté cuando lo vimos en el hospital.

—Creo que yo puedo ser más convincente. Ahora vamos a dejar de pensar un rato en esto para no mortificarte. Tranquila, ¿eh? ¿Quién es mi nena fuerte? Todo saldrá bien.

No pude pedir más. Carlos no era el tipo de los mejores modales, no era un Günther ni de lejos. Pero Günther estaba tres metros bajo tierra y Carlos estaba ahí en vez de estar con su hija bulímica, haciendo un gran esfuerzo por no ceder a los chantajes de Cecilia.

Otro teléfono timbró, esta vez el mío. Era Mei. No le contesté.

El resto del día lo viví en el sopor. Trabajé con Anahí en casa. Sigfrido estuvo bastante tiempo junto a nosotras, leyendo. Me di cuenta que ella le echaba miraditas, ya no me cabía duda, lo de haber cortado con el novio y preguntarme por mi hijo no era casual, pero lo de Brenda me hacía dejar aquello en segundo plano. Aparte de todo me molestó el hecho de que cuando enteré a Sigfrido no pareció alarmarse. Fue como si, en el fondo, le parecía lo justo. Su hermana en prisión por sacarle un ojo a Susana Ordóñez. Otra prueba de que la desquiciada de Brenda tenía razón, los débiles siempre se lavan las manos y quedan como los buenos. Los buenos lo son porque no se complican la vida. Y si no se la complican es porque son gente profunda. Nadie que no sea profundo puede ser alguien bueno. Por lo tanto los buenos son malos.

Hice un esfuerzo por estar bien. Les pedí a Anahí y a mi hijo que fueran a varias tiendas de antigüedades para ver si podíamos hacernos de un par de cosas interesantes para La Garbo.

En cuanto se fueron pensé en Carlos. Al final no le dije que no fuera a intimidar a los padres de Susana, lo dejé en la ambigüedad. No sé la razón, yo no tenía empacho en despachar a quien fuera si Fénix me lo ordenaba y a cambio me pagaba una buena suma de dinero, pero no me sentía cómoda con la idea de no hacer las cosas dentro de los límites de la justicia. He dicho antes que se trataba de no mezclar a la Karina sicaria con la Karina normal; ya no estaba tan segura de eso. Quizá todo se resumía en que yo era una estúpida con doble moral.

Mei me citó en un andador de Chapultepec. De cara a un paraje de árboles. Llegué puntal.

—Cometiste un error —me espetó.

Antes de que pudiera preguntarle cuál, apareció Fénix en ropa deportiva y bicicleta, nos miró y dijo:

—Juan Mora se va de gira política y nosotros estamos perdiendo el tiempo.

—Ya lo arreglé —dijo Mei—. Mañana a mediodía vamos a seguir con la entrevista, él se va por la tarde.

—Que no sólo sea más entrevista —dijo Fénix— y cuando Mei te hable no existe la opción de no contestarle el teléfono. No cuando tenemos trabajo que hacer. —Dicho esto se alejó en la bicicleta.

Le pregunté a Mei cuál era su problema.

—La entrevista iba a ser hoy por la noche. Tuve que cancelarla.

¿Qué podía decirle? «Oye, no sé si tienes hijos o los vas a tener, el caso es que metieron a mi Brenda a la cárcel y ya sabes, ante todo la familia.»

—Supongo que no tienes hijos —me atreví a decir sólo por curiosidad de lo que podía responderme.

—Que no se repita —dijo, y se alejó caminando.

No pude tolerarlo. La alcancé:

—No quiero volver a oír que me des órdenes. No

vuelvas a hacerlo. No me gusta. Para ser más clara, no me gusta que tú lo hagas. El que da las órdenes acaba de irse. Tú no eres nadie. Estamos juntas por azar. De ser mi decisión no trabajaría contigo. Eres fría, desagradable. No vuelvas a tratarme como si fueras la jefa. ¿Te queda claro, Mei?

Me miró como si yo no le hubiera dicho nada especial, y siguió su camino. Por tres segundos me imaginé cogiendo una piedra del suelo, dándole muy fuerte en la nuca, arrastrándola, dejándola escondida en el bosque.

Pero me quedé quieta, hasta que su figura grácil se perdió a lo lejos.

Fui de vuelta a casa, me acosté en el sofá. El asunto del video de mi hija en YouTube me hizo sentir muy inquieta. Encendí la computadora y me puse a buscarlo. Vi cosas horrendas, descubrí que el ser humano abomina la decencia, que es capaz de todo por no ser anónimo. Había tantas peleas escolares que perdí la paciencia y apagué la computadora. Para ese momento me dolía muy fuerte la cabeza.

Oí regresar a Anahí y Sigfrido, reían. Eso fue mejor que cualquier tranquilizante. Me contaron que habían visto montones de cosas horrendas. Jarrones barrocos, lámparas de querubines con los culitos despostillados, muebles que apestaban a naftalina y vendedores que parecían parte de las antigüedades. Eran como dos niños hablando de una aventura.

La invité a cenar. Yo misma les preparé sándwiches. Insistí en que un par de cervezas frías eran muy adecuadas. Protestaron. A ninguno les gustaba la cerveza. ¿Qué diablos pasa con los jóvenes de hoy? Las serví de cualquier forma. Me las di de lo que no fui nunca: hippie. Le dije que en «mis tiempos» la gente era más libre. Haz el amor y no la guerra. Les animé a que siguieran hablando de su aventura en las tiendas de antigüedades. Pero ese tema se había agotado, así que les conté un par de anécdotas que supuse podrían mantener su ánimo chisposo. Les conté de una vez que mis amigas de la prepa y yo llenamos con detergente una fuente en el paseo de la Reforma. Reí a carcajadas. Anahí sonrió por educación y Sigfrido puso cara de vergüenza, me temo que no a causa de la travesura de mami, sino de que la contara.

—¿Han probado los muppets?

Compartieron una mirada de recelo. ¿Qué otro ridículo estaba por hacer la ruca?

Saqué una botella de tequila, serví tres vasitos con agua mineral (no había refresco de toronja), les enseñé a golpear el culo del vaso contra la mesa y a beber de un solo trago el tequila.

No logré que se lo bebieran completo, incluso las cervezas quedaron a medias. Todo terminó cuando Anahí dijo que le dolía la cabeza. Le pedí a mi hijo que la llevara a su casa. Ella se negó. Yo insistí varias veces hasta que pasé de tener buenos modales a la rotunda imposición:

—No acepto un no. Mi hijo te lleva a tu casa y punto.

En fin, que cuando me quedé sola grité:

—¡Malditos chicos de hoy! ¿Que no tienen hormonas?

Bebí los tequilas y las cervezas y limpié la mesa. Luego me eché en el sofá hasta que una mano me agitó. Era Sigfrido ya de regreso.

—No vuelvas a hacerlo —dijo.

Las mismas palabras que usó Mei.

—¿Hacer qué?

—La llevé a su casa. Vive en unos edificios, a la mitad de un cerro.

—No te fijes en eso —murmuré amodorrada—, es una buena niña y tiene un lindo cuerpecito, ¿te has fijado en eso? —Le guiñé un ojo.

—Creo que no me estás escuchando, mamá. No es a mí al que le molestó llevarla a su casa, fue a ella. No quería que viera dónde vive. Las calles no están pavimentadas. En cada esquina hay basura. Las ratas se pasean por las calles como si fueran perros. Un borracho la saludó y ella miró hacia otra parte. Quizás era su padre. Pariente al menos. La dejé en la puerta. Intenté irme rápido. No por mí, por ella. Pero una señora abrió y me hizo pasar y sentarme en una salita mientras le pedía a Anahí que me trajera un refresco o lo que yo quisiera. La señora me interrogó. Le dije quién era. Te mandó muchos saludos, dijo que su hija está muy contenta con el trabajo y que te admira. Oí que Anahí lavaba algo en la cocina. Rompió un plato o algo así. Su madre fue. Las oí discutir bajito. Yo quería salir corriendo. Regresaron juntas. Anahí me dio un vaso con agua y una servilleta que envolvía el vaso. La señora ya no volvió a decirme nada, pero tenía cara de querer llorar. Les di las gracias. Anahí me acompañó a la puerta. Pobre. Fue como desnudarla.

—Eso no se oye mal, picarón...

—Mamá —dijo Sigfrido sin cambiar de tono de voz—, eres una estúpida.

Volvimos a entrevistar a Juan. Su infancia la vivió en un pueblo igual que yo en la hacienda, entre animales de rancho y estudiando en una escuela rural. Su mayor alegría era regresar de la escuela y beber agua fresca y, por las tardes, jugar con sus amigos al fútbol en el llano o nadar en el río. Aseguró ser un gran nadador. En ciertas épocas ayudaba a sus padres a sembrar. No eran los más pobres ni los más ricos. La diferencia entre su infancia y la mía es que un día despertó con eso que llaman conciencia. Descubrió que la gente era víctima de injusticias y desigualdades sociales, además del racismo y del clasismo. Pensó que México se merecía otra cosa. Un destino diferente. Ser dueño de sus propios recursos, el petróleo, la electricidad.

Mei le escuchaba sin mostrar condescendencia, pero sí con un gesto de respeto. Él hizo una pausa para beber el café que tenía en la mesa y le pregunté si le importaba que yo hiciera más fotos de su apartamento y de él mientras Mei lo seguía entrevistando.

—Hazlas —dijo—, pero no vas a encontrar nada especial aquí ni en mí.

Su comentario me desconcertó.

Esta vez me fui con más calma. Abrí el clóset, revisé bolsillo por bolsillo, camisa por camisa. Saqué una maleta que estaba debajo de la cama y la abrí cuidándome de que los pasadores no hicieran ruido. La maleta estaba llena de papeles. Pensé que no tendría tiempo de revisarlos ahí y me guardé algunos con pinta de recibos bancarios.

Revisé los compartimentos laterales de la maleta y mis uñas chocaron con un cartón duro. Era la fotografía de un chico de unos diecinueve años, con los botones de la camisa desabrochados hasta la cintura. Detrás venía una dirección y una palabra. «Búscame.» Me guardé la foto y puse la maleta en su lugar.

—¿Encontraste algo? —me preguntó Juan cuando me vio regresar.

—Un apartamentito muy lindo —dije. E iba a hacerle un comentario de que no encontré por ahí ningún toque femenino, pero el hombre era viudo y lo sentí inapropiado.

—¿Quieren venir conmigo a la gira? —propuso de repente.

Explicó que serían cinco días sin descanso por el sureste. Dijo que si queríamos en ese momento hacía los arreglos necesarios para que nos pasaran a buscar a nuestras casas mientas íbamos a empacar alguna maleta de viaje.

—Yo ya estoy lista —dijo Mei mostrando una sonrisa angelical.

El corazón se me heló de envidia.

—Yo no puedo —dije. Y agregué sin pensar—: Tengo hijos.

—¡Pues tráetelos también! —dijo un muy alegre y sincero Juan.

Ay, respondió mi corazoncito. Pero la vida no es esto, la vida, «la vida sería maravillosa si sólo supiéramos qué hacer con ella».

—¿Cuántos hijos tienes, Karina? —me preguntó.

—Dos.

—¿De qué edades?

Se lo dije. Mei comenzó a mirarme entre el fastidio y el enojo.

—Usted tiene dos, según.

—Sí, Clara y Esteban.

—¿Y dónde están?

—Clara estudia una maestría en París, Esteban haciendo su servicio social en Oaxaca. Es médico.

—Lindo...

—¿Y tú, Mei? —le preguntó a la nipona.

Era obvio que mi desliz llevaría a esa situación, pero Mei no titubeó.

—Yo soy soltera. Y francamente no me gustan los niños.

—Se vale —dijo Juan.

—Sí —repitió ella con los ojos cargados de sensualidad—, se vale...

—¿Tu familia está en Japón?

—En Tokio. Y en todas partes del mundo.

—Entiendo...

—Mi familia son mis amigos. Tú eres mi familia.

Aquella frase fue dicha de forma tan espontánea que supongo que Juan la adoró. Y yo también. Me daba escalofrío esa gente con el don de hacer que los ames y que pueden hacerte pedazos. Ese don lo tenía Mei. Aquella cosita hermosa que no debía pesar más de cincuenta y cinco kilos, cada uno de ellos llenos de gracia y elegancia.

Le pregunté a Juan por qué hacía una gira fuera de la ciudad si su candidatura no era para presidente. Sonrió, pero no me respondió.

Fénix me citó de nuevo en una funeraria, inventé algo para cambiar la cita a una cafetería. Fue mi desquite. No me parecía bien que se pusiera de parte de Mei. Le mostré los papeles que sustraje de casa de Juan. Se trataba de cuentas bancarias. Dijo que quizá podíamos encontrarle algo que interesara a nuestros clientes.

Decidí guardarme lo de la fotografía del muchacho. No podía negármelo, competía con Mei. Ella se había ido a la gira con Juan, cosa que también puso de buenas a Fénix. Según él eso daría resultados. Entonces me presumió lo buena que era Mei en lo suyo.

—A mí me agradaba Aleja —dije.

—¿Y Mei no?

—También ella —acepté. Pero no debí parecerle sincera.

—¿Pasa algo, Karina?

—¿Qué podría pasar?

—Pronto se van a tomar grandes decisiones en cuanto a Mora, espero que entre tú y Mei haya muy buena coordinación.

—¿Ella te ha dicho que no es así?

—Ella nunca habla mal de nadie.

—¿Y yo sí?

Nunca me había atrevido a llegar a ese punto, no me quedaba más remedio que seguir. Estaba por hacerlo cuando dos hombres llegaron a nuestra mesa, eran Carlos Villanueva y Lauro Zavala. Montones de sitios donde verse y yo había escogido el peor. La funeraria adquirió un brutal sentido.

Presenté a Fénix como el señor Sotelo. Él salió muy bien al paso jugando con el argumento de que yo era una dura negociante, como una judía, dijo. Y Carlos le respondió que mis parientes eran más bien un poco nazis. Cosa que hizo reír a ambos a mis costillas.

Zavala sólo nos miraba desde su aparente sabiduría de búho viejo. En efecto el tipo se comportaba como padre de Carlos. Quizás era sólo un poco mayor pero tenía ese carácter viril y paternal. Los hombres suelen decantarse en esos dos caracteres; los que se comportan como padres y los que se comportan como hijos. Carlos pertenecía a la segunda especie. Incluso cuando intentaba ayudarme siempre había algo en él con la falta de aplomo de un Lauro Zavala.

Fénix se despidió con ese ánimo del que no siente incomodidad ante los desconocidos.

—Agradable tipo —opinó Carlos sentándose a mi lado.

—Vaya necio —dije.

—Siéntate, Lauro. —Carlos señaló la silla.

Pidieron café.

—Buenas noticias —me dijo Carlos—. Ya fuimos a casa de los Ordóñez y parece que todo se va a arreglar.

—¿Fueron? —pregunté mirando a Lauro.

—No podía ir yo sólo —aclaró Carlos—. Te explico. De principio no pudimos hablar con los padres de Susana, la asistenta nos dijo que se fueron a Valle de Bravo. Tienen una casa de campo los muy jodidos. Pero le dijimos a la mujer que era urgente. Y ahí mismo les llamó por teléfono, síguele tú, Lauro...

—No, no, tú lo estás haciendo bien...

La mandíbula de Carlos se movía de ese modo que no me gustaba.

—Sigo: Honorio Ordóñez aceptó hablar cuando regresen de Valle de Bravo. ¿Qué piensas?

—¿Qué pienso?

—Sí, qué piensas. Considera que antes ni siquiera se podía cruzar tres palabras con él sin que se pusiera como bestia.

—¿Qué fue lo que le dijiste para que aceptara verte?

—Perdón —interrumpió Zavala—, tengo que irme. Te busco después —le dijo a Carlos. Éste se medio levantó de la silla, lo medio abrazó y lo vio marcharse. Después se quejó:

—Es bien duro ver cómo el mundo sigue girando. Míralo, ya se va, sigue con el asunto de los tipos del restaurante, y está cerrando lo de Farfán. Tiene un empleo. El que yo tenía y odiaba, y odio. Pero que me hace sentir sin piso ahora que no lo tengo. Encima debo sentirme contento por Lauro, es de los pocos que no me aplican la ley del hielo ahora que estoy suspendido, y hasta me dice que en cuanto pueda le dirá al jefe que me levante el castigo. ¿Crees que lo va hacer?

—Tú lo sabes mejor, es tu amigo.

—Como decía mi padre, los amigos no existen.

—Yo tengo amigas.

—Tú y ellas tienen circunstancias que las hacen sintonizarse.

—Bueno, hablábamos de Honorio. ¿Qué le dijiste para convencerlo?

—Mejor te diré otra cosa —dijo Carlos en un tono dolido y seco—, ya no te voy a contar nada hasta tener resultados. Es bien jodido que me fiscalices, que pidas cuentas del cómo. Yo siempre trabajo a mi manera. Y siempre doy resultados. Lo único que debería importarte es que pondré en tu casa a tu hija, sana y salvo. Ése es mi trabajo.

Estuve a punto de decirle que se buscara un trabajo de verdad. Por supuesto pensé lo cruel que serían mis palabras, además de injustas.

—Tienes razón —cedí—. Mejor no me cuentes nada hasta que sea algo concreto. ¿Cómo está tu hija?

Le asombró la pregunta, sonrió agradecido, y no quitó la sonrisa a pesar de que sus palabras no eran como para que se le dibujara esa boca de feliz gratitud:

—Mal. Mi mujer me reprocha que no nos diéramos cuenta desde hace meses. Y es cierto, mi hija Arcadia ya hace tiempo que parecía salida de un campo de concentración. No sé cómo nos acostumbramos a verla así. Supongo que por los comerciales de la tele donde salen esas mujeres esqueléticas. Nos pareció lo normal. Los médicos están de mi parte, dicen que eso sucede todo el tiempo, padres que ni sospechan, hijas que lo ocultan. «No es culpa mía», dice, «al menos no por completo». Y lo dice mirando a mi ex. El médico termina sintiendo lástima por cómo me trata Cecilia. Yo esto te lo digo a ti, no a Cecilia. Debí estar más cerca de Arcadia. Pero la razón de mi ausencia no fue como piensa Cecilia, sino por culpa de darle mi vida entera a la policía judicial. ¿Y para qué? Mira cómo me tienen. —A estas alturas la sonrisa se le desdibujó.

—Espero que todo salga bien...

—Y saldrá, ten confianza, Brenda va a ser libre. —Me tomó la mano.

—Hablo de tu hija, no de la mía...

—Ah, claro, eso también, eso también saldrá bien...

—Carlos —estaba a punto de decirle lo que jamás una mujer debe decirle a un hombre—: ¿te hace falta dinero?

—¿Dinero?

—Sí, dinero para pagar la clínica. Puedo dártelo.

—Perdóname, Karina, pero en eso sí soy muy hombre.

—No vas a dejar de serlo si te lo doy o te lo presto.

—Sí, sí voy a dejar de serlo. No insistas.

—Sólo quería que lo supieras.

—Ahora lo sé. Y no me gusta saberlo.

—Quisiera no habértelo ofrecido.

—Vamos a olvidarlo. Nunca lo dijiste y nunca lo oí. Eso hicimos, olvidarlo. Al menos yo.

Ese día acepté la existencia del destino, al menos para ciertas personas. Hay vidas que no se explican sin que las persiga la calamidad. Ése es el caso de la vida de Geraldine Alpuche. Manoli me contó su nueva desgracia. Pero antes me insistió en ese caramelo que la vida le puso frente a los ojos con su ¿no fue verdad que Comelius le ofreció bajarle la luna y las estrellas, llevarla por los siete mares en una luna de miel sin fin? ¿No es cierto que el holandés era tan maravilloso que incluso extendió su invitación a la hija bigotona y al viejo eterno desahuciado? Pues sí, todo eso fue verdad, como también lo que sucedió a continuación. Geraldine regresó a casa con la habitual tanda de medicinas para Justino y no encontró a Sandra por ninguna parte, pero sí una carta suya: «Espero que comprendas esto, madre, la vida para mí ha sido un infierno. Eso es tan claro para ti como que sale el sol. Di todo lo que pude. Pero Justino no es mi esposo, es mi padre. Lamento dejarlo y también a ti. Lamento decir que por mucho tiempo amanecía pensando, ¿será hoy? ¿Por fin se acabará el suplicio? Y mis preguntas se acababan al entrar a su habitación y verle ahí postrado como siempre. Sentía culpa. Y lástima por él, odio y lástima, ambos sentimientos igual de intensos. Si vas a odiar a alguien de hoy en adelante, ódiame a mí. No odies a Comelius. Entiendo que me lleva más de treinta años, pero ya no espero príncipes azules. Si él me hace feliz un solo día para mí será como toda una vida. Espero que a ti sí se te muera mi padre pronto para que comiences a vivir. Tu hija por siempre, Sandra.»

Me quedé sin habla. Pero Manoli se encargó de hablar por las dos.

—¡Pobre! No sabes cómo la maldice. Nunca la vi tan fuera de sí, los ojos se le llenaban, literalmente, de sangre. Tengo miedo, no creo que resista. Esto va más allá de sus fuerzas, nadie, por muy entero y muy santo que sea, soporta algo así. Podría suicidarse como hizo Carlita. Todas podríamos acabar quitándonos la vida. Perdóname que lo diga, pero Sandra no tiene perdón de Dios. No sólo abandona a su papá, además le quita el novio a su madre, uno que podría ser su abuelo. ¿O tú qué piensas? Tal vez exista el karma. Aunque creer en el karma es pecado, te diré algo. Cuando Geraldine conoció a Justino y él era su maestro de piano, le llevaba varios años, además era casado. No sé qué piensas, Karina, no te quedes callada.

—Pienso que Geraldine se apendejó —espeté.

—¡Karina!

—Por lo que a mí respecta desaprovechó su oportunidad.

—¿Estás justificando a ese desgraciado?

—A él no, a Sandra.

—Creo que no entiendes, esa relación no tiene futuro.

—Sandra no necesita futuro, necesita presente, a Comelius, el barco, el mar, la vida loca...

—¿Estás tonta o qué te pasa? ¿Y luego qué?

—Luego lo que venga.

—Me sorprendes, Karina, tú una mujer tan centrada, tú...

—Yo no soy adivina, pero supongo que Comelius pasará sus últimos años con Sandra, y a cambio le dejará experiencia, libertad, quizás hasta el barco, para que luego ella se consiga un nuevo capitán...

—Me horroriza oírte hablar así.

—En el fondo no.

—¡En el fondo y en la superficie me horroriza! Creo que te estás burlando de mí, que te es tan insoportable lo que te acabo de contar, que prefieres tomarlo a mofa. Pero ahora me toca decirte mi escenario. Y es éste: Comelius vive a base de salmón y de cerveza y no tardará en pagarlo con infartos cerebrales que lo dejarán medio idiota e incapaz de bajarse los calzones antes de orinar.

¿Quién lo va a cuidar? Adivinaste: Sandra. Así que la pobre estúpida terminará atada a un viejo igual que su madre. Ése será su castigo.

En cierta forma fue un empate, reconozco que cualquiera de esos dos escenarios eran posibles, por el bien de Sandra yo esperaba que el mío. Por lo pronto a Manoli se le ocurrió que fuéramos a ver a Geraldine.

Acepté. Fuimos en su coche. No dejaba de agradecérmelo, de verdad está muy mal la pobre, decía. De pronto sonó mi teléfono, era Mei.

Tomé la llamada.

—Escucha —dijo la pequeña oriental—, si estás sola di sí, de lo contrario di no.

—No.

—Entonces haz lo siguiente, deshazte de la persona que está contigo.

—¿Quieres que la mate? —pregunté en voz alta, tapé el teléfono y le dije a Manoli—: mi asistenta dice que la gata orina en todas partes...

—Deshazte de ella —insistió Mei.

—No puedo.

—¡Hazlo!

—¿Es una orden?

—Es importante que estés sola, necesitas apuntar lo que voy a decirte.

—Habla en otro momento...

—Tiene que ser ahora.

—¿Dónde estás?

—Con el «objetivo», en la gira. Así que obedece.

—¿Obedecer?

—Sí, obedecer, ahora...

Apagué el teléfono. Un latigazo de felicidad rabiosa me acarició el corazón al imaginar la cara de la maldita japonesa al ver de lo que yo era capaz, pero me duró poco el gusto. Karina la responsable tomó las riendas.

—Párate aquí —le ordené a Manoli.

Sobra decir que mi amiga se descontroló.

—¡Que te pares aquí! —repetí.

Lo hizo, abrí la puerta del coche.

—¿Adónde vas?

—Tengo algo importante que hacer.

—¡Pero Geraldine nos necesita!

—Ve tú, después te alcanzo.

—¡La vez pasada hiciste lo mismo, Karina! ¡Te recuerdo que mientras no llegabas Carlita se mató!

Caminé en sentido opuesto al coche, Manoli no pudo evitar seguir hacia delante. La oí gritar, furiosa, sorprendida, herida, no lo supe bien, pues hice todo lo posible por no oírla. Y no fue difícil. Pronto sólo oí mi propia voz maldiciendo a Mei. A mí por estar a punto de obedecerla.

El destino existe, definitivamente existe para algunos, me refiero a esos que repiten su historia una y otra vez aunque los acontecimientos sean distintas variaciones de lo mismo. Como Geraldine y sus desgracias, como yo que caía en juegos donde me convertía en marioneta, y para que no me cupiera duda de mi sitio en ese teatrito de guiñol, fui al Starbucks y le marqué a Mei.

—Habla —le dije secamente—, ya estoy lista.

—Ya no es necesario.

No sé si la sangre es capaz de cobrar la fuerza de un tsunami dentro de las venas, pero así me sentí por dentro.

—¡Oye bien esto, nipona hija de la gran puta! —aullé—. ¡Cuando todo esto termine, te voy a matar! ¿Me oyes, orientalita de porquería? ¡Te voy a sacar esos pinches ojitos miserables! ¡Te voy a...!

Colgó el teléfono. Levanté la cara y descubrí gente mirándome temerosa.

—En este sitio nunca le ponen suficiente café a lo que te sirven, ¿no es verdad? —les pregunté, y salí de ahí.

Fui de nuevo a casa de Geraldine, el tránsito estaba imposible. Esta vez me contuve para no pelear. No objeté que el taxista opinara sobre cosas que no le pregunté ni tampoco que los limpiaparabrisas lo acribillaran con sus aguas jabonosas y gomas sin pedirle su opinión.

La puerta del túnel de cristal estaba abierta, escuché un larguísimo aullido de mujer. El suelo parecía un terreno de labriego, había lodo y mierda por todas partes. Fui saltando por donde pude, detrás de un segundo aullido. El viento se colaba también aullando, el vidrio del túnel estaba roto y manchado de sangre en los pedazos. Temí que adentro hubiera asaltantes, pero ya no pude detenerme.

La sala se veía solitaria. Le grité a Geraldine.

—¡Aquí! —lloró una voz, me pareció que se trataba de Manoli.

Subí cautelosamente las escaleras. Los sollozos se fueron haciendo muy suaves. Empujé despacito la puerta. La que lloraba era Manoli, acurrucada en el suelo. Más allá estaba Geraldine con las manos llenas de lodo, sangre y mierda. Y, acostado como siempre, Justino, pero bañado de pies a cabeza de ese revoltijo que su mujer tenía en las manos.

—Lo maté —dijo señalando al viejo.

—¡Ay! —se lamentó Manoli.

Me puse manos a la obra. Limpié y cambié de ropa a Faustino, casi sin que se diera cuenta. Sólo me miraba interrogante y sumiso. Limpié todos los rincones de la habitación, barrí y trapeé. Desnudé a Geraldine y la bañé. A Manoli le pedí que limpiara el túnel, especialmente la sangre.

Después preparé té e hice que ambas se sentaran en la sala.

—Lo maté —insistió Geraldine.

—Sigue vivo —dije—, pero tú sabes lo que eso significa.

—Sí —balbuceó con voz chiquita.

Las tres lo sabíamos. Inevitablemente, el viejo pescaría una infección que lo mandaría de nueva cuenta al hospital. Geraldine estaría a su lado un par de días, sin dormir, bebiendo cafés quemados, durmiendo pocas horas, comiendo cualquier cosa, malpasándose y consumiéndose física y mentalmente. A la espera de noticias. Si todo «salía bien» darían de alta al viejo. Una ambulancia lo llevaría de vuelta a casa. Geraldine tendría que extremar precauciones. Ser la más perfecta de las más perfectas enfermeras sin título ni sueldo. Soportar sus reclamos, sus quejas, sus súplicas de niño y de tirano.

Allá en La Esquirla, cuando a un caballo se le rompía una pata, nadie tenía duda de lo que debía hacerse...

—Tú sabes lo que hay que hacer, Geraldine —le dije—. Las tres lo sabemos.

Las miré a los ojos, ese momento mágico de conexión femenina, uno que no tiene nada que ver con estos tiempos, uno que se remonta siglos, milenios atrás, nos invadió a las tres. Éramos dueñas de nuestros destinos, de la vida de nuestros hijos, de nuestra especie, de nuestro futuro. Éramos las verdaderas cazadoras, las recolectoras, las paridoras, las protectoras, las amorosas y las que podían enterrar a sus muertos sin llorar, simplemente agradecidas porque alguna vez fueron gente viva.

Nos pusimos de pie simultáneamente. Geraldine calentó té. Manoli puso música. Albinoni. Vivaldi, eso lo recuerdo vagamente. Mientras bebíamos el té recordamos cómo nos hicimos amigas. En una parte del relato —no sé cual, eso también lo recuerdo vagamente— se oyó el primer quejido de Faustino, su voz débil, ronca y tiránica llamando a Geraldine. Ella me lanzó una mirada titubeante; yo era la más fuerte de las tres, así que por eso me miró a mí y yo le devolví la fuerza que ella necesitaba para no flaquear.

Nos acostamos en la alfombra. Seguimos escuchando música. Pensé en mi Sigfrido. Deseé con toda el alma que se volviera un gran compositor, que se hiciera famoso, pero no con esa fama banal de los músicos desechables sino de esa que tienen los grandes, los que tocan el alma de la gente. Me dolió no tener un deseo semejante para Brenda. Ella sólo me provocaba incertidumbre.

¡Geraldine! Volvió a quejarse el viejo alargando el nombre, provocándome un sentimiento mezcla de rabia, desesperación y lástima. Geraldine ya no volvió a mirarme con duda ni temor. Manoli le acarició el cabello. Geraldine nos contó algunos secretos de cuando éramos adolescentes, ese tipo de cosas que dejan de tener gravedad y se vuelven cursis con los años, como el hecho de que se besara con un novio de Manoli a escondidas o que me robara una peineta. Nos fuimos quedando dormidas, abrazadas. Y la voz del viejo seguía llamando cada dos o tres minutos.

Un ligero frío me hizo pensar que ya era de madrugada. Abrí los ojos, me puse de pie y fui descalza hasta la habitación de Faustino. Él se había orinado y se miraba. Sus ojos suplicaban solución. Geraldine, límpiame, dijo llamándome por el nombre de su esposa. Tantos años, tantas diálisis, tantos minutos de guerra contra microbios y bacterias invisibles, todo eso librado por mi amiga para mantener vivo a ese anciano de ojos saltones, enmarcados por bolsas flácidas debajo de ellos, delgaditas, repugnantes. Y él ni siquiera podía distinguirla de mí. Me acerqué y le pregunté si le parecía correcto lo que estaba haciendo. Me miró como un niño al que por fin descubren haciendo travesuras.

—¿No crees que ya fue suficiente? ¿No te parece justo que ya te portes bien?

—¿Qué hice mal? —dijo haciendo pucheros.

—Vivir, vivir de más.

Asintió con los ojos humedecidos.

Moví la mano, alcancé una caja con pañuelos desechables, saqué varios y los hice bolas, le abrí la boca a Justino y le metí las bolas de papel hasta la garganta. Luego le tapé con dos dedos la nariz. Sus ojos aún me miraban con culpa infantil. Le besé la frente, le dije que todo estaría bien. Sus ojos se crisparon con intensidad. Comenzó a patalear lo más fuerte que pudo, es decir, casi nada... Lo miré unos segundos, no se veía tan distinto a cuando estaba vivo. Al final le metí dos dedos en la garganta y con las uñas saqué las bolas de papel, tenían algo de sangre y saliva.

Le cerré los ojos, fui al baño, tiré el papel al excusado y jalé la cadena. Regresé a la sala, Geraldine y Manoli ya estaban despiertas. No tuve que decírselo. Las tres lo sabíamos. Geraldine se veía especialmente joven.

Aquella mañana la recuerdo como una de las más agradables de mi vida. La hermana de Areli había dado a luz cinco días antes y quería que yo conociera al bebé.

Así que me lo llevó hasta mi casa abrigadito como tamal. Lo primero que hice, un poco a regañadientes de la madre y de su tía, fue despojarlo de ese horrendo mameluco color azul y poner al pequeño en un sillón al que le caía una suave resolana. El bebé comenzó a mover su cabecita de un lado a otro como un astronauta que acusa la ingravidez del espacio. «Una bañadita le caería bien», dije. «Pero si lo acabo de bañar», repeló la madre. Le dije que no en una tina tan especial y con el jabón adecuado; la tina era de porcelana y la habían usado mis dos críos, y el jabón era un gel para piel delicada, es decir, la mía, así que teníamos todo para entrar en acción. A no ser algo más, aquel evento bien merecía ser compartido. Les hablé a mamá Chayo y a Manoli para decirles que bañaríamos al bebé.

Mamá Chayo llegó en media hora, acompañada por su amiga Piedad Hormaechea y una bolsa con ropita que compraron en una boutique que se les atravesó en el camino. Manoli llegó con sonajas y patito de hule.

Bebimos unos gimlet mientras esperábamos a Geraldine. Al cabo de una hora terminé por hablarle; me dijo que tenía un contratiempo y se disculpó.

Comenzamos manos a la obra. Éramos seis mujeres y comenzamos a pelear por quién bañaría al niño. La madre no por serlo tuvo privilegios. Se los negamos impúdicamente. Incluso dijimos que lo justo era descartarla, pues ella después lo haría muchas veces. ¿Quién entonces? Decidimos echarlo a la suerte. Piedad sacó una moneda de su bolsa y la echó al aire. La que fuera perdiendo quedaba descartada de la lista. Al final quedamos ella y yo. Eché la moneda al aire con torpeza y se rebotó por todas partes. Las seis mujeres nos lanzamos a buscarla. «¡Aquí está!», dije mirando debajo de un sillón. Movimos el mueble para que al meter la mano nadie volteara la moneda a propósito o por descuido.

—¡Gane! —exclamé, y me fui corriendo a cargar al niño para llevarlo a la tina. Esto mientras en una mano apretaba la moneda de Piedad, la que había caído a su favor.

Como dije, hay dones que no debes usar contigo o tu gente cercana porque no resultan bien. La carga que le quité a Geraldine de sus hombros regresó a los pocos días quizá más pesada que antes. Justino reapareció enfermo, demandante, necesitado de sus diálisis. Este nuevo Justino no era exactamente como el otro. Éste estaba formado de una materia más sutil pero más perniciosa. La culpa de Geraldine Alpuche.

El primer síntoma fue querer dejar intacta la habitación del difunto, cosa que en sí misma no es extraña —mi madre hizo lo mismo por lo menos un año con las cosas de mi padre— pero, tratándose de que ahí, en esa habitación aséptica, Geraldine perdió los mejores años de su vida, sí que era preocupante. Después vinieron los peores síntomas. Lavarse las manos cada cinco minutos hasta terminar sangrándose los dedos, asear el cuarto y cambiar las sábanas varias veces al día, gatear por todas partes oliendo el piso, buscando al enemigo oculto en las esquinas más recónditas de su casona de Polanco, y finalmente, regañar y discutir con Justino por sus quejas y descuidos.

Como siempre, Manoli estaba en todo, pero, también como siempre, era incapaz de resolver las cosas y me pedía ayuda. Tuve que tomar cartas en el asunto. Una tarde llevamos a Geraldine a su nuevo hogar. Se internó en un psiquiátrico con casitas independientes y jardines tan bien cuidados que, pensé, algún día yo también quiero vivir en este sitio tan apacible. Quizá cuando me retire de mis actividades y vea que mis hijos pueden caminar sin mí.

Aquella vez Geraldine estaba lúcida, sabía muy bien adónde la llevábamos y todo el camino se comportó muy parlanchina y graciosa. Pero cuando nos despedimos de ella, lo puso muy en claro:

—No se fíen, chicas, Justino volverá.

Soñé que las cuatro, Manoli, Geraldine, Carlita y yo íbamos por la Quinta Avenida, vestidas de traje sastre, maduras, hermosas, sonrientes, muy seguras de nosotras mismas como en una de esas imágenes de serie de televisión, hasta que una caricia me despertó del sueño. Carlos me estaba besando una mano. Mis ojos le preguntaron qué hacía ahí.

—Lo conseguí, Karina, Honorio Ordóñez va a retirar la demanda.

Una larga sonrisa se dibujó en la cara amorosa de Carlos.

—Su hija dirá que todo fue un accidente —apostilló.

Le di un abrazo y lo mantuve así por un ratito.

—Sólo hay un detalle —dijo.

—¿Cuál? —dejé de abrazarle.

—Quiere ciento cincuenta mil pesos por los gastos de hospital y otros quinientos mil para él. Seiscientos cincuenta en total. ¿Crees que puedes conseguirlos? Yo no quise regatearle, pero si quieres lo hago.

—No, no, le daré lo que pide. ¿Qué dijo su esposa?

—Con ella no hablamos.

—¿No hablamos quiénes?

—Lauro y yo.

—¿Por qué metiste a Lauro en esto?

—Nena, ¿otra vez te vas a fijar en lo accesorio y no en lo importante?

—¿Cuándo sale Brenda?

—Eso ya tendrías que hablarlo con Salmerón, pero en cuanto tú le hagas el depósito a Ordóñez él retira la demanda.

Ese mismo día hice el ingreso bancario. Carlos no dejaba de decirme que había tomado la decisión correcta. Yo terminé por agradecerle lo que tanto le critiqué, actuar al margen de la ley. Salmerón completó la buena noticia: en setenta y dos horas Brenda quedaría libre. Aunque, a pesar de todo, me dijo que también habría que embarrarle al Ministerio Público ochenta mil pesos para que no atorara las cosas alegando alguna cláusula tipo «esto se persigue de oficio».

Todo volvería a la normalidad.

Carlos y yo pudimos hablar de nosotros, decidimos intentarlo de nuevo, pero también estuvimos de acuerdo en que ese inicio sería después de que su hija saliera de la clínica de rehabilitación. Y no porque nuestra relación se ligara a la culpa, sino por puras cuestiones prácticas, no tendríamos demasiado tiempo de vernos y hacer planes juntos hasta que Arcadia regresara a su casa. Carlos me prometió —yo no se lo pedí— hablar con su ex y su hija para oficializarles lo nuestro y decirles que todos debíamos entrar a una nueva etapa donde las cosas eran tal cual eran. O nos comportábamos como suecos o todos viviríamos en un infierno latino-pasional-tercermundista.

Los Angeles Public Library
Central Library - Circulation
1/18/2020   3:38:25 PM

- PATRON RECEIPT -
- RENEWALS -

1: Item Number: 37244205558332
Title: La sicaria de Polanco /
-- **Renewed** --
Due Date: 2/8/2020

2: Item Number: 37244193765865
Title: El sentido de las misiones suicidas /
-- **Renewed** --
Due Date: 2/8/2020

LAPL Reads: Best of 2019
The best books of the year as selected by our staff
https://www.lapl.org/best-books

--Please retain this slip as your receipt--

Lo cierto es que en unos cuantos días, los que tardaron el candidato y Mei en regresar a Ciudad de México, muchas cosas cambiaron. Justino dejó de necesitar sus diálisis, Geraldine se mudó al manicomio, mi hijo tuvo una nueva fecha para dar su concierto, pagué mi deuda a los Ordóñez a cambio de la libertad de mi hija, y, algo que parece una tontería, pero que me puso triste, Anahí dejó el empleo. La llamé varias veces a su casa. Noté rara a su madre: al principio me dijo que le hablara más tarde, después que no estaba, después que estaba afónica y, finalmente, que se había ido a vivir a «un lugar muy lejano y para siempre».

Esos días me sirvieron para reflexionar sobre Mei. Ella me llevaba ventaja. Se había ido con el candidato a la gira (no descarté que lograra haberlo vulnerado metiéndosele en la cama). Por lo tanto era hora de usar mi carta bajo la manga. Miré la foto del chico que encontré en casa de Juan, y me presenté en la dirección que venía detrás de la foto. Resultó ser un antro llamado Efebo's donde jóvenes de cuerpos atléticos bailaban en tanga para las mujeres. La misma foto pero en dimensiones grandes, se mezclaba en un collage con las de otros muchachos, en la marquesina del lugar.

Reina mata alfil, pensé, aquello abría una buena posibilidad, la de que Juan Mora y el muchacho dieran la nota fuerte en Internet y demás medios de comunicación, justo unos días antes de las elecciones. Sucio, lo sé. Pero eso no era cosa mía sino de los clientes de Fénix.

Decidí que por cuestiones estrictamente profesionales, debía presentarme en el show para juzgar el cuerpo del chaval. Sólo que era temprano, así que no me quedó más remedio que largarme. Desafortunadamente, Fénix me citó antes de que tuviera algo que ofrecerle.

El encuentro fue en el interior del monumento de La Revolución.

—Echo de menos la mano del muerto —dijo Fénix.

Se refería a la mano del ex presidente Álvaro Obregón, que por muchos años estuvo expuesta en un frasco con formol.

Mei no tardó en llegar. Esperamos a que Fénix dejara de curiosear por ahí.

—¿Café? —preguntó al final de su recorrido.

Salimos a la explanada, nos sentamos en una de las bancas. Fénix sacó un termo, tres tazas, las sirvió y repartió.

—Cuéntanos, Mei —dijo.

—Nada —respondió ella.

«Tómala, infeliz —pensé—. ¿No te jode esa respuesta?»

—¿Nada? —interrogué con mi voz de mosca muerta.

Fénix sonrió y le dio un largo sorbo a su café.

—Algo debió suceder en la gira —insistí.

—Calor, mosquitos, mucha gente y hasta aquí —la oriental se tocó la frente— de los rollos que Mora me tiraba en todo momento sobre el cambio que México pide a gritos.

—¿Y tus encantos no entraron en acción?

Por primera vez descubrí impotencia en la mirada de Mei.

—El cliente está impaciente —dijo Fénix—, pero debo reconocer que este café —miró su taza humeante— es estupendo, estupendo. Sencillamente lo es.

—¿Y los documentos que te di? ¿Los que saqué de su casa? —pregunté.

—Millón y medio de pesos mexicanos en el banco.

Una casita en el Acapulco viejo. ¿A quién le molestaría tal cosa? Ah, y el pago puntual a un yerbero que le da marihuana.

—Eso suena interesante.

—Vulgar. Su madre está enferma de las piernas. El yerbero les pone marihuana encima. Yo mismo fui a verlo. Me ofreció el mismo tratamiento. ¿Qué hacemos? ¿Decirle a mi cliente que acuse a la madre anciana de Juan Mora por posesión de drogas? Nosotros no damos esa clase de servicios. Se los voy a poner de otra forma, a las dos, ¿más café? —Asentimos y empinó el termo en nuestras tazas—. Nuestro cliente funciona como funciona el gobierno, ofrece licitaciones. No somos los únicos en la competencia. Están otros, gente con mucha experiencia en neutralizar adversarios. Cada uno de ellos está poniendo sus mejores estrategias para ganar la cuenta. Sé de buena fuente que alguno tiene tecnología de punta, personal especializado en diferentes campos, no sólo en eliminación de «objetivos», lo cual es un recurso último y vulgar. ¿Y nosotros qué? ¿Con qué contamos? Les voy a ser sincero. Llevo tiempo en esto y como toda empresa comienzo a dar síntomas de anquilosamiento. El otro día un muchacho hacker de dieciséis años me dio siete vueltas cuando hablamos de Internet. El wikileak es la nueva forma de hacer una revolución. Ha hecho que el stablishment quede expuesto como una serpiente que se está clavando los colmillos en la cola. Los voceros de ese stablishment se defienden de la manera más absurda, cada cosa que dicen no es sino una prueba contundente de que lo que ellos llaman diplomacia es la impunidad para conocer las fallas del enemigo y destruirle de las formas que más convengan a los poderosos. Sus métodos siguen siendo los mismos que usaba la gentuza de palacio en la corte de un

Luis XV. Así que también El Gran Poder se está anquilo-sando. En fin, les hablo de que en poco tiempo nuestros métodos, los míos, serán equivalentes al uso de instru-mentos de tortura medievales en este contexto del cual voy teniendo cada vez menor idea. Tengo la sensación, basada en los pobres resultados que compartimos en esta banca, en este mediodía espléndido, que no han entendi-do la envergadura de nuestra encomienda. Mi cliente no actúa por impulsos ni a corto plazo. Nosotros, ustedes y yo, somos una de las varias sustancias canalizadoras de un experimento que se llevará acabo en varias etapas. El que llegue o no Mora a la jefatura de gobierno no es el fi-nal de todo. Impedirlo será para mi cliente el resultado ideal del experimento pero no el esperado a toda costa. Mora no debe ser presidente. Ése es el objetivo final. Y no sé qué han especulado ustedes dos en esas cabecitas hermosas cubiertas por tan sedosas cabelleras, pero mi cliente no es un jefecillo. Es alguien que no es de este mundo. Y no me refiero ni a Dios ni a extraterrestres, sino a alguien que de antemano ya decidió nuestros des-tinos. Sólo nos están monitoreando para ver que se cum-plan. Volviendo a las preguntas. ¿Qué tengo? ¿Con qué cuento? Con dos mujeres que no se llevan bien entre sí, con basura de información. Díganme una buena razón para haberlas invitado a una taza de mi mejor café.

Nos quedamos calladas.

Fénix nos pidió las tazas. Las guardó y se fue.

Mei y yo nos quedamos calladas un minuto más.

—¿No pudiste decir algo de Mora para no llegar a esto? —le pregunté.

—El problema es que es un buen hombre —dijo, y se marchó.

El resto del día no dejaba de oír las palabras de Mei. «Es un buen hombre.» Resultó especial que ella lo dijera, además sentí que era cierto, que Juan Mora era un buen sujeto. Los buenos sujetos merecen vivir y ver crecer a sus hijos y sus nietos. Pero yo también merezco ver crecer a los míos y no desarraigarme de Polanco, de mi colonia que me exige cierto nivel de ingresos. No sabría vivir en otra parte. Sólo esperé que la encargada de hacerlo fuera Mei.

Me permití un desliz. Invité a Manoli Valdepeña. Sólo dije que iríamos a un bar. Eso le bastó para persignarse. Pero me debía un sinfín de veces que la saqué de apuros, ya saben de cuáles, no de cualquier clase, no de que se le descompuso el coche o no sabe qué vestido ponerse para ir a un evento donde estaría el Papa.

A regañadientes aceptó. Llegamos al Efebo's. La entrada era un panal de mujeres zumbando. Cuando Manoli vio la marquesina exclamó un «¡Madre de Dios resucitado!» e intentó huir; no se lo permití.

No escatimé dinero ni empujones para estar cerca de la pista con su suelo iluminado. Las bebidas aparecieron antes que los chicos. «Una limonada para mí», ordenó Manoli. Le dije al camarero: «Que sean dos... dos whiskies dobles.» Manoli me suplicó un «no me hagas esto», pero se lo callé empujándole medio vaso de whiskie en la boca.

—¿Por qué lo haces? —preguntó.

—Porque te quiero ver caliente —espeté.

La horda de mujeres dejó de zumbar para convertir su canto de guerra en una sola orden: ¡Ya! ¡Ya! ¡Ya! ¡Ya! ¡Ya! Las que estábamos en primera fila acompañábamos la petición golpeando con los culos de los vasos sobre la pista. Los guapos chicos del Efebo's tardaron algunos minutos en salir, justo el tiempo en que aquel lugar parecía a punto de desplomarse y Manoli miraba con ojitos asustados lo que le parecía el fin del mundo, el gran juicio final.

El ganado fue saliendo de un túnel directo a la pista. Llegaban con ropa, pero se iban desnudos. Eso sí, cada uno se desvistió con mucho estilo. Unos más machos que otros, otros la verdad medio maricas pero de cualquier forma sacaban alaridos de celo entre las féminas. Debo decir que el celo no era del todo sincero, al menos mi alma, mi cuerpo de mujer, me decía que lo que compartíamos era más bien una fiesta, un teatro, un bullicio liberador, la de ver al macho con ese cinismo y grosería que los hombres se permiten todo el tiempo cuando ven mujeres.

A cada rato destapaba los ojos a Manoli para que se permitiera ver la carne. Lloraba. El chico de la foto fue el penúltimo. Era el más joven de todos, su cuerpo aún no tenía la robustez musculosa de sus compañeros, pero sus formas eran estilizadas y viriles, sus ojos cándidos y desamparados.

—No te muevas de aquí —le dije a Manoli.

—¡No me dejes sola! —suplicó.

—No me tardo.

—¿Adónde vas?

—A masturbarme al baño.

La broma le causó horror, así que me corregí enseguida.

—A orinar, tonta...

—Te acompaño.

—Tú orínate aquí o nos ganan el lugar.

—¿Y qué hago mientras?

Le di un billete y le dije:

—Méteselo en el calzón cuando termine.

Fui con el gerente, le señalé al chico y le dije al oído algo indecente.

—Eso está prohibido —me respondió el tipo.

Saqué un billete de quinientos pesos.

—El show privado cuesta setecientos.

Se los di.

—Y mil para él, déselos en el reservado. —Me tendió una tarjeta con un número ocho.

Volví con Manoli, la cogí de la mano.

—Vámonos.

—Espera —dijo—, todavía no termina su actuación...

La tiré del brazo y la llevé al apartado. Un cuarto totalmente revestido de alfombra en las paredes y piso. Contra tres de las paredes habían bancas para sentarse. Le dije a Manoli que se sentara. Me puse a su lado y le pasé la mano debajo del brazo. Cerré los ojos, la oí hacerme preguntas, pero no le respondí ninguna. Me dijo que era una mujer cristiana, que aquello no estaba bien, que la sacara de ese infierno de crujir de dientes, añadió algo doloroso:

—Yo no soy Carlita ni Geraldine, soy la más pendeja. Sólo ésa te quedó.

Oímos el final de la música, la rechifla, los gritos obscenos, los aplausos.

Llegó el efebo, otra vez con pantalones.

—Sólo es para una —dijo.

—Pues somos dos...

—Voy a decírselo al gerente.

—Tranquilito. —Lo detuve de una presilla del pantalón. Saqué mil pesos y se los metí en la mano. Esbozó una sonrisa angelicalmente demoníaca.

Fue hacia un rincón y encendió un aparato de sonido. Comenzó a mover el trasero acercándose a Manoli, quien otra vez iba de camino al llanto.

—Ponte suavecita y disfruta el viaje —le susurré.

—¡Dios! —masculló.

—Sí —dije—, pero de carne y hueso.

El chico hizo lo suyo, desnudarse hasta quedar en bragas. Embarrarnos su humanidad sin permitir que lo tocáramos, es decir, a mí, que me dieron ganas de pellizcarle las tetillas. Pues Manoli metió las manos debajo de sus propias piernas y se puso rígida como cadáver.

Yo no estaba excitada, no quería tirarme al efebo pero sí admirarle, celebrar lo buena que es la vida al crear hermosos cuerpos. Y también quería liberar a Manoli de sus ataduras, así que la mayor parte del tiempo me quitaba de encima al chico y lo empujaba al lado de ella. Él pareció comprender la situación. A quién de las dos debía darle la terapia. Fue un chico muy intuitivo, tanto como una mujer. Lo adoré cuando dejó de actuar como macho cachondo, y bailó más suave y gentil y cogió las manos de Manoli y con ellas se recorrió el abdomen, tropezando esos dedos por las cimas y valles de su piel de piedra. Eso provocó un largo suspiro en Manoli. No podría asegurarlo, pero casi estoy segura que por dentro de su desértica vagina volvió a caer una tormenta.

A las nueve de la mañana Brenda saldría de prisión. Yo estaba muy nerviosa. No atinaba ni a peinarme y rompí una de las reglas de oro que toda mujer distinguida debe respetar, no darle de tirones al cabello mojado con un peine. Pero eso hice y lo hacía con conciencia, la conciencia de los nervios. ¿Cómo debía tratar a Brenda a partir de ahora? ¿De forma rígida o tolerante?

Mientras esperaba a Carlos —él me llevaría al reclusorio— leí en el periódico una declaración del candidato opositor, decía que respetaba a su rival Juan Mora, que le parecía un hombre de ideales, sólo que equivocados, y que el gobierno de la ciudad ya llevaba varias candidaturas en las manos del partido de Mora. México ya no podía permitirse más rezagos para los cambios urgentes, esos que ya estaban puestos en marcha en muchas partes del país. ¿Vamos a permitir que el corazón de México, el Distrito Federal, siga siendo el dique que detiene nuestro futuro? Derrotemos no a ese hombre, sino a lo que representa.

Un claxonazo estridente me sacó de la lectura. Fui a la ventana. Carlos me saludó desde un cochazo rojo descapotable. Salí.

—Te presento a mi bebé —dijo.

—¿Qué hiciste con el Mustang?

—Lo vendí. Ahora vamos por tu nena.

Condujo como si la ciudad fuera la pista de Indianápolis. No me hizo gracia. Lo bueno es que no fuimos demasiado lejos, lo malo es que hizo un alto para antes de ir al reclusorio darme una sorpresa. Subimos en un ascensor hasta un catorceavo piso. Abrió una puerta y me mostró quinientos metros cuadrados sin muebles. Un pelotón de carpinteros y albañiles trabajaban arduamente en reparar aquel sitio que parecía un tanto descuidado.

Carlos les dio algunas instrucciones. Yo me fui a un rincón, a observar desde una ventana el Ángel de la Independencia que brillaba con destellos incandescentes, y debajo de él la avenida Reforma llena de coches.

—¡Socio! —exclamó una voz.

Era Lauro Zavala, que acababa de llegar. Le dio un sonoro y apretado abrazo a Carlos. Después me saludó respetuoso pero distante. Fueron a hablar unos momentos lejos de mí, se marchó enseguida.

Carlos me dijo que su amigo seguía trabajando en la judicial, lo cual sería bueno para blindar el negocio con buenos contactos.

—¿Qué negocio?

—Éste —señaló el espacio—, vamos a montar una oficina para dar servicios de seguridad. Hay trabajo de sobra. Con la pura inseguridad de la ciudad tenemos trabajo para dar y recibir. Pero esto va a crecer. La idea es montar sucursales en todo el país. Al final el norte, porque ese tema ya es cosa seria y necesitaremos recursos y planes más solventes.

—¿No te bastaría una casita? Este lugar es un poco extraño para eso.

—La gente que contrata servicios de seguridad es VIP, necesito causarles una buena impresión.

—Ya... Bueno, ¿nos vamos por mi hija? Ya casi son las nueve.

Salimos del edificio, siguió hablando de su proyecto de empresa incluso en el trayecto al reclusorio. Me aseguró que sería el puntal en el ramo de la seguridad. Que ya tenía una lista con seiscientos hombres, todos ellos desempleados de la policía judicial. Algunos otros que aún trabajaban ahí pero que estarían dispuestos a salirse para trabajar en Villanueva-Zavala. Remarcó mucho que su apellido iría antes que el de Lauro. Me espeluznó cuando dijo que parte del trabajo, antes de comenzar a dar servicios, sería limpiar los expedientes de ciento ochenta de esos empleados. Pero remarcó que estaban «sucios» por delitos sin importancia. Acoso sexual, consumo de drogas y soborno.

El mazazo fue cuando llegamos al reclusorio y ahí nos informaron que Brenda no saldría libre. Honorio Larios no había retirado los cargos.

Sentí que la sangre se me iba a los pies.

Me encerré en mi búnker hasta mediodía. Es decir, en mi recámara junto con mi caja de pañuelos desechables y unos discos de Sinatra. Repasé las cosas ocurridas después de aquel absurdo paréntesis en el piso que Carlos se alquiló para su dichosa empresa de seguridad. Luego de la noticia sobre Brenda, Carlos montó en furia y comenzó a hacer varias llamadas telefónicas mientras yo hacía otras tantas a Gustavo Salmerón. Yo sólo conseguí la absurda respuesta de mi abogado de que los ochenta mil pesos que le di para que mi hija saliera libre sin mayor papeleo o súbita obstrucción de la justicia se los había embolsado el Ministerio Público, y que este argumento una sola cosa «ya no fue mi bronca». Es decir, que él haría su parte cuando la otra, la legal, estuviera hecha. Pero si la legal se había atorado por alguna razón, él no era responsable. Salmerón me prometió que buscaría otros recursos.

Carlos se mostró avergonzado conmigo y, al parecer, humillado porque Larios le había visto la cara de pendejo a él, un experto policía, birlándonos el dinero sin retirar la demanda.

—Pero yo me encargo de partirle su madre y de que cumpla su palabra —eso dijo mi singular novio antes de dejarme en casa.

No tuve más remedio que poner un nuevo letrero en La Garbo de «se solicita empleada». Lo pegué en la ventana. Sonó el teléfono. Yo le había dejado mi teléfono a Ángel, el muchacho del Efebo's. No me prometió responder la llamada pero supongo que una mujer madura con aspecto de riquilla no deja de ser una buena carnada para un muchacho ambicioso. Quedamos en vernos frente al Efebo's, en un restaurante italiano. Ángel comió tremendo platón de ensalada, yo fatal, tacos de cochinita pibil.

Entré en materia:

—Necesito de tus servicios.

Sonrió pícaramente.

—Mis servicios ya te los di a ti y a tu amiga.

—Sígueme hablando de usted —le dije—, yo podría ser tu madre.

—Pero no quieres serlo...

—Lo que quiero es saber si te gustaría ganarte diez mil pesos, hijo...

—Ésos ya los gano.

—No tendrías que desnudarte.

—Me da lo mismo quitarme la ropa que dejármela puesta. Pero de qué se trataría...

—De información.

Me escarbó con la mirada, echó otra al templo de la perdición que se veía frente a nosotros, el Efebo's , donde dos jotos hurgaban la entrada.

—¿Eres policía? Porque el antro está en regla según sé.

Ese chiste sí me hizo reír.

—O si quieres que te diga quién vende droga ahí dentro estás mal de la cabeza. Ese sitio es mi fuente de empleo.

—¿Por qué no te metes en la universidad?

—Porque primero se hace la preparatoria, ¿o no?

—Eres un chico muy lindo.

—No me dices nada que no me hayan dicho antes.

—¿Te gustan los hombres?

—Ya sé, eres periodista...

—Te pagaré para que me digas algo y después no volverás a verme.

—¿Y cuál es tu pregunta?

—Quiero que me digas sobre tu relación con cierto personaje público.

—¿Cuál de todos?

—Juan Mora.

Sus ojos marrones me revelaron que lo conocía, y bien.

—Traigo los diez mil pesos en efectivo.

Se echó hacia atrás, le dio un último trago a su limonada mineral, trituró un hielo con su dentadura perfecta y dijo:

—Por ese dinero sólo puedo decirte que sí, que lo conozco.

—Una novela erótica me saldría más barata, corazón.

—Pero no tendría personajes de la vida real.

—Bueno, no tengo más —dije, e intenté ponerme de pie. Me sujetó de la muñeca y me pidió que me sentara.

—¿Quieres que te diga si me acuesto con él?

—Todo es bienvenido.

—Pues sí, vino una vez, después nos seguimos viendo en mi depa.

—¿Cómo sé que es cierto?

—Tengo fotos.

—¿Fotos?

—Sí, esas cosas de papel donde uno sale retratado...

—Qué gracioso. Quiero verlas.

—Te costarán otros diez mil pesos.

—Vamos por ellas.

—No. Hoy no. Tengo cosas que hacer. Yo te busco cuando las tenga.

—¿Crees que te dejaré ir con los diez mil pesos sin haberme dicho más?

—¿Y qué vas a hacer? ¿Matarme? —sonrió. Se puso de pie. Me guiñó un ojo y antes de irse dijo:

—Confía en mí.

Por la noche recibí noticias. Carlos me dijo que Honorio se había largado de su casa pero que logró localizarle en su teléfono. Quería más dinero. Así de simple. Otro medio millón de pesos ingresado a su cuenta bancaria. El muy hijo de puta estaba haciendo negocios con su hija tuerta. Un ojo de vidrio sería mucho más barato, también romperle las piernas para que se diera cuenta de que nunca hay que mirar el vaso medio vacío sino medio lleno.

—¿Y cómo podremos asegurarnos de que esta vez cumpla su palabra?

—Porque aceptó vernos todos juntos en el juzgado. Él firmará mientras le damos la ficha bancaria con el ingreso.

—Muy bien —dije—, necesito tiempo para conseguir el dinero esta vez.

—Yo vendería el coche que acabo de comprar, Karina, pero la realidad es que lo compré a crédito. Incluso tal vez lo devuelva porque sigo con los gastos de la clínica.

—Lo entiendo perfectamente.

—Me avergüenza no poder ayudarte.

—No tienes por qué, Carlos.

—Sí, sí tengo por qué. Me estoy convirtiendo en un pobre diablo.

—Lo único que te convierte en eso es que lo digas.

—Tienes razón. Bueno, ¿cuándo tendrás el dinero para yo hablarle al tipo?

—Yo te aviso...

Esta vez Carlos se quedó más rato, hicimos el amor en mi recámara. Fue rápido y violento. No sé quién lo fue más, si él o yo. Pero cuando terminamos él se apartó temblando como una gelatina y yo me quedé estirada de piernas y brazos apaciblemente, con la mirada clavada en el techo, imaginándola plagada de planetas y estrellas. Miré con el rabillo de los ojos cómo Carlos se vestía. Me pareció vulgar ese momento. Volví a mirar el techo pero ya no pude conseguir imaginarlo como antes. Sólo era un techo. Una lámpara.

Cuando se marchó le marqué a Fénix y le pedí que nos viéramos.

Aceptó.

El lugar de encuentro fue en la feria de Chapultepec. Tenía un amigo que le permitía entrar a cualquier hora. Eran las diez de la noche y estábamos solos subidos a la rueda de la fortuna. Un tipo al que no vi bien, pues su figura estaba a contraluz, hizo girar la rueda a velocidad lenta.

Le conté a Fénix mi problema.

—Te puedo adelantar ese dinero —dijo.

—No quiero un adelanto, quiero un trabajo sencillo que equivalga.

Sonrió.

—Además tendría que ser pronto. Mi nena está en la cárcel.

—Mira la ciudad —me dijo cuando estábamos en la parte alta de la rueda de la fortuna. Yo miré el manto de luces—. Millones de almas. Seguro que alguien quiere la muerte de alguien. Pero no todos son clientes míos.

—Lo sé, Fénix. Cuando sepas de algo avísame.

—De hecho sé de alguien...

—¿De quién?

—Un anciano. ¿Tienes problema con eso?

—No lo sé. ¿Qué ha hecho? ¿Existe algo para no sentir piedad por él?

—No es más que un malandro —dijo.

—Bien, ¿cuándo hay que hacerlo?

—No sé, no lo tenía contemplado. ¿Qué hora es ahora mismo?

Intenté mirar mi reloj en la oscuridad.

—Diez y media, algo así —dije.

Fénix miró a su alrededor mientras la rueda de la fortuna nos llevaba de nuevo hacia arriba.

—Me parece que ahora mismo no sería mala hora —dijo.

—Tendría que pasar por mi casa por un arma.

—Yo traigo una en el coche. Iré contigo...

—Bien.

Fuimos en su coche. Me contó que la primera vez que subió a la rueda de la fortuna fue cuando tenía nueve años. Su padre y un tío, los tres juntos. Su tío acababa de llegar de Estados Unidos, había vivido allá más de veinte años y ahora resultaba un poco un gringo extraño en México. Pero no dejaba de tener aires de pueblerino. Creyeron que el espanto sería para Fénix. El que casi se cagó del susto fue el tío. No sé la razón. Me hizo reír mucho su anécdota. Quizá por la forma en que la contó. Fénix tenía una voz hermosa, de ésas como los locutores de la radio que no corresponden con la facha. Es decir, uno espera algo más pero lo que hay es lo que hay. Y esto no significa que Fénix fuera un tipo feo. Sólo que no era un gran galán.

Subimos por calles estrechas a una colonia popular en Cuajimalpa. Las luces del coche iluminaban paredes en cada esquina para luego dejarlas en la total oscuridad.

—Aquí nunca sirve el alumbrado público —dijo Fénix. Su voz comenzó a sonar apagada—: hace treinta años todo esto era muy distinto, Karina. No había casas de autoconstrucción. Ni miseria ni delincuencia. Ni borrachos ni mierda. Sólo árboles, vegetación. Un río. ¿Sabes qué haría yo? Algo brutal, demencial. Al estilo de aquel regente apellidado Uruchurtu. Masacraría a toda esta gente. Limpiaría este lugar y dejaría que los árboles volvieran. Soy cruel, lo sé. Sé que aquí hay gente y que la gente tiene sueños, que hay niños, viejos, y que no todos los hombres son hijoputas, seguro que hay varios mejores que yo. Pero esto es un despropósito. Esto no debería existir. Llegaron, invadieron, talaron, levantaron con cemento y palos sus viviendas. Exigieron luz, agua, todo eso. Y ahora los tenemos aquí y debajo de la tierra a la naturaleza muerta. ¿Te parece justo? No respondas, Karina Shultz, no tienes por qué. Tu mundo es otro.

Carajo. Sentí que me había llamado tiquismiquis, tontuela de Polanco. Pirruris o algo así. Pero, ¿cuál era el mundo de Fénix? Lo observé, miré sus manos sujetando el volante, no parecían las de un albañil. Tenía el porte de uno de esos consejeros de los zares rusos.

Nos detuvimos frente a un portal. Bajamos del coche. Supuse que él ya traía el arma consigo pero nunca le vi sacarla de la cajuela o de alguna otra parte. Comencé a pensar que me estaba haciendo un obsequio con ese trabajo, bien pudo ni siquiera acompañarme. Me dio la impresión que ni siquiera urgía matar a nadie, que yo misma decidí un destino o lo forcé.

—¿Cómo abrimos? —le pregunté.

Le dio una patada a la puerta de madera y se le desquebrajó el agujero en el que tenía atada una cuerda. Entramos. El patio de tierra suelta olía a orín de gatos.

—¿Quién vive aquí? —le pregunté.

—Ya te lo dije, un malandro.

Me dio la pistola por la empuñadura.

—No tiene silenciador —le dije.

—No importa, aquí siempre hay ruidos.

Había una vivienda al fondo, se escuchaba el ruido de la televisión. Sobre una cortina que hacía las veces de puerta se traslucían los colores de esa tele. Cruzamos. La coronilla de un hombre medio calvo sobresalía del sillón. Era evidente que acababa de oírnos entrar. Fénix fue hacia la tele y la apagó. Yo llegué a su lado, miré al hombre quien, en efecto, era un viejo, no sé si un malandro pero sí un viejo con un rostro enjuto y una mirada dura. La mirada puesta sobre Fénix.

—¿Qué putas quieren? —preguntó.

—Adiós, papá —le dijo Fénix. Y me miró.

Yo, entre el segundo sorpresivo de aquella revelación y la estampa de aquel anciano viéndonos con altivez, le disparé en la frente. Un gato saltó no sé de dónde mientras el viejo caía de espaldas con todo y sillón, dando una maroma cómica hacia atrás.

—Dispárale de nuevo —me dijo Fénix.

—Ya está muerto —observé.

—De cualquier manera, hazlo.

Eso hice. La bala hizo saltar al cadáver.

—Mañana tienes tu dinero —dijo Fénix, y nos fuimos de ahí.

Fue cierto. A primera hora del día tuve el dinero por matar a su padre. Lo siguiente vino como anillo al dedo, pues Carlos me habló para decirme que si estaba lista en cosa de dos horas podríamos ingresarle a Honorio el dinero e ir al juzgado a retirar la demanda. Me dijo que no habría riesgo de que él no llegara al juzgado, pues su mujer —la de Honorio— nos aguardaría en el banco. No hizo falta que Carlos me dijera que si Honorio no pagaba ella pagaría las consecuencias.

A esas alturas yo también me sentía capaz de un buen desquite.

Mientras yo hacía el depósito Carlos se quedó sentado con la mujer en las sillas para los clientes. Parecía asustada. Eso me dio más coraje, junto con su marido nos estaban desfalcando y todavía se daba el lujo de tener miedo. Aún vino lo más tenso. Ella y nosotros en el coche rumbo al juzgado. La mujercita venía en el asiento trasero. Muda e incapaz de mirar hacia otra parte que no fuera hacia la ventanilla.

Pero eso sí, cuando bajamos del coche se lo dije:

—Entendía que te doliera lo de tu hija tuerta, pero esto ya no, ¡cabrona!

Rematé dándole una buena bofetada. La aguantó sin rechistar. Por el semblante de Carlos imaginé que le dio gusto mi desquite. Casi sonrió.

Adentro nos esperaba Honorio custodiado nada menos que por Lauro Zavala. Honorio tenía tanto miedo en el semblante como su mujer.

—Díselo —le ordenó Zavala.

Honorio abrió el pico:

—Es lo justo. Mi hija quedó marcada de por vida. Ahora deme la ficha del depósito para saber que tengo mi dinero. En cuanto a ellos —se refirió a Zavala y a Carlos—, si algo me pasa después les costará caro porque como ya saben, soy amigo del procurador de justicia.

Le di la ficha de depósito. Fuimos con el funcionario

correspondiente y el tipo levantó por fin la demanda contra Brenda.

Ahí no terminó todo. Cuando le hablé a Gustavo Salmerón me dijo que el Ministerio Público quería sus ochenta mil pesos para no atorar los trámites. Y cuando le dije que ya se los había dado, me comunicó la respuesta del tipo: «Ese dinero ya fue.»

—No te preocupes —dijo Carlos—, yo se los doy.

Podía conseguir el dinero, pero consideré que últimamente Carlos me trataba de decir que le permitiera demostrar que no era un perdedor. Así que se lo acepté y se lo agradecí todo lo que pude.

Celebramos el regreso de Brenda tirando la casa de mamá Chayo por la ventana. Sigfrido, yo, Manoli, Areli y el chef Basurto. Íbamos a invitar a Gustavo Salmerón, pero consideré que lo mejor sería ir borrando todo lo que oliera a problemas con la ley. Ojos que no ven corazón que no siente. La ironía del caso —no sé si más bien llamarla realidad descarnada— es que uno mata y mata gente para ganarse el pan nuestro de cada día, sino decentemente sí arduamente, y el dinero se va en cosas como lo del abogado, el soborno del Ministerio, el soborno de los padres de la tuerta, los impuestos desmedidos, en fin. Todo cuesta, digamos, un ojo de la cara...

El chef Basurto preparó la comida favorita de Brenda: hamburguesas. Cualquiera diría que eso era rebajarle, pero lo genial del chef Basurto es que no necesitaba preparar pichones de Anjou para ser un gran culinario. El gusto está en las papilas y en el alma, decía, y lo mismo estaba dispuesto a hacer la receta más sofisticada que unos tacos de suadero siempre y cuando los hiciera como Dios manda.

Por eso pienso que si existe entre los hombres mi alma gemela es él. Mi verdadero hombre es el gay Basurto, digo el chef Basurto. En fin, las cosas como son. Es mejor llamarle al pan, pan y al vino que sea Gran Reserva por favor...

Temí que Brenda se comportara como esos combatientes que vuelven de la guerra, muy por el contrario, estuvo ocurrente, genial, entiéndase sin dejar de ser ella misma. Al menos por ahora parecía deseosa de estudiar algo que le permitiera ayudar a otras internas que, nos dijo, no merecían estar en la cárcel por delitos francamente menores mientras los verdaderos delincuentes se paseaban por ahí y hasta tenían buenos puestos en el gobierno. Eso último me hizo temer que el virus Juan Mora la hubiese contagiado.

Manoli Valdepeña aceptó que le preparara un gimlet. Después me pidió otro y otro y otro más. Luego siguió con el anís, fatal combinación. La charla de sobremesa fue alegre. Hablamos de lo que le da sabor a la vida, es decir, de todo y de nada. No sé cómo salió un tema absurdo. ¿Quién de los presentes tenía los pies más hermosos y quién los más feos? A regañadientes pero con curiosidad aceptamos quitarnos los zapatos. El más renuente fue el chef Basurto cuyo ego era más grande que el de Apolo. El ganador ¿no lo adivinan? Mi Sigfrido. Basurto en un honroso segundo lugar, aunque se deprimió por un buen rato. Los de Manoli y los míos ni fu ni fa. Brenda quedó como la chica de los pies más horribles del mundo por grandes y toscos. Eso le dio gusto. No obstante, si me lo preguntan, la que debió llevarse nombramiento fue Areli, nadie se atrevió a decírselo, quizás en el fondo sentimos que podíamos tener argumentos racistas contra sus pies de india totonaca. Eso hubiera estado terriblemente mal.

Basurto estaba tan deprimido que no les hizo el feo a

los halagos súbitos de Manoli. Me tomó por sorpresa. Me refiero a ella, no a él. Se la notaba borracha, se desabrochó los botones de la blusa y mientras le hacía preguntas al chef sobre platillos que se pudieran comer con las manos, «a lo salvaje» como se lo dijo, no le quitó la mirada ni para parpadear.

La falta de pericia en eso de ponerse hasta el full de copas terminó por demolerla. Su silencio fue notable pues los demás seguíamos hablando sin parar. Le pregunté si quería acostarse un rato en mi cama. Asintió. La llevé, le quité los zapatos y le di un empujoncito que bastó para hacerla caer.

—No te vayas —me dijo—. Tengo algo que confesarte, Karina.

—Soy toda oídos —dije acostándome a su lado y poniéndome un cojín entre las piernas.

—Estoy enamorada.

La miré con cara de *so what*?

—¿Comelius? —pregunté.

Sonrió e hizo cara de asco.

—¿Entonces?

—Ángel. —Se tapó la cara asomando los ojos muy abochornada como una indita.

¡Pobre! Me hizo el corazón de pajarito. Con esa sola palabra dicha así se convirtió en la quinceañera que conocí hace años. Apenas comenzaba a hacerle mella la religión machacona de sus padres, de su tío el cura. Aquélla era una Manoli que todavía tenía salvación, pero no la del espíritu santo, sino la del cuerpo material. Una que todavía no sentía culpas de sentir que los chicos le alborotaban las hormonas. De pronto vi el antes y después, aquella adolescente y esta madura, ridícula y borracha. Enamorada de un stripper. Me pregunté cómo no hubo alguien de verdad piadoso en su familia que le impidiera usar las faldas largas, bajar los ojos cuando un muchacho la miraba o sonreír (ji, ji, ji) cuando cometía «el pecadillo» de comer más chocolates de la cuenta.

Le hice ver la imposibilidad de su sueño. Alguien como Ángel estaba más allá de las estrellas para ella.

—¿Y de ti no? —me preguntó herida.

—Para mí también —le dije—. Ahora que si lo que buscas es sexo lo puedo arreglar. Le pagaremos bien y él echará mano de todos sus recursos para darte satisfacción garantizada. Incluso dos o tres más como él.

—No es lo que busco en él.

—¿Entonces qué?

—Amor.

—Ese chico no le daría eso a nadie.

—¿Por qué no?

—Porque su cuerpo se lo impide.

—Hablas como si fuera lisiado.

—Los polos se tocan...

—Es cierto —dijo llevándose las manos a la cabeza—. No sé qué me pasa. Fue la bebida. Fue lo del antro. También ahí bebí, ¿verdad?

—Whisky...

—Algo le pusieron. Algo para que una se enamore de esos jóvenes.

Me quedé callada. Si esa hipótesis la hacía sentir mejor, qué bien.

—¿Te puedo pedir un favor, Karina?

—Claro.

—Llévame con mi párroco.

Lamenté oírle decir eso. ¿Qué podía hacerle ese señor para aplacarle el corazón y los instintos? ¿Una lobotomía?

—Sabes que no creo en la religión —le dije.

—Hablo de mí, no de ti. Llévame. Tengo miedo. No quiero acabar como Geraldine. Llévame ahora mismo, por favor...

Cuando Ángel llegó al restaurante pensé que quizá la información ya no valdría los diez mil pesos, los pondría en manos del gigoló sin resultados.

De cualquier forma decidí jugar mi última carta.

—¿Dónde está mi dinero? —preguntó.

Se lo di. Me entregó un sobre. Lo abrí discretamente y miré las fotos. Eran dos. En ambas aparecían Juan Mora y el chico en una cama. En una Mora sentado en la orilla, en la otra el chico con la cabeza acurrucada en las piernas del candidato.

—Bueno —dije—, esto no es lo que esperaba...

—¿Por qué no?

—Porque no te está cogiendo.

—Eres una guarra.

—¿Quién tomó las fotos?

—Un amigo.

Se pasó los dedos por su tupida pero corta cabellera y alzó la mano para que nos trajeran algo de beber. Pedí un refresco; el chico, agua mineral.

—Escúchame —le dije—, necesito algo más escandaloso que un tipo acariciándote la cabeza, ¿lo podrías conseguir?

—Depende de cuánto estás dispuesta a dar.

—¿Cuánto quieres?

—Cien mil pesos.

—Estás completamente loco.

—Te pediría un acostón, pero sinceramente eso lo consigo a cada rato.

—Te daré cincuenta.

—No.

—Hagamos algo. Si juzgo que lo que me des lo vale te daré los cien, si no los cincuenta los tendrás garantizados. De cualquier forma deberá ser algo mejor que esto.

Dijo «trato hecho» y me fui de ahí sin tomarme la bebida.

Faltaban tres días para las elecciones. No teníamos nada que ofrecerle al cliente de Fénix. El muchacho no llamaba para darme algo mejor que aquellas fotos. ¿De qué se le podía acusar en realidad? A fin de cuentas el hombre era viudo y podía hacer con su vida un tocotín, aunque si bien es cierto que también estuvo casado y eso significaba que de algún modo llevó una doble vida poco honesta con sus preferencias. Sea lo que sea el asunto se iba enfriando a pasos agigantados y mi sensación, luego de aquella charla con Fénix en el monumento a la revolución, era que un grupo de cibernéticos genios nos ganarían al cliente.

Comencé a ver el mundo a través de los ojos de Fénix. Me di cuenta de que mis hijos pasaban horas enteras en Internet. En especial Brenda que, una vez libre, se refugió en la computadora. Pinchaba esta y aquella palabra, tal o cual imagen que la llevaba a lugares para mí inimaginables pero según yo potencialmente peligrosos. A mi juicio la nena podía toparse con un loco que la invitara a conocerlo y se la comiera con patatas. O la convenciera de meterse en una secta de fanáticos que se suicidarían por su mesías.

Una tarde recibí otra de esas llamadas imperiosas de Mei. Me citó en una esquina como si fuera yo una puta.

Acudí porque no tenía otra cosa que hacer pero iba dispuesta a cantarle sus tres verdades. Cuando llegué ella ya estaba ahí, así que parecía más puta que yo. Nunca vi a nadie que le sentara mejor vestir de cuerpo negro. Era francamente alucinante ver a esa oriental muy blanca de piel, de cutis perfecto, bonita y toda de negro.

—Viene a buscarnos —dijo.

—¿Quién?

—Juan Mora.

No tuve tiempo de interrogarla, un coche se detuvo junto a nosotras. Mora asomó la cara. Subimos. Yo adelante y Mei atrás.

—Qué bueno que tuvieron tiempo —dijo.

—Y tú también —le dijo la oriental.

—Sí, y yo también —sonrió Mora, supongo que aludiendo a la situación de que no debería estar con nosotras sino en medio del trajín político.

Su teléfono comenzó a vibrar. Él sólo miraba la pantallita pero no respondía las llamadas. Yo me sentía nerviosa. Era la única que no sabía qué hacía en ese lugar y eso me incomodaba lo suficiente como para no saber ni qué decir.

Mora nos preguntó cómo íbamos con la revista. Mei le dijo que ya estábamos listas con los temas para el primer número y le inventó al azar algunos, todos sobre asuntos sociales como la escasez del agua, la inseguridad en las calles y la historia de Polanco. No me pareció que él se entusiasmara. A mi juicio sólo trataba de ser cortés con nosotras.

Enfiló hacia el Ajusco. Pronto vimos más naturaleza que asfalto. Nos detuvimos frente a una casa de madera de forma triangular tipo chalet suizo. Un perro labrador y otro mestizo salieron a nuestro encuentro meneando las colas. Mei se lanzó sobre ambos e intercaló apapachos rascándoles el pelo del pescuezo.

—*Corso* y *Leónidas* —los presentó Juan Mora.

Un hombre con aspecto de jardinero apareció cargando entre sus manos un costal con pasto seco. Lo puso en el suelo.

—Hilario —lo presentó Juan.

El hombre mostró una sonrisa amistosa con sus dientes gruesos y muy separados. Le ofrecí la mano, él limpió la suya en la camisa y me la estrechó. Luego hizo lo mismo con Mei. Rápidamente, ella se agachó casi al mismo tiempo y dijo «¡mi arete!». Todos nos pusimos a buscarlo. Ella misma dijo que ya lo había encontrado y recogió algo del suelo. Yo me quedé desconcertada con la mano de Hilario que se quedó en el aire sin que Mei la estrechara. Y porque me di cuenta que no traía aretes.

—¿Tienes agua de sabor preparada, Hilario? —le preguntó Juan.

—Sí, Juan. —Hilario caminó deprisa y entró primero que nadie, pidiendo perdón por ello.

Cuando los demás entramos él ya estaba junto a una barra entre la cocina y el salón, disponiendo de una jarra grande con agua que parecía de jamaica.

Las paredes eran de madera bien cuidada y en una de ellas había varios cuadros sumamente interesantes y naif, como un campesino limpiando abrojo a golpe de machete y, junto a él, un canasto del que se derramaban flores color violeta. Otro de una niña sentada con los pies descalzos y sucios, sonriendo, detrás de ella había una pared con un grafiti que decía «Masagua». Quizás en esa pared había unos veinte cuadros. Algunos recién pintados porque pude oler ese delicioso, suave y penetrante olor a óleo.

—No sabía que pintabas —le dijo Mei a Juan. Me asombró que lo tuteara.

—El autor. —Juan señaló a Hilario.

Ambas nos sorprendimos. Especialmente Mei. Nuestro jardinero pintor nos trajo los vasos con agua y volvió a sonreír con sus dientes gruesos y separados.

—¿Se les ofrece algo más? —le preguntó a Mora—. Tengo que darles de comer a los perros.

—No, nada, Hilario, gracias por tu hospitalidad —dijo Mora.

El hombre nos volvió a regalar una de sus sonrisas y salió de la casa. Oímos ladrar a los perros.

Aquellos muebles color azul rey resaltaban bastante pero no se veían nada mal junto con el resto de la decoración, así que pensé que ahí debía de haber la mano de una mujer. Juan Mora no me daba la pala de saber de esas cosas. Nadie que coge un vaso con agua y lo bebe de golpe y porrazo como él, dejando escapar un ruido de gañote puede tener tacto para los detalles. Y esa combinación de los marcos de cobre de algunos portarretratos a juego con dos gruesos herrajes entrelazados sobre la mesa de centro sí que eran un detalle.

—Todo esto lo decoró Beatriz —dijo.

No me atreví a mirarle, sentí que me había leído la mente. Beatriz era su esposa muerta.

Luego comenzó a hablarnos de cualquier cosa. Todo menos de política y de su visión de la ciudad y el país. El tema era que si aquel árbol del jardín era un durazno viejo que ya no daba ni flores ni frutos o que si los perros eran muy nobles. La sencillez de sus palabras cobraba mucha dimensión porque estábamos a horas de que se decidiera si ese hombre sería el nuevo jefe de gobierno. La ciudad y sus grandes problemas, sus esperanzas, sus niños de la calle, su terremoto como una amenaza latente, todo eso y más estaría en sus manos durante seis años. Y él hablaba de perros y duraznos.

Por momentos hacía pausas para preguntarnos cosas de nosotras. A mí me preguntó cómo estaban mis hijos, a qué querían dedicarse; a Mei sobre su abuela que vivía en Tokio —supuse que ella le inventó esa historia cuando estuvieron juntos en la gira—, y mientras le dábamos respuestas él nos miraba de una forma que me pareció triste, quizá nostálgica. Algo no andaba bien. Yo me inventé una historia o tal vez no es que la inventara con todas sus partes, simplemente tuve la impronta de que el hombre tenía una enfermedad mortal y se estaba despidiendo de la vida. «El final ya está cerca, veo en mi cara cómo cae el telón. Mi amigo, lo diré sin rodeos, hablaré de mi caso, del cual estoy seguro. He vivido una vida plena, he viajado por todos y cada uno de los caminos. Y más, mucho más que esto, lo hice a mi manera.» Versión Elvis. Por supuesto, yo, como hubiera dicho Brenda, sólo estaba alucinando barato.

—¿Quieren caminar un poco? —preguntó—. Hay un camino de eucaliptos, van a ver cómo se nos abren los pulmones.

Fuimos más allá de la propiedad. Mei se afianzó de su brazo y él no tuvo objeción. Tuve sospechas de que en esa gira había ocurrido algo entre ellos. Pero no supe si seguía alucinando barato porque ya no estaba segura de nada. Nos detuvimos frente a los árboles de eucalipto, no eran muchos, quizá siete. Juan recogió algunas semillas encapsuladas en sus típicas conchitas de madera. Nos invitó a olerlas. Señaló la punta del árbol más grande y dijo que debía medir como cincuenta metros, que hace cien años había otros ahí que alcanzaban los ciento veinte metros pero que desaparecieron con la tala. Señaló el chalet y dijo «es bonito pero debajo de él están los eucaliptos».

—Tienes una linda casa —dije. (Si Mei lo tuteaba, ¿por qué yo no?)

—No es mía —aclaró Juan—, es de Hilario.

Otra sorpresa.

Dijo haber leído en unos documentos sobre la zona el testimonio de un litigio donde unos lugareños derribaron un árbol de eucalipto de ciento veinte metros y que al hacerlo causó daños a un terreno particular. Guardó silencio, sonrió como si hubiera estado presente en ese momento histórico y dijo:

—Quedan sus hijos. Ése es *Sereno*, aquél *Pascual*, el más grueso y torcido es *Amigo*. —Y así Juan fue diciéndonos los nombres que le había puesto a cada árbol—. Beatriz y yo traíamos a los niños, pasábamos el día aquí, recogíamos las hojas y volvíamos a la casa de Hilario para hervirlas y que oliera por todas partes.

En fin, yo estaba cada vez más desconcertada. Continuamos el paseo por quince minutos más. El paisaje no tenía fin. Volvimos a la casa donde nos recibió un olor a comida caliente.

—Ya casi está esto. —Hilario cocinaba.

El ruido de unas llantas aplastando piedritas nos hizo mirar hacia el ventanal. Era un coche azul que pasaba junto a la fachada hasta desaparecer al fondo donde oímos que el motor se detenía.

—Es uno de mis hijos —dijo Juan.

Aguardamos hasta que éste entrara. El chico y yo no pudimos evitar la mutua sorpresa. Era Ángel, el muchacho del club Efebo's. Minutos después, ya sentados a la mesa con Hilario sirviendo en cada plato un cocido de carne, chile y frijoles supe que Ángel era el hijo mayor de un matrimonio anterior de Juan. Los otros dos, Clara y Esteban, eran los de Beatriz. Pero saber esto no hizo que mi mente dejara de trabajar. Al contrario, ahora lo hacía a cien por hora.

—¿Y a qué te dedicas? —le pregunté a Ángel.

Él no titubeó al decir:

—Voy a retomar la preparatoria. Debo algunas materias.

—Ángel —dijo Juan— es muy hábil para los idiomas.

—Podrías estudiar relaciones internacionales —opiné.

—Ya veremos. —El chico nos sonrió angelicalmente.

Juan mencionó algunas virtudes más del chico y yo notaba en su forma de decirlas, en las pausas que hacía, en su gesto que aguardaba cómo Ángel reaccionaba o comentaba las observaciones, un algo incómodo, frágil, pues era el mismo tipo de situaciones en las que yo me veía a menudo con Brenda. Ya se sabe. La oveja negra de la familia y uno como padre que espera un cambio de conducta.

—¿Les enseñaste el mirador? —le preguntó Hilario a Juan.

—No llegamos hasta allá —respondió éste.

—Lástima, aunque es mejor cuando llueve. Es todo un espectáculo. Pero también es peligroso. Ahí casi se mata Hemingway.

—¿Hemingway? —preguntó Mei—. ¿Hemingway estuvo aquí?

—Hemingway estuvo en todas partes, señorita —respondió Hilario.

—Entonces Hemingway es Dios —dije.

—No a menos que haya estado en todas partes al mismo tiempo —bromeó Juan.

—Hay leyendas al respecto —terció Hilario.

—Es un dios que se suicidó. —Juan no quería ser el penúltimo en decir una ironía.

—Me gusta Hemingway —dijo la oriental—. Mi padre me leía *París era una fiesta*.

Me pareció que eso no se lo estaba inventando.

—¿Y qué hacía Hemingway aquí? —pregunté.

—Vino a hacer algunas fotos con su esposa.

—¿Con cuál de ellas? —preguntó Mei.

—No lo sé —dijo Hilario—, no recuerdo bien, yo tenía ocho años. Casi más bien me lo contó después mi padre. Hemingway venía de estar en el café La Habana. Habló con mi padre porque mi padre tenía algo que él quería comprar y se habían contactado por periódico.

—¿Y qué era ese algo? —interrogué.

—Seguramente un arma —dijo Mei.

—Sí, un arma —aseveró Hilario—. Es una pena.

—¿Qué cosa? —preguntó Mei.

—El suicidio.

—No —dijo ella—, todos los escritores buenos, de un modo o de otro, siempre se terminan suicidando...

—Cuéntales de cómo empezaste a pintar, Hilario. —Juan Mora prefirió virar la conversación.

—Eso no es muy interesante. —Hilario bajó los ojos a su plato de cocido.

—Está bien —dijo Juan—, yo lo cuento. Hilario nació mudo. Su padre le enseñó a escribir pronto para que pusiera en palabras lo que no podía decir. Le colgó una pizarrita con una cuerda en el cuello y le daba gises para que escribiera lo que quisiera decir.

—Me comía los gises —sonrió Hilario—, cómo me gustaba comerme los gises. Todavía si encuentro uno lo mastico. —Lanzó una carcajada que recogió enseguida con franca timidez.

—Luego un día —retomó Juan—, me contó el padre de Hilario que éste empezó a dibujar con el gis. A su padre le gustaba mucho eso. Un día fue y le trajo cuadernos y colores...

—Yo no iba a la escuela —dijo Hilario—, lo poco que aprendí me lo enseñó mi papá. Números y letras sobre todo. Ya después, por mi parte, me interesé en la historia y la geografía...

—No interrumpas —le dijo en broma Juan—, su padre pegó en estas paredes los dibujos de Hilario.

—Mi mamá decía que ya se habían acabado las paredes.

—¡Que no interrumpas! Un día don Manuel le trajo óleos y pinceles. Y así comenzó la historia de Hilario el pintor.

—En algo me entretengo —remató Hilario.

Miré a Mei que miraba fijamente las manos de Hilario como si por primera vez descubriera los dedos con manchas de óleos.

Comenzaron a oírse golpecitos en la ventana. Llovía. Sentí un júbilo colectivo que nadie expresó con esas palabras pero sí con la charla que se fue animando. Hilario contó que de niño todo por ahí era aún más agreste y que los niños que iban a la escuela tenían que caminar dos kilómetro cada día para ir a las clases, que entre ellos había un tal Jaime que era un verdadero diablo y con el que Hilario siempre terminaba a puñetazos. Lo contaba de una forma chusca, «ay, cómo me hacía rabiar», decía.

En algún instante dejamos de hablar porque el ruido de la tormenta era muy fuerte pero ese silencio fue una parte más de la conversación. Cuando bajó la lluvia Mei preguntó si podíamos ir todos junto al mirador. Hilario dijo de nuevo que era peligroso.

—Tendremos cuidado —insistió Mei—. ¿Podemos? —Miró a Juan con un rostro que pocos hombres podrían resistir.

Hilario nos prestó abrigos adecuados. Ángel dijo que prefería quedarse, que iba a ponerse a estudiar para un examen. Los demás salimos. Otra vez pasamos junto a los eucaliptos. En ese momento ya no pude verlos como la primera vez sino personalizados con los nombres que les dio Juan Mora.

Caminamos casi un kilómetro cuesta arriba antes de llegar al mirador. La vista prometía ser espectacular. Y lo fue. A lo lejos se divisaba un valle nublado y verde. No podíamos perdernos de mirarlo más de cerca. Pero Hilario advirtió que al menos nos mantuviéramos un metro lejos de la orilla, pues a partir de ahí el lodo comenzaba a desgranarse. Así lo hicimos. Seguía lloviendo y las manotadas de agua daban pincelazos al cielo y al valle. Me pareció que ésa debió de ser una buena escuela para Hilario y su pintura. Juan le pasó un brazo por los hombros a Mei y ella se le recargó.

Un timbre de celular hizo su labor sacrílega sacándonos de nuestro gran instante. Era el teléfono de Mei. Ella se apartó del grupo como si se diera cuenta de lo inadecuado de la situación.

—Antes —dijo Hilario— por aquí había globos aerostáticos. Pero no estaban esos cables. —Señaló hacia abajo.

Después de unos segundos conseguí ver unas finas líneas negras que partían de una torre de electricidad hasta otra muy lejana. Hilario siguió hablando de lo mismo y yo miré hacia Mei, a unos diez metros detrás de nosotros. Ella hablaba por teléfono sin dejar de caminar despacio de un lado a otro, hasta que de repente se detuvo, alzó la mirada y se encontró con la mía.

Un escalofrío me recorrió el cuerpo. Mei bajó el teléfono poco a poco y se lo guardó en la chamarra dejando sus manos en los bolsillos. Vino de vuelta.

—¿Todo bien? —le preguntó Juan.

Mei asintió sin alzar la cara. No podía verlo. Y yo sentí por qué. Pero intenté convencerme de que seguía alucinando. Mei se colocó casi detrás de Juan Mora mientras éste pincelaba todo el valle con sus ojos e Hilario hablaba de águilas e infancia. La lluvia caía tan finamente y junto con breves ráfagas de aire, que parecían disparadas con un atomizador.

Mei sacó poco a poco las manos de la chamarra. Alzó la cara y miró la espalda de Juan Mora. Yo sentí una especie de cosquilleo en el ano, de ese tipo de cuando uno siente que va a caer desde gran altura. Me pregunté qué pasaría después con Hilario y supuse que yo tendría que hacerme cargo de él. No lo consideré difícil. Los hombres ordinarios no están preparados para ver morir a nadie y, mientras lo asimilan, son vulnerables. Igual que los borregos que vienen detrás en la estampida y que van directo al precipicio.

No tuve valor para mirar a nadie más que no fuera a Mei, miraba su carita cubierta de lluvia, las gotas que resbalaban por su piel y que parecían llanto pero que no lo eran. O si lo eran nunca lo sabría. Miraba su cabello negro y muy liso y las puntas de éste muy mojadas, miraba que sus manos delgadas y hermosas salían en ese impulso definitivo de la chamarra.

Otra vez sonó su teléfono. Devolvió las manos a la chamarra, sacó el teléfono, se lo llevó al oído. Escuchó. Me lanzó una mirada. Bajó el teléfono y lo volvió a guardar.

—¿Regresamos? —preguntó—. Hace frío.

Volvimos por el camino, esta vez más torpemente pues ya se había hecho un lodazal. Yo me disculpé diciendo que iría más rápido. No les dije la razón. Que pensaran que era para ir al baño o por cosas de mujer daba igual. Mi razón es que necesitaba apartarme, que por primera vez en mucho tiempo sentí que matar a alguien es algo totalmente fuera de lo común. La realidad es que nunca supe si en el mirador estuvo por suceder aquello, si Mei recibió una orden o si todo lo fui fabricando en mi cabeza, si era tan improbable como que los árboles tuvieran nombre, espíritu, y se sintieran solos, dolidos porque sus padres gigantes estaban muertos y enterrados debajo de un chalet tipo suizo.

Cuando los perdí de vista eché a correr, bajé la cuesta hábilmente, en zigzag. Me di cuenta que a mis años no estaba en malas condiciones físicas.

Entré al salón y encontré dormido a Ángel con un libro encima. Parecía un ángel de esos que pintaron los artistas del renacimiento. Pero eso no me detuvo para dar un aplauso cerca de su cara. Abrió los ojos y me preguntó qué hacía ahí.

—No tardarán en llegar —dije—, creo que tú eres el que tienes que aclararme esto.

—Yo te busco —dijo.

—Por lo menos dime hasta donde puedas.

—Yo te busco —repitió.

—¡Tu puta madre! —exclamé—. ¡Dime qué está pasando!

—Yo te devuelvo tu dinero.

—No quiero que me devuelvas nada. Quiero que me digas qué pasa.

—Nada, no pasa nada...

En ese momento comenzaron a oírse las voces, nos

quedamos callados. Hilario, Juan y Mei entraron. Hilario dijo que nos daría café con piloncillo y pan de pueblo. Juan ofreció encender la chimenea.

«Maldita cosa —pensé—. ¿Que no es tiempo de elecciones?»

«¿Que no es tiempo de morir?»

Nos cayó la noche y seguíamos ahí. A través de la ventana observé un muro negro de oscuridad. Esa ventana sudaba de tal forma que un poco más tarde dejé de ver lo negro. Frente a mí estaba Juan Mora con una tercera copa de licor en las manos, susurrando palabras. A media luz. Sobre su rostro palpitaba el fuego de la chimenea. En diagonal estaba su hijo. Me ponía furiosa saber que tenía las respuestas que me desbalanceaban. Mei estaba en el sillón individual con las manos en los bolsillos. E Hilario hacía rato que se había ido a pintar a su estudio.

—La política —susurró por fin Juan Mora— es una mierda.

Junto con esas palabras crepitó la leña en la chimenea.

—Una mierda que hay que soportar para conseguir lo que de verdad importa —siguió Juan. E intentó hilar algo más pero se quedó dormido. Abrió los ojos, nos pidió disculpas y dijo que sólo sería por un momento.

Mei se puso de pie y se fue hacia el interior de la casa. Yo le hice una seña a Ángel indicándole que nos viéramos afuera. Salí de la casa y sentí frío. Esperé unos segundos. El chico no venía. Entré y ya no lo vi sentado, así que me interné en el resto de la casa. Seguí al azar un pasillo que me sacó a la parte trasera de la casa. Había un camino de piedra que llegaba hasta una segunda casa al fondo, más pequeña y de techo de dos aguas. Fui hacia allá. Comencé a oír una música que, poco a poco, pude reconocer. Era el Huapango de Pablo Moncayo. La casita tenía dos ventanas. Pasé junto a la primera y vi una cocineta. Pasé junto a la segunda. Era el estudio de Hilario con sus cosas de cualquier pintor. Lienzos, colores embarrados aquí y allá. Óleos. Una gran mesa de madera carcomida. Ahí estaba él rascando el color de un lienzo con una espátula. Recorrí con mis ojos su cara, su cuello, su cintura.

Mei, hincada, le hacía el felatio más tierno que jamás vi en mi maldita vida.

Al día siguiente el chico me habló y nos vimos en el café La Habana. Una señorita delgada, ágil y morena nos tomó la orden en el momento mismo en que Ángel me intentaba regresar el dinero que le di por las fotos.

—Ya no quiero hacerlo.

—Dos lecheros —le pedí a la chica sin hacerle caso a él.

—Yo no tomo café —protestó.

—Estos chicos de hoy... —dije—, tráigale un biberón con leche.

La chica mostró su sonrisa agradable y, prudentemente, lo miró a él para que se aclarara. Ángel le pidió agua mineral con una rodaja de limón.

—Con esa obsesión por la salud lo que vas a conseguir es lo contrario —le advertí—, morirte joven. Ahora explícame por qué no sigues la máxima de mente sana en cuerpo sano.

—¿A qué te refieres?

—A ti y a tu padre. Estoy confundida. ¿Quién se tira a quién? ¿Y qué clase de placer puede haber en eso?

—Nadie se tira a nadie.

—¿Y las fotos?

—Lo que viste en las fotos soy yo recargado en él. Tú las malentendiste. Las fotos no dicen nada en realidad, pero con tres palabras que te dije tu armaste sola tu cuento...

—Porque fuiste bastante sugerente. ¿Qué pretendías?

—Mira, voy a ser muy claro...

—Te lo agradecería...

La chica vino con mi leche en un vaso y el café en una tacita. Estaba por preparármelo pero le dije que yo lo haría, pues la leche estaba al tope del vaso y si algo odio en esta vida aparte del mal gusto es un café ligero. Así que bebí un par de sorbos y cuando el vaso estaba a medias de leche le eché el café. Al chico le dejó su agua mineral junto con unas palabras:

—Lo siento, se acabaron las mamilas.

—Mírala bien —le dije a Ángel mientras la chica se alejaba todavía dibujando una sonrisa—, es una lástima, podrías conquistarla en vez de llevar la vida sucia que llevas. ¿De qué te sirve esa facha de príncipe?

—Te digo que todo lo entendiste mal.

—Explícate ya, carajo...

—Mi padre y yo llevábamos tiempo distanciados. Cuando tú me buscaste todavía era así, por eso se me ocurrió ganarme unos pesos y darte esas fotos y que hicieras escándalo en el periódico.

—¿En qué periódico?

—Me dijiste que eres periodista.

—Mira qué hermoso eres, chico, tanto como estúpido. Nunca te dije que fuera periodista.

—Tampoco dijiste que no lo fueras.

—Entonces, si me preguntas si pienso que vales una mierda y no te digo no, ¿presumes que lo vales?

El chico puso cara de total confusión.

—Bueno, ya veo que no eres muy brillante, sigue con tu rollo.

—Mi rollo es que mi padre y yo estábamos distanciados pero aclaramos las cosas y ya no quiero perjudicarlo, mucho menos con mentiras. Él es un hombre íntegro y decente.

—Mira qué lindo —ironicé—. ¿Y por qué estaban distanciados?

—Por la vida que llevo.

—Volvemos a la parte oscura. ¿Cuál es esa vida?

—El lugar donde trabajo y algunos cuantos disparates que he cometido —sonrió Ángel como si disfrutara un algo pecaminoso.

—¿Eres joto?

—No creo en las definiciones.

—Vaya, un idealista... ¿Bisexual?

—Llámame como quieras.

—¿Te drogas?

—Eso no.

—Vale, entiendo, eres medio joto y te desnudas. ¿Tu padre adalid de la izquierda no puede con eso?

El chico se encogió de hombros.

—¿Cómo es que nadie ha dado contigo? Quiero decir, el que se sepa que eres su hijo sería un escándalo sabroso.

—Uso el apellido de mi madre. Nunca digo que soy hijo de él.

—¿Por qué me diste las fotos sabiendo que el escándalo también a ti te iba a perjudicar?

—¿De qué forma?

—¿De qué forma? ¿Eres cínico o te sobran cromosomas? Se iban a decir cosas horribles de ti también.

—Hay cosas que se dicen de la gente que son horri-

Central Library - Circulation
12/28/2019   12:26:19 PM

- PATRON RECEIPT -
- CHARGES -

1: Item Number: 37244193765865
Title: El sentido de las misiones suicidas /
Due Date: 1/18/2020

2: Item Number: 37244205558332
Title: La sicaria de Polanco /
Due Date: 1/18/2020

To Renew: www.lapl.org or 888-577-5275

LAPL Reads: Best of 2019
The best books of the year as selected by our staff.
https://www.lapl.org/best-books

--Please retain this slip as your receipt--

bles para unos y ventajosas para otros. Imaginé que vendrían otros cuantos periodistas como tú a buscarme. Y quién sabe, tal vez hasta conseguiría un par de programas en televisión. Yo sólo tenía que dejar que la gente especulara. Pero ahora pienso diferente. Mi viejo y yo aún podemos llevarnos bien. Además, si gana las elecciones no sé...

—¿No sabes qué?

—Nada.

Ya no vi caso en recordarle que yo no le dije que fuera periodista. Me sentí muy desencantada. Si la vida funcionara de forma racional el verdadero escándalo sería no la mentira que estuvo por fabricarle a su padre sino la realidad de que Juan Mora tuviera un hijo como él, banal, tonto, perverso y decadente.

Puse uno de los billetes grandes que me regresó en la mesa y le dije que dejara una buena propina. Me levanté para irme.

—¡Oye! —exclamó—, te falta regresarme las fotos.

Mientras me alejaba alcé la mano y le hice una de esas señas obscenas que me enseñó mi hija. Junto a la puerta encontré a la mesera. Saqué mi tarjeta y se la di. Le dije que era dueña de una tienda de regalos y antigüedades y que tal vez le gustaría trabajar ahí. Quién sabe si con una ropa bonita la joven no se vería nada mal y tal vez a ella sí podría decirle que se acostara con mi Sigfrido.

El lugar de la cita, frente a la Montaña Rusa de Chapultepec. Esta vez de día. Los gritos esquizofrénicos de la gente me servían para hacer pausas en mi relato y escarbar reacciones. El semblante de Mei era el de costumbre, inexpresivo, pero yo sabía que por dentro debía estarle sucediendo un tsunami. Le estropeé la jugada. Mis ojos le decían «aunque no me lo cuentes adivino cuál era tu sueño». Pudo pasar de muchas maneras pero la esencia es la misma: vas con Juan en el coche. Un par de escoltas vienen detrás. No le gusta tenerlos cerca pero su gente ha insistido, «uno nunca sabe, jefe, el enemigo es cabrón, no juega limpio». Metes la mano en el bolso que tienes encima de las piernas. Quizá Juan ha mirado esas piernas tan torneadas, tan elegantes. Y tú a cambio le regalaste una sonrisa enigmática y prometedora. Pero la realidad es que nunca podrá abrirlas como los pétalos apretados de una flor exótica sin encontrar espinas. Palpas la diminuta jeringa en el interior del bolso. Contiene la sustancia idónea. No sabes cuál. Eso es cosa de Fénix, de gente que trabaja con él y que no conoces ni conocerás. La palpas con cuidado, no vaya a ser que te piques un dedo y caigas instantáneamente muerta en el hombro del candidato. Esperas ese momento en que, al dar vuelta en una esquina, se creará un punto ciego entre el coche de Juan y el de los escoltas, para sacar la jeringa y clavársela en el cuello. Tendrás el tiempo necesario para guardarte la jeringuilla. ¿Dónde? Ése no es problema para una mujer. Los escoltas vendrán prestos cuando vean el coche detenerse. Te verán llorar. Verán a Juan incapaz de decir nada mientras parece sufrir un infarto. Y eso será, un infarto. Lo dirá el médico y lo dirán los noticieros esa misma noche. Te llevarán discretamente detenida. Pero cuando se confirme que fue un infarto te dejarán libre porque tú no estabas en el guion preestablecido. La obra nunca se estrenó. La vida de Juan Mora nunca se llevó de la ficción a la realidad. Una vida que él pensaba sería dictada por su libre albedrío pero construida de forma secreta por gentes que, como raíces, se fueron formando debajo de sus pies, nutriéndose de sus posturas ideológicas, utilizándolas, haciéndolas suyas, replicándolas donde y cuando hiciera falta, todo con tal de vivir de la misma forma en que viven otros, sus enemigos, sirviéndose del poder, llenando sus copas de un menjurje parecido a escupitajos, mentiras, sangre, bilis. Bebiéndolo con cinismo en los velorios de los inocentes. Practicando las mismas corruptelas con tal de llegar al medio siglo, robustos, con el colesterol a tope y los hijos y nietos en esas buenas escuelas donde van mis hijos y aprenden que para ser alguien hay que usar la BlackBerry desde que se es pequeño. (¡Pobre de mi Sigfri que es artista!) En fin, tenerlo todo mientras lidian con su líder para que tarde o nunca se dé cuenta de que se sirvieron de él.

Todo eso no pasó, Mei no recibió la orden (¿la recibiría en aquel momento junto al precipicio? Nunca lo sabré). Lo único cierto, lo único tangible era que yo le entregaba en un sobre las fotos que me dio Ángel a Fénix. Y que le decía: «Es verdad, otros tienen la tecnología a su favor, el poder de la nomenclatura, nosotros poca cosa, estas fotos y un poco de ingenio. Aquí las tienes, dáselas a tu cliente y dile que no hay más. Si no pagan lo siento por ti. Por mí no. Yo puedo decir que hoy no salió el negocio. Hoy me fue como a la marchanta que vende naranjas en el mercado callejero. Se me quedaron todas. Ni hablar.»

A Fénix le dio gracia mi postura. Le gustó. Dijo que lo haría. A Mei la dejé sin habla. Pienso que le gané la batalla.

Soñé que era hombre pero que me seguía llamando Karina Shultz. Me veía frente a un espejo. Los genitales me colgaban un poco, podía sentirlos tersos al tocarlos, lo mismo que al acariciar mi pene hasta tropezar con la curvatura del glande. Y mis brazos tenían pelos lo mismo que las axilas, las rascaba: sonaban. Me pasaba una mano por la cara y sentía el freno de pequeñas púas. La puerta del baño se abría. Era Mei detrás de mí. Me acariciaba la espalda, sus pezones rodaban como dos balines sobre mi piel. Entonces volví a mirarme en el espejo y ya no era hombre, era Karina, lo cual me llenaba de desolación. Abrí los ojos, la visión me pareció parte del sueño. Un sacerdote con todo y sotana me observaba un tanto cohibido, como si me hubiera espiado al soñar.

—Perdona —dijo—, es que...

Señaló detrás a Areli, la puerta abierta.

Me revolví en el sofá. El sacerdote no tenía por qué apenarse, habíamos quedado de vernos aquel día que llevé a Manoli a su iglesia; él la hizo entrar al confesionario mientras yo aguardaba de cara al enorme Jesús crucificado en su baño de sangre. Oí llorar a Manoli. Supuse que el padrecito la estaba regañando. Salieron del confesionario. Él se acercó y me pidió, amablemente, que nos viéramos en otra ocasión. Quedamos de hacerlo en mi casa y ahora él estaba frente a mí.

Le pedí a Areli que nos trajera té y galletas.

—¿O prefiere otra cosa? —le pregunté al padre.

—Algo de ahí. —Señaló mi mueble de vinos.

Despaché a Areli y yo misma le preparé un bourbon al padre, pues me pareció que iba bien con su complexión robusta.

—¿Cómo sigue Manoli? —preguntó.

—No he vuelto a verla —respondí.

—Me ha dicho que Carlita se suicidó con pastillas. Que Geraldine está en un manicomio y que tú eres viuda.

—Espero que todo eso se lo haya dicho en secreto de confesión.

Meneó la cabeza y bebió.

—Yo sí quiero confesarte algo, Karina, estoy preocupado por ella. Me dijo que la llevaste a no sé dónde, que vio hombres desnudos... La conozco desde hace ocho años. Soy su padre espiritual. Su confesor, su amigo. Y si me apuras, tal vez su arcángel Gabriel... ¿Puedo? —Señaló la botella. Asentí, la empujó en la copa—. Mira, Karina. Yo soy norteño. Así que no me gustan los rodeos. Digo, sólo los que tienen que ver con vaquillas y potros. —Rio y el rostro se le puso del color de un tomate—. Quiero pedirte algo. —En un segundo su cara volvió a ser pálida y su gesto hierático—. Quiero que te alejes de Manoli.

—No sé, padre, me toma por sorpresa lo que me dice.

—¿Por qué dices eso?

—¿Cómo por qué? Usted no puede pedirme eso.

—Te voy a dar una buena razón.

—Dígala.

—Que Manoli necesita paz.

—¿Y yo lo impido?

—Tú eres el demonio, hija.

Me asombré un instante y luego rompí a reír.

—Tú, yo, cualquiera podemos ser el demonio para ciertas personas...

—¿Quiere que me esconda cuando ella me busque?

—Lo que quiero es que te escaquees.

—¿Perdón?

—Sácale la vuelta. Evítala. Sólo que por un tiempo. No la lleves a ver hombres desnudos. Si tú quieres hacerlo, si eso te parece bien, adelante, pero a ella déjamela en paz. Ponte a pensar en todo el esfuerzo que ha hecho día tras días, año tras año para ir en una dirección, la de Dios. No es justo que le quites ese derecho.

Tal vez ese cura sí pensaba que yo era el demonio y me estaba haciendo un exorcismo, uno sui géneris, con bourbon en vez de agua bendita. Le ofrecí otro trago. No le hizo el feo. Yo también me serví otro. La verdad es que aquello me estaba divirtiendo de lo lindo, lo cual me pareció un regalo «de Dios» después de ver a Fénix y Mei.

—Vamos por partes, padre —dije—. Lo que pretendo es que mi amiga despierte ya —troné los dedos— y que no se pierda de esta cosa que dura cuatro segundos y que se llama vida. Si eso hace el demonio, creo que huelo a azufre...

—Eres un hueso duro de roer —dijo el cura casi feliz de descubrirlo—, me gusta, me gusta tu carácter. Los rivales fáciles me enferman... ¿Qué tanto quieres a tu amiga?

—¿El demonio quiere?

—Buena pregunta, engatusadora, digna de ti, Belcebú...

Temí que se estuviera tomando en serio la metáfora.

—Te diré algo, Karina...

—Venga.

—Sigue perturbando a tu amiga y te aseguro que va a terminar como las otras dos, suicidada o loca.

—¿Y cómo lo evito?

—Confiesa tus pecados y arrepiéntete.

—La vieja fórmula.

—Sí, Karina, la vieja fórmula.

—Mire, padre. —Bebí el resto del bourbon y puse con fuerza la copa sobre la mesa—. En menos de un año voy a convertir a mi amiga de remilgada a mujerona segura de sí misma, pero si no puedo, prepárese para oír mis pecados, pues le aseguro que cuando se los cuente el piso se va a abrir debajo de nosotros y les echaremos juntos un vistazo a las entrañas del infierno.

—Trato hecho —dijo el padre, se persignó y se puso de pie.

—¿Ya se va?

—Sí, no me siento bien...

—Lo acompaño a la puerta.

Dio dos pasos y se vino abajo como un árbol.

Cuando Brenda bajó la escalera y me vio, dijo:

—¿Por qué estás desnudando a ese cura? ¿Te lo vas a tirar aquí en la sala?

—¡Cállate y ayúdame! —exclamé.

—¿Nos lo vamos a tirar entre las dos?

—¡Déjate de bromas, Brenda! Hay que darle primeros auxilios.

Le aflojamos la sotana. Le oí el corazón. No latía. Comencé a darle respiración de boca a boca. Brenda veía con absoluta fascinación cómo el hombre se iba poniendo pálido. Aquello iba a ser terrible. Un cura muerto en la sala de mi casa justo después de que habíamos bebido bourbon y me había llamado Belcebú.

De pronto el hombre lanzó un sonido muy largo jalando aire. Tosió, abrió los ojos y preguntó dónde estaba. Se lo dije y su semblante acusó sorpresa.

—¿De verdad?

—Sí, de verdad, está en mi casa.

—¿Y tú eres?

—Karina Shultz.

—¿Qué Karina?

—¿Quiere que llame una ambulancia, padre?

—¿Para qué? Yo me siento bien. Ayúdame a parar...

Tuvimos que levantar entre las dos al hombretón. Lo depositamos en el sofá. Él miró la botella de bourbon y dijo:

—No debí beber.

—No le hubiera dado de haber sabido que le caería mal.

—Olvidé que estoy tomando antibióticos muy fuertes. ¿Y tú quién eres? —le preguntó a Brenda.

—Es mi hija —respondí.

Nos comparó con los ojos, no debió encontrarnos parecido. Brenda se dio cuenta de la comparación; solían hacerla y ella solía salir perdiendo. Quizás en eso radicaba el origen de su mal comportamiento.

—Tengo que irme —dijo el cura, y se puso de pie. Esta vez logró sostenerse—. Me parece que hicimos un trato, que no buscarás a Manoli por un tiempo. ¿Verdad?

—Verdad —le dije para darle por su lado.

Lo acompañé hasta la puerta. Cuando giré para ver a Brenda, se había marchado.

Faltaban sólo doce horas para saber quién sería el nuevo jefe de gobierno del Distrito Federal. El país entero estaba tan a la expectativa como si se tratase de elegir al presidente. De hecho ganar significaba caminar en ese sentido. Yo me preguntaba de qué forma se utilizarían las fotos que le di a Fénix, si aparecerían en los periódicos o llegarían discretamente a las manos de Juan y de pronto él anunciaría su retiro. Veía su cara en diferentes noticieros, en las televisiones que había por doquier, en mi casa, en mi tienda, en los aparadores, en la cafetería.

El saber que había estado con ese mismo hombre en la casa del Ajusco, oyéndole, compartiendo la mesa, me producía una rara sensación de nostalgia. Quizás en cierto modo concebí la idea de que lo estaba traicionando. No es que tal idea me produjera más culpa que usar una mala combinación de zapatos con bolso, pero sí me hacía sentir desazón porque las cosas no pudieran ser de otra forma, porque eso que llamaran ideales no estuvieran en mi conciencia. De hecho no lo estaba en la mayoría de la gente por mucho que todos estuvieran a la expectativa; su expectativa era similar a la de un final de copa entre los equipos de fútbol más importantes del país. ¿Quién ganará? ¿Éste o aquél? La gente no votaba, adivinaba... Me parece que los ideales habían desaparecido hace tiempo a base de mentiras, trampas, desilusiones.

Esa noche, la del conteo de los votos, la balanza se comenzó a inclinar fehacientemente a favor de Juan Mora y yo regresé exhausta de La Garbo para encender la televisión y ver qué sucedía. Dos luces se dibujaron en la ventana de mi casa. Azul y roja. Abrí la puerta. Eran una patrulla. Dos policías me pidieron que los acompañara. No objeté. Cogí un suéter y fui con ellos a la patrulla. Ahí, extrañamente, hice la pregunta correcta:

—¿Qué hizo ahora?

Uno de ellos giró y me lanzó una mirada mordaz a través de la rejilla que separaba su asiento del trasero donde iba yo. Recordé de golpe la cara de mi hija cuando el cura nos comparó sin decirlo. Y recordé que al llegar a casa subí a su cuarto y no la vi ahí. Es difícil explicar algo como esto pero hay gente con una personalidad tan fuerte que cuando no está en su sitio se nota demasiado. Eso sentí cuando vi vacío el cuarto de Brenda, su brutal ausencia.

—Está metida en una bronca —dijo el oficial.

Deslicé mi mano al bolsillo y saqué el teléfono. Marqué el número de Carlos y casi enseguida oprimí un botón para cancelar la llamada. No supe la razón.

—¿Qué clase de bronca? —pregunté.

—Robo a cada habitación.

Lo demás lo supe en la octava delegación. Los policías me dejaron frente a un burócrata que comenzó a decirme que ya sabían que Brenda no estaba conmigo porque habían vigilado mi casa. Eso me dio escalofríos. Iba a seguir explicándose cuando otro tipo lo interrumpió. Me dijo que tomara asiento y se fue con él. Desde donde yo estaba podía ver dos espacios, uno abierto hacia mi izquierda, lleno de gente y ventanillas; el otro a mi derecha era un cubículo con puerta de vidrio. Ahí había un hombre muy alterado que discutía con un tipo de traje y corbata. No reconocí al hombre hasta que le oí alzar la voz, su timbre me pareció inconfundible. Era Honorio Ordóñez. Él ya me había visto y parecía alterarle mucho mi presencia. Me señalaba y el otro hombre sólo me lanzaba pequeñas miradas indescifrables.

El burócrata regresó y cuando estaba por seguir hablando conmigo aquel tipo que estaba con Ordóñez le hizo una seña. El burócrata me dijo que esperara y fue a encerrarse con aquellos al cubículo. Ahora eran tres tipos los que parloteaban y me veían. No me quedó más remedio que aprovechar el momento para darme un retoque de labios. Pobrecita de mí. Ése no era lugar para una dama. Vi pasar a un tipo esposado que olía a cloaca y a una mujer pintada del rostro de forma demencial, llevaba una bolsa grande y se detenía a vender galletas y chambritas para bebé, interrumpiendo charlas de abogados, explicaciones de tipos golpeados y demás frescos típicos de una delegación de policía.

El burócrata salió del cubículo, vino y me dijo:

—La víctima quiere hablar con usted, ¿usted quiere?

La pregunta me sorprendió tanto como ver a Ordóñez dirigiéndome una mirada angustiosa. No respondí, simplemente me encaminé hacia donde él estaba y crucé la puerta. El burócrata se quedó donde lo dejé. Mirándonos. Y el tipo que estaba con Ordóñez se quedó con nosotros.

—¡Ya no puedo más! —exclamó Ordóñez con la voz temblorosa—. ¿Qué más quieren de mí? ¡Sáquenme la puta sangre, cabrones! ¡Sáquenmela toda! —exclamó mostrándome sus brazos desnudos llenos de pequeños moretones.

Hasta ese momento no me di cuenta de que tenía un buen golpe en la cabeza y los pelos tiesos de sangre. El tipo aquel le puso una mano tranquilizadora en un brazo, casi en el hombro, lo cual no dejó de resultarme divertido pues el tipo mediría uno cincuenta de estatura y Ordóñez uno noventa.

—Perdóneme —dijo Ordóñez casi con sinceridad—, pero yo sólo puedo retirar la acusación de robo, no lo del policía...

—No entiendo nada —dije.

—¡Se pasó de la raya! ¡No diga que no es cierto!

—¿Quién? ¿De qué me está hablando?

Ordóñez quiso responderme a ésa y ya no pudo más, sus ojos parecían a punto de salir disparados de tan redondos y saltones que se dibujaron, casi tenían el tamaño de dos limones. En un segundo su tez se volvió morada y él mismo buscó una silla para no venirse abajo. El hombrecillo salió corriendo por ayuda, lo vi saltar y zigzaguear ágilmente entre la gente y los pasillos hasta que desapareció de mi vista. Y lo que me faltaba, terminé sujetándole la mano a Ordóñez en instantáneo apoyo moral mientras sus ojos me miraban y las pupilas se le iban hacia arriba dejándole los ojos en blanco.

El burócrata vino y preguntó algo absurdo:

—¿Qué pasó?

—Ojalá que alguien me lo explique —dije.

El hombrecillo regresó trayendo al médico de turno; éste pidió que despejáramos el área. Nos apartamos. Él se acercó a Ordóñez y le preguntó su nombre.

—Honorio Ordóñez —dijo por él el hombrecillo.

Entonces el médico comenzó a darle cachetaditas mientras le decía: «No te vayas, Honorio. ¡Aquí! ¡Aquí!» Luego le abrió la camisa y descubrió en su cuello una plaquita con cadena. El médico la miró y dijo:

—Es diabético, hay que pedir una ambulancia.

No lo vi más. El burócrata me llevó al área de ventanillas. Me dijo que aguardara. Me senté entre la gente que parecía esperar su turno. La loca del rostro excesivamente maquillado vino y se sentó a mi lado. Sacó un paquete de galletas envueltas en celofán con un moñito rojo atado y me lo ofreció por veinte pesos. Lo cogí y le di el dinero para que se fuera de inmediato. No sólo sus ojos pintados como de mapache me ponían nerviosa sino también su olor penetrante a sebo y meados.

No debí comprarle. Sacó las chambritas y comenzó su labor merolica. Por más que le decía que no me interesaban ella seguía pertinaz. Una rechifla la hizo callarse. Miramos hacia un ángulo, varios tipos, abogados y burócratas supuse, miraban la televisión incrustada en una pared. Las rechiflas eran mentadas de madre, otros reían, otros celebraban. En la tele se veían las fotografías de Juan Mora y su oponente. Me levanté y fui deprisa junto al televisor para ver bien los números que aparecían debajo de cada foto.

Juan Mora había ganado las elecciones por un 68 por ciento. Su oponente aún no aceptaba su derrota.

Esa noche dormí en la cama de Brenda. Volví a preguntarme qué había hecho mal como madre. Volví a recordar cuando la nena le trinchó un tenedor al abuelo en el cuello. Volví a enumerar las quejas de vecinos, maestros y demás gente a los que ella causó ofensas y daños. Pensé en aquella amiga que mi hija tuvo, Rita, la única quizás, una niña judía que vivía frente a la casa pero que después desapareció para siempre; su madre mató a su padre golpeador, la madre fue a dar a la cárcel y Rita con sus abuelos. Rita era una niña serena y dulce. Esos dos ingredientes producían en mi Brenda un efecto benéfico, tanto que pensé un día buscar a la abuela de Rita y comprarle la niña. Nunca di con ellas. Brenda dejó de tomar esa medicina llamada Rita y desarrolló todo su potencial en bruto, el que ya sabemos, el volátil ingrediente Shultz en su más puro estado.

Me enteré de demasiadas cosas de golpe en la octava delegación. Supe lo que había sufrido Honorio Ordóñez —ahora al borde de la muerte por el coma diabético— y me escandalicé, sí, yo, una asesina a sueldo me sentí tan escandalizada como una monja amarrada a una silla mientras alguien le pasa frente a sus ojos una peli porno. Me escandalicé al saber hasta dónde puede un ser humano lastimar a otro por dinero y diversión en un *fifty fifty*...

Brenda, un tal Maco 29 y otro chico cuya descripción no podía ser más que la su amigo el Mamut habían entrado a robar a casa de Ordóñez. Él tuvo tiempo de llamar a la policía. Justo después alguno de ellos —estaba oscuro y Ordóñez no supo quién— le arrebató el teléfono y lo golpeó con él en la cabeza. Mi hija y sus compinches maniataron a Ordóñez y a su mujer y luego decidieron robarles el refrigerador. ¿Por qué el refrigerador? Eso se preguntó el burócrata de la policía mientras me contaba todo. Yo sabía la respuesta. Porque en realidad no querían robar nada, porque sólo querían divertirse, escandalizar, romper las reglas. Y lo habrían logrado sin más desmanes que los sucedidos hasta ese momento si no es porque dos oficiales de la policía irrumpieron en la casa y un destello y un disparo tornaron en tragedia la maldita diversión de tres muchachos. Ahora había un oficial muerto de policía en la casa de Ordóñez y mi hija y esos dos andaban prófugos. Por supuesto había orden de aprensión en su contra y esperaban que yo supiera dónde estaban. No era así.

En un grado menor me contrariaba la incertidumbre de no saber qué se había cocinado a mis espaldas en cuanto al caso Juan Mora. Había arrasado en las elecciones. Días después su oponente terminó por aceptar su derrota y Juan tomó posesión en medio de la algarabía de sus simpatizantes. Yo no volví a verlo ni a recibir invitación suya de ningún tipo, supongo que tampoco Mei. No lo sé. Ahora él comenzaría la senda del hombre de las masas moldeado, como dije, por manos invisibles con las cuales lucharía para por lo menos seguir siendo un poco él mismo.

¿Qué había hecho el cliente con las fotos? No lo sé. Supuse que nada porque tampoco vi que mi cuenta de banco se engrosara ni un poquito. Fénix tampoco se había comunicado conmigo. Yo no lo busqué. Todos esos días me dediqué, como la loba, a seguir las huellas de su cachorra perdida. Pero no tuve muchos sitios donde buscarla. Brenda no tenía amigos. No frecuentaba lugares, su única guarida era su recámara y aquel taller mecánico que ahora portaba sellos de clausurado. Sigfrido decía no saber dónde podía estar. Yo acumulaba cierta dosis de rencor en su contra. No mostraba el menor síntoma de preocupación por su hermana, su única ansiedad tenía que ver con su próximo concierto. Me dijo que formaría una banda de rock pop en el verano. Él y sus amigos. Él y su música. Él y nada que lo perturbara.

Una mañana encontré una buena razón para no pensar en Brenda. Manoli. Días atrás le había dejado varios mensajes telefónicos y por fin se dignó citarme. El lugar me sorprendió. El Efebo's. No hice sino cruzar la puerta y darme de narices al ver a mi amiga cuarentona vestida de cuero negro (obviamente no le quedaba tan bien como a Mei. ¿Pero a quién sí?). Estaba en un rinconcito bebiéndose una cerveza.

—Sorprendida, ¿verdad? —me dijo dulcemente.

—¿Qué haces aquí? —interrogué.

—Ya ves...

No, no veía nada. Veía el lugar atestado de mujeres. A Manoli que se fumaba un cigarro —eso también me pareció desconcertante—, y veía que por alguna extraña razón no me daba tanto gusto lo que me fue diciendo. Desde que la traje al Efebo's ella siguió viniendo por su cuenta. Dijo que yo le había abierto los ojos a la vida. Me dio las gracias. Me explicó que gracias a mí y a esos chicos sus inhibiciones habían quedado atrás.

—Vengo todos los viernes —dijo.

—Manoli —intenté aclararle—, esto no es la vida real.

—Real, de carne y hueso —dijo.

Comenzó el show. Cogió su vaso de cerveza y me pidió que fuéramos cerca de la pista. Los chicos hicieron su exhibición. Entre ellos estaba Ángel. Manoli hizo lo que las demás mujeres, chiflar, meterle billetes en las bragas, aclamar y divertirse. Una mezcla de alegría y de incertidumbre se apoderó de mí. Me daba gusto la nueva Manoli pero al mismo tiempo no vibré una felicidad auténtica, sólo la soledad de una mujer a punto de cumplir el medio siglo.

—¡Alégrate! —Me sacudió como si percibiera mis pensamientos.

Le sonreí.

Cuando terminó el espectáculo volvimos a nuestro lugar. Bebimos dos cervezas más. Le pregunté si seguía enamorada de Ángel, si se había acercado a él.

—Eso ya pasó —dijo—, el desencanto me costó tres mil pesitos.

—¿Es decir qué?

—Es decir que le pagué tres mil pesos por veinte minutos de placer.

—De a ciento cincuenta pesos el minuto.

—Siempre fuiste buena para las cuentas, Karina.

—¿Y seguiste solicitando sus servicios?

—¿Habiendo tanta carne aquí, querida? No, gracias.

—Tu párroco fue a buscarme.

—Ese viejo degenerado.

—¿De verdad?

—No en ese sentido, nunca me propuso nada.

—¿Entonces?

—Le gusta ver cómo lo hacen los perros.

Abrí los ojos como platos.

—Tiene dos en su casa, en el patio. Un día fui a verlo y lo sorprendí. La forma en que miraba el apareamiento no era nada normal. Además de todo me colmó; siempre sus sermones, siempre la que está mal soy yo, siempre estoy a punto de irme al infierno, siempre, siempre, siempre...

—Celebro tu liberación, Manoli...

—Gracias.

—Pero creo que este lugar sólo debería ser un punto de partida.

—De partida y de final, no tengo mucho por delante.

No soy bonita. Tengo un buen cuerpo pero nunca fui bonita. La bonita eras tú. Yo además no tengo chispa. Ni suerte tampoco. Nunca encontraré un holandés errante. A los hombres les gustan las muchachas. Yo fui muchacha y les gusté a los hombres. Pero los dejé pasar a todos. ¿Sabes que pude casarme? ¿Te digo con quién?

—Sí, por favor...

—Con Hamilton Rodríguez.

—Me suena.

—Aquel chico venezolano y evangelista.

—Ya.

—En vez de hacerle caso discutía con él de religión. Qué agarrones más absurdos. Y todo porque cada quien veía de distinta manera el camino que lleva hasta el Señor. Nos gustábamos. Nunca nadie me gustó más que Hamilton Rodríguez. Tenía una sonrisa de premio. Sus hombros eran redondos y varoniles. Todo un atleta, sí señor... —Manoli bebió la cerveza hasta el fondo y dijo—: Un día lo encontré en Sears. El mundo se me vino abajo, amiga.

—¿Por qué razón?

—Porque ya no era evangelista y porque yo ya no tenía diecisiete años.

—Entiendo el mensaje...

—No digas esa palabra, amiga. No más mensajes. No más austeridad en lo que a vivir concierne. Ahora dime, ¿te quedas? El siguiente show comienza en una hora. Yo no me voy de aquí hasta la noche. Yo invito las copas y también el postre...

El concierto de mi Sigfri se realizó en el jardín de la escuela. Colocaron como setenta sillas de metal frente al entarimado. Había muchos padres de familia, menos por supuesto Ordóñez y su esposa. Yo sabía la razón. El hombre seguía en coma. Todos ahí sabían que mi hija le sacó un ojo a su hija. Nadie me lo echó en cara. Pero la gente me saludaba lo más rápido posible o de plano me sacaban la vuelta. Imaginé que por dentro se sentían contrariados porque, por otra parte, los maestros, alumnos y padres le tienen aprecio y cariño a mi hijo. No era fácil asimilar la situación. Yo era algo así como la madre de un ángel y un demonio.

Su contrariedad era la mía, además yo tenía otra, el que mientras en ese sitio se llevaba a cabo un festival donde mi hijo me llenaría de orgullo, al mismo tiempo mi hija estaba prófuga de la justicia. La noticia había salido en los diarios, no en primera plana pero sí como para que la voz corriera. Supe que había corrido suficiente cuando la madre Mieres me dio un abrazo y me dijo al oído: «Su cruz es grande pero no pierda la fe, señora Shultz.» Supuse que el no tener más a mi hija como alumna de la escuela le permitía esa generosidad de espíritu.

Las sillas a cada lado mío quedaron vacías. Se abrió el telón. En primer plano apareció mi hijo con su lindo uniforme color gris Oxford y su pelo largo color miel cayéndole por la frente. Inclinado sobre su guitarra le sacó las primeras dulces notas de *Here comes the sun*. El resto de los ejecutantes, violines, chelo y flauta transversa iniciaron el acompañamiento, entonces la cortina atrás de ellos cayó y apareció una gran pantalla con diversas imágenes de puestas de sol en distintas partes del mundo, y un sonido grabado por orquesta de la misma canción que los chicos ejecutaban perfectamente sincronizada. Una jovencita de tercer grado de secundaria, vestida también de gris Oxford pero con una falda tableada, caminó de izquierda a derecha, tomó un micrófono y con su bella voz de mezzosoprano cantó la canción.

Sentí que mi pecho estaba a punto de reventar de amor hacia mi hijo y de dolor al tratar de imaginar dónde podría estar Brenda. La vi arrastrarse en ciénagas imaginarias, la vi compartir colchones sucios y mantas con un grupo de niños de la calle y la vi esperar su ejecución en el corredor de la muerte. Pero de ningún modo pude visualizarla teniendo un futuro promisorio. Un golpe de aire me hizo sentir lo frías que eran las lágrimas que comenzaron a resbalar por mis mejillas.

Hacia el final de la canción una lluvia de papeles dorados comenzó a caer sobre los papás y las mamás. Alzamos la vista y descubrimos que los papeles salían disparados de dos grandes ventiladores colocados en la azotea del edificio principal. Esa lluvia de papeles fue tan intensa como los aplausos cuando se oyó el acorde final de la canción. Vinieron dos canciones más. Yo no las conocía, pero la interpretación de los chicos me pareció gloriosa.

El festival siguió adelante con otros grupos de la escuela que ejecutaron bailes y la obra *La muerte de un viajante*. Pero lo que se llevó las palmas, no cabe duda, fue el grupo de mi hijo. Más tarde padres, maestros y alumnos nos mezclamos para hablar, comer bocadillos y beber refrescos. Me di cuenta que lo propio era retirarme. Fui a darle un abrazo a mi niño y le dije:

—Éste es el comienzo.

Noté que sus ojos dulces me agradecían que me fuera al carajo.

Cuando se hizo de noche supe que ya no podía postergarlo. Ni siquiera tuve que decirle a Sigfrido que volvería más tarde ni darle explicaciones de adónde iba; él seguía montado en su nube de oropel. En unas cuantas horas ya había oficializado la constitución de su banda de rock pop. Ya había corrido a uno de los integrantes y puesto a otro. El grupo se llamaría *Strabenkampf* (pelea callejera); según yo nada que ver con Sigfrido o con sus amigos.

De camino a casa de Carlos le llamé por teléfono, le dije que pasaría a buscarlo. Dijo que no estaba en su casa y que no podía verme. Le expliqué que se trataba de algo urgente, inaplazable. «Lo siento —dijo—, de verdad no puedo.» Pero yo insistí hasta que lo convencí de vernos por lo menos quince minutos en algún punto de la ciudad. Aceptó encontrarnos coche a coche en la esquina de Xola e Insurgentes. Llegué puntual, él quince minutos más tarde. Bajó la ventanilla de su coche y me preguntó qué era eso tan importante.

¿De verdad el estúpido esperaba que habláramos de coche a coche?

—Lo siento —dijo—, pasó algo y no te puedo dedicar mucho tiempo.

—Tendrás que hacerlo, Carlos.

Hizo una mueca, avanzó hacia Xola. Yo me quedé ahí. Él volvió a pie y entró a mi coche.

—¿Está bien un café de Sanborns? —pregunté.

Se encogió de hombros.

Manejé sobre Insurgentes hacia el sur. Vi a Carlos de reojo y descubrí que vestía todo de negro.

—¿Quién se murió? —pregunté como frase de cajón.

—La enterramos el martes.

Acusé sorpresa.

—Pesaba treinta y ocho kilos. Un poco más con ataúd. ¿Qué más te digo? Bueno, que Cecilia me odia. Eso no es nuevo. Bueno, que, que, que sí, cocaína. Me acabo de meter un poco. ¿Y qué más? Que no quiero llorar. Mi nenita está muerta pero no quiero llorar. Me gasté la vida dándole el culo a la policía, a la ciudad, a todo el mundo, y a ella la descuidé. Bueno, ya te conté quién se murió. ¿Y tú qué es eso tan importante que tienes que decirme y que no puede esperar? —preguntó casi como un reproche—. Dilo ya para que pueda volver a casa de Cecilia. Estaba en medio del rosario cuando me hablaste.

—No sabía que eras creyente.

—Todo mundo debe serlo cuando lo exigen las circunstancias.

—Así que de nada le sirvió la clínica a tu hija...

—Fue demasiado tarde...

—De nada sirvió todo ese dinero que pagamos, Carlos, de nada.

Frunció el ceño.

—¿No dices nada, Carlos?

—¿Decir qué? —Se sobó la frente.

—Del dinero que gastamos en la clínica para tratar la anorexia de tu hija.

—¿Gastamos?

—Sí, gastamos. No, perdón. Gasté. ¿O tú y Cecilia pagaron algo?

—No tengo ni puta idea de lo que me estás hablando, Karina.

—¿Traes más coca?

—¿Cómo?

—Que si traes más coca contigo...

—No.

—¿No?

—¡Bueno, sí! ¡Sí traigo más coca! ¿Y qué?

—Date otro pericazo, te va a hacer falta.

—Está lloviendo —dijo al ver las primeras gotitas sobre el parabrisas.

—Sí —dije—, llueve. Ahora ponte a esnifar...

—No sé qué carajos te pasa a ti, ¿bebiste o qué?

—No, yo estoy lúcida. Lo único que tengo de más en la cabeza es el enojo, pero todavía puedo controlarlo.

—¿Por qué estás enojada?

—Porque me robaste. Bueno, no por eso. Eso no cuenta. Eso me pasa todos los días. Me roba el pendejo que pone cajas en la calle para estirar la mano y dejarme estacionar. Me roba el otro listo que me compone el coche y le descompone algo para que vuelva al día siguiente. Me robó mi abogado junto con el Ministerio Público cuando me hicieron pagarles dos veces por no entorpecer el papeleo cuando Brenda salió del reclusorio. Todo el mundo roba, Carlos. Tú no eres la excepción.

—¿Yo qué te robé?

—¿Me pasas mi bolso? —le dije—. Está atrás.

Se estiró al asiento, alcanzó el bolso y me lo dio.

—Ábrelo, yo vengo manejando...

Lo abrió, sacó la pistola y con gran sorpresa dijo:

—¿Qué es esto?

—Dámela. —Se la tomé de las manos sin ningún problema. La puse contra una de sus rodillas.

—¿Qué haces? —preguntó sonriendo.

Disparé.

Cuando abrió los ojos debió de darse cuenta de que se había desmayado unos segundos a causa del dolor.

—Debiste darte ese pericazo —le dije.

—Todavía puedo hacerlo —balbuceó adolorido. Metió una de sus manos torpes en el bolsillo y sacó una bolsita pequeña donde traía el polvo. Ese esfuerzo y tal vez el dolor le hicieron sudar en tres segundos—. ¿Quieres? —preguntó.

Moví la cabeza negativamente.

—Claro que no —dijo sonriendo—, la niña no, la niña es buena, la niña bien no se mete nada, la niña de Polanco no se mete mierda...

Me detuve en un semáforo. Carlos metió un dedo meñique en la bolsita, lo sacó con coca y aspiró.

—Qué carajos —dijo, y hundió la nariz en la bolsita jalando fuerte.

—Hablé con Ordóñez.

—¿Y qué te dijo ese comemierda?

—La verdad, me dijo la verdad. —Saqué la pistola de debajo de mis piernas, se la coloqué en la otra rodilla y le disparé de nuevo.

Esta vez no se desmayó. Pegó un alarido que se perdió a todo lo largo y ancho de la avenida Insurgentes. Y si consideramos que Insurgentes es la avenida más larga del mundo podremos dimensionar el tamaño del alarido.

—¿Me quieres contar? —le dije.

—A ver si no se me seca la garganta...

—Yo te la refresco.

—¿Con mi propia sangre?

—Suena tentador...

—¿Qué quieres que te diga? Antes de juzgarme piensa que de cualquier forma te quité la bronca de encima. Hablamos con Honorio Ordóñez, le dijimos que retirara la denuncia. Tú sabes cómo es necio. Tuvimos que darle una paliza para convencerlo. Le pegamos duro, nena...

—El dinero lo deposité en su cuenta las dos veces.

—Ay, nena —me miró—, nena, nena, nena —suspiró—. Le obligamos a que lo recibiera para que no sospecharas, y después se lo quitamos. Le tiramos media dentadura. Le picamos los brazos hasta que rogaba por más; eso no fue idea mía, Zavala tiene esos métodos. El carácter se le hizo chiquito al pobre diablo. Los gastos del hospital me estaban volviendo loco. Te habría pedido prestado, pero ya había perdido suficiente dignidad. ¿Hasta dónde se debe humillar un hombre, nena? Cierto que me compré ese Mustang y renté las oficinas de Polanco, pero te juro que tu dinero no alcanzó para todas esas cosas. Conseguí de aquí y de allá... Zavala me ayudó. Sabe de prestamistas, es lo suyo. Sólo quise levantar la cabeza. ¿En qué se convierte un hombre si no puede soñar un poco? Date cuenta que me lo habían quitado todo. ¿Sabes quién? Farfán. Ese hijo de puta, ese que se acostó contigo. No niegues que así fue. Lo leí en su diario. Sí, lo confieso. No me aguanté de leer el diario. El tipo me quitó la certeza de que alguien como yo, que no vale un quinto, puede llevarse antes que él un premio grande como tú. Y hasta muerto resultó que yo debía estar a su servicio. No fue justo. No lo fue. Antes de juzgarme piénsalo. ¿Fue justo?

—¿Sabes que si me hubieras pedido el dinero te lo habría dado?

—Lo sé.

—Preferiste robarlo.

—Al principio no lo pensé como robo.

—¿Entonces?

—Cuando el negocio de la agencia diera te lo devolvería con creces.

—¿Pero?

Sonrió:

—Sí, nena, siempre hay un pero...

—En este caso cuál...

—Zavala me dio una patada en el culo. Se quedó con la agencia. La gente está de su lado. Dice que no trabajarán conmigo. A fin de cuentas a mí me echaron de la policía. A él no. ¡Oye! —Intentó tronar los dedos pero no tenían fuerza—. Al que le deberías haber disparado es a él, ¿te das cuenta?

—No sé si matarte, Carlos...

—No digas estupideces, nena, tú nunca has matado a nadie. No tienes por qué hacerlo. Cargarías con esto para siempre en tu conciencia, yo sé lo que te digo... Tus pecados son otros.

—¿Cuáles?

—Si te los digo me vas a disparar en la cabeza.

—Puedo aguantar escucharlos. Quiero escucharlos.

—Bueno, nena, el primero es que eres una de esas riquillas de Polanco que piensan que la vida gira en torno a ti y a tus polluelos. ¿Y sabes algo? No es así. Porque no eres ni tan rica ni tan joven como para enloquecer a nadie. En cuanto a tus polluelos, ¿para qué hablar de Brenda? Leí el periódico. Anda por ahí escondida. Terminará como terminan los delincuentes. Muerta. Será muy triste pero quizás es la única forma de que no la veas degradarse. De Sigfrido qué te digo, es un remilgado. No digo mala gente. Remilgado. Lo que ese chico necesita es un par de sacudidas para hacerse hombre. Como dicen en mi pueblo, al que en su casa no lo educan en la calle encuentra padre. Ahí lo va a encontrar tu hijo, un padre cabrón, uno que lo agarre a chingadazos. Porque seamos sinceros, nena, él no es un hijo de papi como sus compañeros de esa escuela mamona donde estudia. ¿Qué más te digo? Ah, claro, aparte de todo me llevé un chasco el otro día cuando vi tu foto en el periódico, ésa sí que no me la esperaba...

—¿Qué foto?

—Una que te tomaron con el jefe de gobierno, Juan Mora, a ti y a varias gentes saliendo de un café...

—¿De verdad?

—Lo mirabas con una estúpida sonrisa.

—¿Y cuál es el problema?

—El problema es que me imagino que votaste por él.

—Insisto. ¿Y cuál es el problema?

—El problema es que ese tipo es un peligro para México.

—¿De verdad?

—¿Eres bestia o qué te pasa, nena? Ese tipo va a acabar con gente como tú. Acabará con los ricos, los medio ricos y después se seguirá con los pobres. Su misión es quitarle a todo el mundo su casa, sus ahorros y sus ganas de ir de vacaciones. Acabará con el país entero.

—¿Por qué haría algo así?

—Porque se lo tienen ordenado desde Cuba. Pero no hablemos de cosas que no entiendes. ¿Sabes cuál es tu problema? Te falta un poco de esto... —Se tocó la sien—. Como a todas las rubias...

—Bueno, ¿algún defecto más?

—No, cariño, en todo lo demás eres estupenda.

—¿Cómo te gustaría que terminara esto, Carlos?

—Como un sueño que nunca sucedió.

—¿Y en la vida real?

—¿En la vida real? Quisiera regresar al rosario de mi hija. Pero eso no es posible. Lo mejor es que me dejes en un hospital. Bueno no, en un hospital los médicos tienen la obligación de reportar a los heridos de bala. Conozco a un matasanos que atiende sin preguntas, el problema es que está un poco lejos.

—¿Dónde?

—En el norte y nosotros vamos hacia el sur. Es demasiado lejos.

—Escoge, Carlos.

—Si voy al hospital podría denunciarte. ¿Tienes miedo de que haga eso?

—No.

—¿Por qué no?

—Porque ya no tienes nada que ganar, Carlos.

Rompió a reír dolorosamente y dijo:

—Es verdad, ya no tengo nada que ganar. Conduce hacia el norte.

—¿Estás seguro? Aquí cerca hay un hospital.

—Puedo aguantar, Karina. Tú conduce.

—¿Seguro? Veo que te estás desangrando muy rápido.

—Tú conduce, yo voy a cerrar los ojos un rato, sólo un rato, conduce y no pienses, lo peor que puede hacer alguien que no tiene todas las de ganar es pensar, porque las ideas le carcomen el cerebro...

Dos días después hablé por teléfono con Manoli. Estaba en Madrid. Me convenció de que fuera a visitarla. Su argumento me convenció. «Tú, Karina, te crees invulnerable. A tus amigas nos ves como las débiles. Nos subestimas. Tu pecado es la soberbia. Pero ¿te digo una cosa? Esta vez la que está tirada eres tú. Así que ven a visitarme. Ya sé que sentirás angustia de estar lejos de México por si algo pasa con Brenda. Pero siempre puedes coger el primer vuelo y estar ahí al día siguiente.»

Durante las diez horas de vuelo tuve tiempo para recapitular. Pensé en Carlos Villanueva, en lo bien que se veía su cadáver cuando lo bajé del coche y lo dejé sentado contra un poste en una de esas partes solitarias de Insurgentes Norte. Me pareció un ángel muerto, un ángel pálido, hermoso. Me sentí una de esas arañas que matan al macho después del apareamiento. Lamenté que las cosas terminaran así. Me besé los dedos y los puse unos segundos en su frente. La peor de mis tristezas era que la vida lo había acanallado lo suficiente como para hacer de él un mezquino. Creo que al final era consciente de eso y le avergonzaba mucho.

Me quedé una hora más en el aeropuerto de Barajas, bebiendo café y pensando en una buena estrategia para hacerle modificaciones a mi vida. ¿Y si vendía La Garbo? ¿Y si me cambiaba el look? ¿Y si compraba una casa en Cuernavaca? ¿Y si aprendía horticultura? Y si, y si, y si. Una mujer siempre tiene muchos «y si» en la cabeza. Una mujer odia estar en la encrucijada de sus «y si». Sobre todo porque la mayoría de la gente resuelve las cosas como cuando vas al súper y no tardas mucho en escoger entre dos detergentes. Yo cuando me abrumo de mis «y si» rompo a reír mientras esbozo una risa de oreja a oreja; ya me estoy pasando brillo por los labios y descubro un nuevo «y si» que me suena bien.

Encontré a Manoli viviendo en un apartamento de cincuenta metros en La Chueca. «¿Qué haces aquí? —le dije—. Abres tu ventana y sólo ves putas, chulos y travestis. ¿Qué dirá tu confesor?» Manoli rompió a reír relajadamente. Quizá los «y si» se le habían acomodado bien en su cabeza al menos por un tiempo.

Por la tarde salimos a caminar. Me dijo que me presentaría a su novio pero que antes iríamos con una colombiana astróloga. Se llamaba Helen. Tenía esa frente esférica y hermosa de la gente de raza negra. Sus caderas eran bastante anchas y sus manos muy delgaditas. Le había hecho la carta astral a Manoli. Le dijo que su sol estaba mal posicionado en la casa doce, la del subconsciente, lo cual según Helen era como si el sol estuviera hundido en un lago. Pero que por otra parte su mercurio tenía muy buenos aspectos y eso la hacía cosechar buenas relaciones humanas. Le dijo: «Siempre tendrás un ángel de la guarda a tu lado.» Y ella me miró a mí.

Helen metió mis datos al ordenador. Se puso a estudiar los resultados concienzudamente mientras Manoli y yo preparábamos bocadillos de jamón y descorchamos una botella de Rioja. Me fascinó no sólo el hecho de que Helen fuera astróloga sino todo el conjunto; ella y su hermosa frente de negra, ella y su falda de algodón color tabaco, ella y sus collares de cuarzos, ella y su apartamento lleno de objetos esotéricos y flores. No era mi estilo pero vi en esa mujer cincuentona a alguien que había decidido tomar todos sus «y si» y buscado un rinconcito para ellos en este mundo cruel. Imaginé que había pasado por el matrimonio, quizás el marido se había vuelto a casar con alguna chica veinte años más joven que él, quizá tendrían un hijo adolescente, quizás Helen logró su metamorfosis y ahora era esa mariposa alegre y plena que compartía con nosotras un poco de su vida y del misterio de los astros.

Uno de sus finos dedos fue señalando la rueda mágica de mi destino escrito en las estrellas. Me dijo «eres aries ascendente leo, lo cual te hace fuerte, tenaz, vanidosa y un pelín histriónica». «Ésa soy yo», me dije. Mencionó que Plutón tenía cuadraturas y que varios planetas estaban en mi casa de escorpio. Esto hacía que me viera envuelta en cosas turbias relacionadas con la muerte.

—¿De verdad? —dije asombrada.

—¿Qué tal la casa del amor? —preguntó Manoli.

Enseguida las tres nos conectamos, la carta astral se fue volviendo un pretexto para hablar de amores fallidos y esperanzas rotas. Bebimos la botella de rioja mientras los hombres de nuestras vidas desfilaron como borregos que caminan al barranco del pasado.

A las nueve de la noche nos despedimos de Helen y Manoli me llevó a Sol donde nos encontraríamos con su galán, en una casa de juego. Vaya chasco. Manolo no era ni remotamente un chico como los de Efebo's sino un setentón de aspecto tosco y desaliñado pero con una mirada tan tierna como la de mi Sigfrido. Enseguida me trató con familiaridad. Nos hablamos de tú y nos gastamos bromas como si fuéramos dos viejos espíritus que vuelven a encontrarse. La gran diversión de Manoli y Manolo (podrían haber formado un dueto decadentemente setentero con sus nombres) era pasarse varias horas de la noche en las máquinas tragaperras. Especialmente echando monedas de un euro a unos grandes columpios que las agrupaban en montañas y que en cada vaivén prometían empujar a otras que vendrían en cascada a la charola, produciendo el inconfundible ruido del éxito.

Manolo era jubilado. Me contó que él y su esposa habían trabajado más de cuarenta años para la Nestlé, que entraron el mismo día y se jubilaron justo el mismo día. En ese arco temporal tuvieron hijos, adquirieron la hipoteca perenne de un apartamento, vieron morir a sus padres, nacer a sus nietos, compartieron alegrías y desencantos comunes y corrientes hasta que, de mutuo acuerdo, en cuanto tuvieron los papeles de sus jubilaciones firmaron el divorcio para tomar cada cual su rumbo.

—Ella se volvió a nuestro pueblo —dijo Manolo con su voz de fumador empedernido— y yo ya ves —miró a Manoli—, me quedé con la chica.

Mientras se iba al baño, Manoli me contó que llegó a Madrid junto con un chico del Efebo's, que el romance le duró tres días; el chico se había largado a Barcelona y ella justo una noche antes de volver a México pasó por una de esas casas de juego a tirar el rato y ahí conoció a Manolo.

—¿Y eres feliz? —le pregunté.

—No —dijo—, algo mejor que eso. Ya no pienso en el futuro.

Estuvimos un par de horas en las máquinas tragaperras. Perdimos cosa de cincuenta euros entre todos. Anduvimos de bar en bar, comiendo pinchos, bebiendo vino y cerveza hasta que nos sentimos lo suficientemente cansados y medio ebrios para irnos a dormir, además hacía bastante frío. Ellos insistieron en que no pasara la noche en mi cuarto de hotel de la calle Esparteros. Fuimos a su apartamento, despejaron su habitación para dormirse en el salón y que yo tuviera privacidad.

Me sorprendió oírlos hacer el amor. Uno deja de imaginar a sus amigas teniendo sexo cuando dejan de ser chicas veinteañeras. La oí gemir. Después todo fue silencio. Me arrepentí de no haberme quedado en el hotel. Quería estar sola para seguir pensando en mis «y si». Sabía que nadie podía oírme pensar pero de cualquier forma me resultaba incómodo. Oí una puerta abrir y cerrarse. Después pasos en unos escalones de madera, supuse que eran en la escalera del edificio.

Sentí calor y abrí la ventana. Desde ahí vi a Manolo hablar con un tipo a media calle. Por un segundo pensé en quitarme de la ventana pero no lo hice, seguí mirando. El tipo le dio a Manolo algo que me pareció un sobre. En ese momento Manolo alzó la vista y me vio mirarlo. Yo me aparté de la ventana. Volví a la cama y cerré los ojos.

Desperté cuando el sol iluminaba bien las cortinas. Cogí algunas cosas y salí despacio hasta el baño. Me di una ducha, volví al cuarto y me vestí. Poco después fui al salón y encontré a Manolo bebiendo café y fumando.

—Fue a comprar pan —dijo—, no tarda. Hay café...

Me lo serví y me senté frente a Manolo. Descubrí el paquete aquel que había visto que le entregaron en la calle, al menos me pareció que era el mismo. Manolo me vio que miraba el paquete. Se levantó y lo cogió. Era una bolsa de papel. Sacó de ella un fajo de billetes atados por una liga. Los medio contó delante de mí; alcancé a ver billetes grandes.

Los regresó a la bolsa y los echó en un cajón. Me dio la impresión de que debían de ser por lo menos unos diez mil euros.

—Dice Manoli que tienes un lugar de antigüedades.

—La Garbo, así se llama.

—¿Recibes pensión de tu marido muerto? —preguntó—. Manoli me contó.

—Sí, recibo pensión.

—Qué bien.

—Sí, algo ayuda.

—Eso —dijo—, eso es lo importante... Un poco de aquí, otro poco de allá.

—Siempre he creído eso.

—Ya somos dos. Yo no podría vivir sólo con lo de la jubilación. Además uno de mis hijos está en el paro y yo le ayudo. Tiene un bebé, la mujer está estudiando para la oposición. Hay que tenerles paciencia. Manoli dice que tú tienes dos hijos.

—Sí, dos.

—Haces bien en buscarte la vida. Un poco aquí, otro poco allá...

—¿Y tú qué haces, Manolo?

—¿Yo? Yo soy un jubilado.

—¿Y lo de un poco aquí otro poco allá?

—Hago encargos... Resuelvo cosas y me pagan...

—Eso se oye bien...

—No me quejo. Pero tampoco me va a durar mucho. Ya no tengo veinte ni cuarenta ni cincuenta...

—¿Y eso es necesario para hacer lo que haces? Digo, ¿una mejor edad?

—Digamos que sí, digamos que ya estoy cansado...

—Entiendo...

—¿Sabes algo, Karina? Creo que tú y yo nos parecemos mucho.

—Sí, tal vez sí...

—¿Te preocupa que pueda lastimar a Manoli?

—No.

—Mejor. Pero si te llega a preocupar quítate esa idea de la mente. ¿Vale?

—Si la llegas a lastimar vendré a buscarte...

Manolo esbozó una sonrisa y dijo:

—Ya lo creo, no tengo la menor duda de que sí vendrías. Del mismo modo en que yo iría a buscarte a ti si estuvieras enrollada con un hijo mío y lo lastimaras...

Manoli volvió con la bolsa de pan.

—¿Me estaban engañando? —preguntó.

Le sonreímos. Pasamos el resto del día juntos y por la noche me llevaron al aeropuerto. Manoli y yo nos dimos un abrazo fuerte y me dijo al oído:

—No te preocupes por mí. Ya me puedo cuidar sola. Ya soy niña grande.

En cuanto puse un pie en mi casa recibí la llamada de Fénix. Me pidió que me viera con Mei y acatara sus instrucciones, así, con esa palabra. No tuve objeción, quería sumar ceros a mi cuenta de ahorros. Nos citamos en un café de Santa Fe. Como siempre se presentó con un atuendo que no dejaba lugar a dudas de que su belleza me opacaría, esta vez una blusa ultravioleta con cordones a la espalda. Lo que se veía de esa espalda tenía un aspecto terso.

En cuanto mencionó el nombre del siguiente objetivo estuve a punto de quemarme la boca con el café caliente. Lo de Juan Mora no había terminado. Me anotó una dirección en una servilleta y se fue sin siquiera ofrecer pagar la cuenta. La cita era en dos horas. Tiempo suficiente para comprarme algo de ropa ya que estaba en el centro comercial. Fui a un par de tiendas, adquirí unas botas altas de ante, dos blusas y suficiente ropa interior como para desechar la que tenía en mis armarios. Me probé una blusa del color de la de Mei. No se me veía mal pero me dije: «¿Qué estás haciendo, Karina? ¿Cuándo has necesitado imitar a nadie?» Y la deseché. Puse todo en la cajuela del coche y partí hacia el lugar de encuentro.

Llegué al Parque Hundido cuando la luz de la tarde se cegaba sobre los edificios y las luces en algunas ventanas comenzaban a darle ese aspecto a la ciudad de noche tranquila. Minutos después apareció Mei. Cruzamos el parque. Un grupo de chicos guardaron silencio al vernos pasar. Pude sentir sus miradas en nuestras espaldas. No me sentí en peligro. A ellos sí.

—¿Tienes miedo? —me preguntó Mei.

Le dije que no. Nos detuvimos frente a un edificio a la orilla del parque. Me dijo que diera un nombre falso al conserje. Le pregunté qué haríamos en caso de que nos pidiera identificaciones. Dijo que no lo haría. Y en efecto, el conserje sólo nos pidió que firmáramos en el cuaderno de visitas. Me hizo ilusión poner «Greta Garbo» y eso hice. Pero el tipo ni siquiera se fijó.

Subimos en el ascensor hasta un cuarto piso.

—Okey —le dije a Mei—, voy a marcarle a Fénix para saber qué hacemos aquí.

Fénix no me tomó la llamada.

Mei me miró como esperando mi decisión. Opté por ir con ella. Llamó a la puerta del apartamento 1002. Un chico rubio y alto abrió.

—Hola —dijo Mei.

—Hola —respondió aquél, y se dieron un beso muy casual en los labios.

—¿Y tú eres? —El chico me lanzó una mirada.

—Karina.

Nos hizo pasar. El espacio era un lindo loft con muebles en color arena. Había un cuadro rectangular de unas africanas mojándose alegres bajo la tormenta. El chico nos ofreció mojitos. Los preparó con muchas hojas de hierbabuena y hielo frappé.

—¿Y cómo te llamas? —le pregunté.

—Bernard —dijo él.

—¿Y de dónde eres?

—Mexicano.

—Tienes algo de nórdico y de indio al mismo tiempo.

—Algo hay de eso, sí...

—¿Por qué no pones música? —le sugirió Mei.

—¿Thelonious Monk les parece bien?

«Me importa un carajo», pensé sonriendo porque no conocía al tal Monk.

El chico se desplazó hacia el aparato de música. Su andar era el de una gacela suave pero viril. La música inundó el espacio. Tocaron la puerta. Bernard abrió y oh, sorpresa, el visitante era Ángel. Se dieron un efusivo abrazo. Vinieron hacia nosotras y nos regalaron unas de esas sonrisas que les nacen a los niños cuando están frente a un aparador con postres.

—¿Qué beben? —preguntó Ángel.

Le mostré mi vaso.

—Me sumo. —Ángel se desplazó a la barra, miró que ya no había hielo frappé. Echó unos cubos a la licuadora y la encendió. Bernard se sentó en el costado de un sofá al lado de Mei. Ella le puso una mano encima de una pierna. Él se estiró para besarla. Mei le tiró de un brazo y él le cayó encima echándose a reír.

Ángel regresó con su mojito, se sentó y cerró los ojos balbuceando la melodía que estábamos escuchando. Bernard me acarició una mejilla. Mei le desabotonó la camisa y le pasó las yemas de los dedos por el abdomen mientras él me daba un beso que me produjo más ternura que deseo. Mei se puso de pie y comenzó a mover el cuerpo, rítmicamente. Dejó caer la ropa y su cuerpo perfecto quedó en bragas. Estiró la mano a manera de invitación. Bernard se puso de pie y comenzaron a bailar sin tocarse mientras Ángel y yo nos mirábamos de frente.

Mei cogió a Bernard de las manos y sin dejar de contonearse se lo llevó hasta desaparecer de nuestra vista.

—El mundo es un pañuelo —dije.

—Un pañuelo desechable —replicó Ángel.

—¿Cómo va todo con tu padre?

—Otra vez nos distanciamos...

—No me digas, pobrecito de ti. ¿Y esta vez por qué? ¿Esperabas que con su nuevo puesto te fuera mejor? ¿Quizás esperabas algún nombramiento?

—No me gusta la política.

—¿Entonces qué pasó?

—El viejo y yo somos lo que se dice agua y aceite.

—Tú debes de ser el aceite; espeso y malo para el corazón...

—¿Por qué no te relajas? Estamos aquí para pasar un buen rato.

—No me había dado cuenta. ¿De veras?

—¿Tu amiga no te dijo que pagó dos mil dólares por el show?

—Guau...

—Sí, Guau. —Ángel cogió su vaso y vino a sentarse a mi lado—. Dime, ¿qué hiciste con las fotos...?

—Quedaron arrumbadas por ahí...

—¿Por qué no las llevaste al periódico?

—¿Otra vez con eso? No soy periodista. Te lo dije varias veces.

—¿Entonces qué eres? ¿A qué te dedicas?

—Soy anticuaria.

—¿Y para qué querías las fotos?

—Te vas a quedar con la duda...

Iba a decirle un poco más pero comenzamos a oír gemidos y sin querer prestamos atención como si escucháramos una conversación. Uno de los gemidos era de Mei, lo reconocí porque su ruido era mucho más agudo como el de la mayoría de las orientales. Pero ella no era la que más gemía. Él lo hacía de forma constante y ponía en ello un algo como de súplica.

De pronto, cortaron.

Ángel me miró como si estuviera muy orgulloso de su amigo.

—¿Otro mojito? —preguntó.

Le di mi vaso vacío y fue a prepararlo.

Mei vino de nuevo, su piel desnuda tenía un ligero brillo de sudor que me la hizo parecer despojada de belleza. Cogió la blusa del suelo y se la puso. Vino a mi lado y se sentó cruzando las piernas encima del sofá. Sus pies eran previsiblemente pequeños y graciosos.

Ángel trajo mi bebida y le preguntó a la oriental:

—¿Dónde dejaste a Bernard?

—Ahora viene —respondió ella—. Ven, siéntate en medio de nosotras...

Ángel obedeció. Mei se le montó encima. Lo acarició con el pubis hacia atrás y hacia delante. Ángel se ancló de sus pechos. Una mano de Mei me sujetó la mía y, para mi sorpresa, también la llevó a sus pechos, que me resultaron más firmes de lo que pude imaginar.

Comenzó a murmurar unas palabras que no pude comprender, pero que me parecieron en japonés. De pronto su mano derecha se movió rápidamente, sacó un estilete de su cabellera y lo pasó una sola vez por el cuello de Ángel, de lado a lado. Los ojos del chico se hicieron grandes. Una línea de sangre se le dibujó en el cuello. Me aparté por puro instinto. Lo miramos convulsionarse. Yo con sorpresa y Mei inexpresiva.

De pronto la oriental dio dos pasos hacia mí. No supe qué hacer, prácticamente la dejé clavarme el estilete en un hombro. Y cuando lo sacó el dolor me hizo caer en el sofá. Ella vino de nuevo pero esta vez giré muy rápido. Caí de nalgas en el piso. Mei se lanzó con todo su cuerpo, la contuve por las muñecas. No me fue difícil doblarle una mano hasta que la escuché tronar. Pensé que aquello iba a representar mayor problema. Su fragilidad me sorprendió. Le quité el estilete y se lo hundí en donde consideré podía estar su hígado.

—¡Ay! —gritó con su voz aguda.

Se tambaleó hacia atrás y tropezó con el muerto.

Dejé caer el estilete. Mis manos temblaban con fuerza. Me bebí el resto de uno de los mojitos, quizá no el mío. Comprendí que debía limpiar todo ese desastre y hacer algo conmigo porque comenzaba a sentir el brazo dormido desde la altura del hombro, que sangraba.

—¿Por qué? —le pregunté a Mei.

Ella sólo volvió a decir «ay».

—Te voy a matar, cabrona —le advertí—. Dime cuál fue la orden...

—¡Ay!

—¡Ay la putita de tu madre! ¿Cuál era la orden?

—¡Ay! ¡Ay! ¡Ay!

No dejaba de quejarse y de sollozar. De pronto se había convertido en una niña y se veía de ese modo. Sólo le faltaban las coletas para ser todo una Lolita desvalida y peligrosa.

La arrastré de la mano rota.

—¿Cuál fue la orden? —volví a preguntarle.

—¡Matarte! —exclamó.

—¿Matarme? —repliqué absurdamente sorprendida—. ¿Fénix?

Mei se desmayó. Le di una bofetada pero no conseguí que volviera en sí. Fui con el estilete al baño pensando que Bernard lo había visto todo y que no valía la pena que se quedara sabiendo demasiadas cosas. Pero al abrir la puerta lo encontré en el piso desnudo y amarrado con una larga seda que le sujetaba manos, pies y garganta.

Estaba muerto pero aún tenía una erección.

Volví a la sala, Mei ya no estaba ahí. Miré hacia todas partes y seguí su rastro de sangre. Se había refugiado en la cocina. Sentada contra el refrigerador. Cubría su herida con un trapo. Pero ya estaba muerta.

Conocí a Jazz en el barrio chino, aunque él era italiano. Y tenía ese apodo por obvios gustos musicales aunque su nombre era Salvatore Romano. Había llegado a

México en alguna de esas oleadas de extranjeros que venían de Europa cuando las cosas eran al revés y allá había hambre y aquí futuro. Siempre estaba en ese barrio del centro porque le gustaba la comida china. Fénix me había encargado ir a buscarle y me dio sus señas. Era como muchos italianos un tipo buena facha, pelo oscuro y ojos de entender lo que necesita una mujer. Le di la tarjeta que Fénix me dio para él, dejó a medias el shop sui y me pidió que lo acompañara a buscar su maletín a su cuarto en el hotel Marlowe; ahí vivió cosa de siete años hasta que se cambió a un apartamento en la calle Dolores.

Después nos fuimos en mi coche y ninguno de los dos dijo nada en el camino. Lo llevé frente a ese chico que se llamaba Tomás Manjarrez, al cual teníamos en un cuartucho de la colonia Morelos, herido de bala porque se había resistido al secuestro. Yo nunca había secuestrado a nadie. De hecho no lo hice con Manjarrez ni me metería en ésas. Tampoco Fénix, pero, de alguna forma, alguien conectado a él lo había hecho y ahora Fénix estaba haciendo una especie de enmienda a algo que no debió ocurrir. Jazz le revisó muy rápido y preparó todo para sacarle la bala que tenía cerca del cuello.

—Es muy probable que de todos modos muera —dijo Jazz—. Ya perdió demasiada sangre y no parece un chico fuerte.

Recordaba esas palabras dichas hace años mientras lo veía efectuar en mí una operación parecida a la de entonces. Me limpió la herida del hombro, me inyectó antibiótico y dijo que sanaría. Yo le pedí que no le avisara a Fénix. Hizo una seña de cierre en su boca y me preguntó si aguantaría llegar hasta mi casa con el dolor para que allá me pusiera yo misma una inyección y me durmiera por lo menos doce horas. Le pedí que me la pusiera ahí mismo y me dejara dormir en su sala. No quería ni podía llegar herida a mi casa. Era más sencillo no llegar. Mis hijos siempre se quedaban con la idea de que me había ido de parranda con Carlos. Ahora Carlos estaba muerto pero Sigfrido no se daba cuenta de nada a menos que se lo dijera.

Jazz me inyectó. Cerré los ojos sabiendo que quizá no volvería a abrirlos nunca. Y bien. Sí. Aquel chico Manjarrez no pasó la noche. Fue una tragedia. Un tal Poncho Cabaña lo había secuestrado para pedir al padre cincuenta millones de pesos. El padre era dueño de una cadena de artículos de viaje; maletas, portafolios y demás. Fénix obligó a Poncho a poner el cadáver en un ataúd y a dejarlo en una camioneta cerca del Ajusco. Hizo una llamada anónima. El padre pudo velar a su hijo. Poncho huyó de la furia de Fénix pero no se enmendó. El secuestro en México comenzaba a ser una buena fuente de ingresos. Tiempo después me enteré de que Poncho y Fénix eran primos. Poncho apareció un día muerto y sin cabeza. Yo no hice preguntas al respecto.

Cuando desperté me asomé a la ventana y al ver la calle llena de movimiento, tiendas de lámparas y demás tuve la certeza de que una vida nueva estaba a mi alcance. Qué fácil era cambiar, sencillamente cambiar de vida. Esa decisión estaba en manos casi de cualquier persona. Una mudanza, una nueva identidad incluso usando el mismo nombre. Ser otro de un día para otro. Pero nadie hace una cosa así por mucho que su vida se esté convirtiendo en un jirón de sinsentidos. Nadie se va, nadie deja su cascajo de cotidianidad y de recuerdos, se aferra a ellos como si aún tuvieran vigencia. Y la tienen porque se les trae a la mente creando una extraña percepción de la realidad. Le damos un valor al pasado que no tuvo. Así me sentía yo, no era capaz de ser otra por muy al alcance que estuviera. Dedicaba muchas horas del tiempo a pensar en mis hijos, no de forma continua sino en impactos de imágenes. Los veía niños. Me veía comprándoles bañadores en Woolworth. Me veía poniéndoles orden en la mesa. Me veía sufriendo por cosas que pudimos superar como el sarampión, la varicela, el examen para entrar a la secundaria. Nada de eso lo compartí con Günther; de haberlo hecho nuestros hijos serían otros. En este sentido tuve una versión de Sigfrido y Brenda distinta a la que pudo ser. Cosa de realidades paralelas, cosa de que las cosas nunca suceden como las planeamos. Cosa de que los muertos se llevan consigo su capacidad de transformar nuestras vidas.

—Miro por la ventana, sólo miro por la ventana —dije al oír que detrás de mí se abría la puerta.

Giré. No era Jazz. Era Fénix bañado por la luz del sol. No me sorprendió que Jazz no cumpliera su palabra. De hecho descubrí que no quería huir de Fénix ni de nadie. Estaba cansada.

—Karina...

—Fénix...

—Qué gran error, qué vergüenza contigo. Todo esto se salió de control. Mei lo hizo por su cuenta. No —aclaró—, no lo del hijo. Él era el objetivo. Lo tuyo fue su agenda personal. Parece que tienes algo que atrae a las perras. No estoy justificando la situación. Pero tienes que reconocer que Mei y Aleja tenían algo en contra tuya. Te confieso que de haberle salido bien las cosas yo no podría haberle objetado mucho. Dos bisexuales y una rubia terminan en una orgía de sangre. Ésa no era la idea original. No contigo. Con los dos chicos bastaba. Y bastó. Está en el periódico y en las noticias.

—¿Por qué él y no Juan Mora?

—Los caminos del Señor son misteriosos...

—¿Mencionan que Ángel era hijo de Juan Mora?

Fénix me sonrió benevolente y dijo:

—Me fascina alguien que es capaz de matar a sangre fría y sigue siendo ingenuo...

No supe si me estaba haciendo un cumplido. Tampoco podía dar por cierto que él no tuviera nada que ver con lo que me hizo Mei. Pero no podía hacer otra cosa que escucharle. Así que fui a sentarme en el borde de la cama y él fue a robarme mi sitio junto a la ventana donde daba el sol.

—La granada, ésa es la técnica que decidió el cliente...

Imaginé que le tirarían una granada al vehículo de Juan Mora y ahí se terminaría todo.

—La granada es la única fruta que tiene frutos independientes y prácticamente simétricos. La gente en el poder se constituye como una granada, desde sus más cercanos allegados hasta el chofer, los escoltas, el que le limpia los zapatos, las mujeres que hacen el aseo en su casa, la esposa, los hijos, las amantes, todos se van integrando en torno a él de forma comprimida; sabes quién es la figura mediática importante, pero si no fuera por eso él sería sólo una parte más del fruto. Él está en todos. Todos están en él. Su gente termina por adoptar sus virtudes, sus defectos. Quítale a él los pequeños frutos y no quedará nada. No hay que morderlo como se hace con una manzana, no hay que cortarlo como una naranja. Desgranar es una operación sutil, paulatina y perniciosa. Desgrana lo que constituye al hombre y desgranarás sus ideas. El primer desgrane ya ocurrió. Fue ayer. Mei y tú lo llevaron a cabo. El evento ni siquiera está en primera plana. Aparece en un periódico sensacionalista.

Jóvenes pervertidos, muerte horrenda, sexo duro. El tipo ahorcado con el pene tieso fue prodigioso. Mei tenía eso. Arte. Punto fino. La echaré de menos. Era una ejecutante nata de primer nivel. ¿Quién lo sabrá? ¿Quién dirá que uno de esos chicos era hijo de Juan Mora jefe de gobierno? Nadie. El sufrimiento será absolutamente personal, íntimo, hermético y por lo tanto con mayor poder de putrefacción. Mañana Juan tiene que estar en el pleno para promover enmiendas a ciertas leyes de transparencia de la información. ¿Quién estará en su sitio? ¿Quién tomará el lugar de Juan Mora mientras él vive su duelo? Te voy a decir quién. Nadie. Acaso el nuevo Juan Mora, el Juan Mora vulnerado. Sus enemigos, nuestro cliente, tienen seis años de trabajo. Seis años científicamente divididos en periodos. Seis años divididos por expertos en psicología, antropología social, historia, proyección de escenarios, cálculo de riesgo, matemáticos, estadísticos, todos ellos coordinados para decidir cuándo, cómo, dónde y de qué manera se le administrará al objetivo cada dosis de vulnerabilidad: la medicina que habrá de convertirlo al final del tratamiento en un ser invisible, frágil, desgranado. Y todos esos eventos, Karina, habrán de ser lo que son para cualquiera de nosotros, el brutal sentido de la vida cotidiana. El destino que está escrito en las estrellas. La fragilidad del ser. El precio ontológico de la mortalidad. Cuando estos seis años se terminen Mora no sabrá qué tren lo arrolló. Sumará todas sus desgracias. Y en un destello de lucidez se preguntará si la cuchara que está levantando con sopa en ese preciso momento es también parte de un plan maléfico en su contra. Quizá sí. Mañana van a secuestrar a uno de sus rivales. Un hombre muy poderoso. El secuestro tendrá un tiempo efectivo de sesenta y seis meses seis días seis minutos. No me preguntes por qué ese tiempo tan simbólico. Cosa de estadísticos. Pero son casi los seis años de gobierno. El grupo que se atribuirá el secuestro irá exponiendo, paulatina, escalonadamente, las causas del mismo; injusticia, rezago, despojo, pobreza, hechos incontrovertibles que apuntan a la mafia en el poder, a los Illuminati, al Fondo Monetario Internacional. Y al final, cuando el hombre sea liberado y nuestro otro hombre, el objetivo, se postule a la presidencia, se sacará a la luz cómo su campaña fue financiada por ese mismo grupo que secuestró a su enemigo. Qué desprestigio. Ese evento será una dosis más de vulnerabilidad. Con todo esto lo que trato de decirte es que no hay escapatoria. La vida de Juan y sus tropiezos ya están puestos en un archivo binario. Cuándo nacerá su primer nieto. Qué día perderá una muela del juicio. Cuándo vivirá el amor a primera vista. De qué forma se va a enterar de la traición de ese gran amor. Desde lo más simple hasta lo más complicado. Todo formará parte de una agenda que no fue escrita por él. La lucha del cliente será imponer esa agenda a la agenda que sus allegados le tienen lista. Tú, yo, otros más, somos piezas que alguien mueve para que movamos a otras piezas que terminen por desgranar el objetivo sin dispararle un solo tiro. ¿Te parece extremo? ¿Te parece una perversión orquestada por la extrema derecha? No te fíes. Del otro lado sucede lo mismo. No hay líder importante que no esté agendado sin importar su filiación política o ideológica. Te lo dije una vez, Karina, nuestros métodos están en extinción. ¿Cuánto cuesta contratar un sicario para que ahora mismo vaya y le pegue un tiro en la cabeza a Juan Mora? Te consigo siete por quinientos pesos cada uno. Ninguno fallaría. Ninguno diría quién le dio la orden porque esa información no la sabría a ciencia cierta. Pero qué vulgar. Qué poco redituable matar a Mora y convertirlo en mártir. Tú, Karina, sales cara. Eres una sicaria artesanal. No estás hecha en serie. No eres negocio. No te ofendas, pero no lo eres. Así que en trabajos como éste sólo nos queda ser peones. Eres un peón al que acabo de ingresarle treinta mil dólares por lo que hiciste ayer. Soy un romántico. Pude darte diez mil. Pero añoro esos dulces que todavía se fabricaban a la antigua dejando que el azúcar se cociera a fuego lento. Trataré, en la medida de mis fuerzas, que no se pierda la tradición de matar a alguien como Dios manda. No es ironía. Caín mató a Abel con una quijada de burro. Yahvé montó en cólera. «¿Una quijada de burro?», dijo indignado. Luego dio el ejemplo de la forma correcta. «Mete al hombre en el estómago de un pez como hice con Jonás. Inféctalo de lepra y quítale esposa, hijos y riquezas como a Job. Ordénale sacrificar a su hijo como le ordené a Abraham hacer con Isaac. Y después, querido amigo, retráctate hasta el punto donde le hagas ver al pobre diablo lo frágil que es su vida y lo impredecible que es la fuerza de tu puño.» Mi querida Karina; existen tres formas de acercarnos a la realidad. La ciencia, la intuición y la fe. Nadie reza porque dos más dos sean cuatro. Ni siquiera los fundamentalistas. Pero tampoco los científicos se rompen el alma por meter a Dios en una probeta. Tú y yo la mayoría del tiempo estamos en el camino de en medio. El de la intuición. Nuestra intuición nos guía. Sabes que debes hacer algo sin saber por qué lo debes hacer ni por qué sabes que lo sabes. Las masas estamos hechas de incertidumbre. Ésa es nuestra quintaesencia. La fe y la ciencia tratan de meternos en el redil todo el tiempo. Nuestra intuición es reprobable. La ciencia y la fe odian nuestra intuición porque la intuición es impredecible. La intuición es el camino del artista. Tú y yo somos artistas.

No hay un mejor motivo para nuestras vidas que la incertidumbre de buena voluntad. No te mueve Dios ni Einstein. Te mueve algo que no puedes definir, pero que es tan auténtico como la razón y tan válido como sentarse a rezar de cara a la Meca. Así que Karina, eres una santa, cuídate pero no demasiado. No hay mucho que puedas hacer. Al final siempre estarán ahí los avatares del orden, de la salud, de la religión para meterte en su redil. Vete de aquí y no vuelvas a cometer errores. Perdóname los míos. Nos veremos pronto y, ah, no te enojes con Jazz, me habló porque te estima y sabe que puedes confiar en mí.

Luego de aquella extraña clase de filosofía y en cuanto Fénix se fue, le escribí unas cuantas palabras de agradecimiento a Jazz y salí deprisa de aquel sitio.

Tal como lo pensé Sigfrido no me hizo demasiadas preguntas sobre mi ausencia. Mientras ensayaba con sus *Strabenkampf* me dijo:

—¿Pasaste la noche con Carlos?

—No, hijo, Carlos está muerto.

—No bromees con esas cosas, mamá...

—No bromeo. Murió en un asalto.

—Bien... Y *one, two, three...* —comenzaron a hacer sus percusiones.

Fui al baño, me desnudé despacio y me miré el hombro en el espejo. Jazz había hecho un buen trabajo, pero la herida no dejaba de verse horrible. Pensé en Mei y de pronto sentí que cuando pasara el tiempo y me viera la cicatriz recordaría a esa japonesa con algo de nostalgia; sobre todo por su belleza grácil y su buen porte.

Mientras tanto que se pudra.

—Señora —me dijo Areli—, ¿me puedo ir temprano hoy? Mi sobrino ya cumple un mes...

—Claro, ve.

Le di doscientos pesos y se fue contenta.

Decidí dormir temprano. Mi antibiótico. Mi antiinflamatorio. Una libreta y una pluma para hacer una lista de las cosas que haría a partir del día siguiente. Lo primero que puse fue «No matarás». Lo cual no se refería a no volver a hacerlo nunca sino a ser más selectiva con los siguientes objetivos. La primera regla, no volver a trabajar con otras mujeres. La segunda, nada relacionado con la política (todo ese asunto de la granada y desgranar era demasiado para mí). También anoté dos sueños que había postergado por muchos años, de esos que uno sabe que existen pero que no nos atrevemos a darnos. El primero que uno de esos tipos fornidos me diera un masaje desde las puntas de los pies a la cabeza. Un masaje de verdad, nada de sexo. No me gustan los hombres anabólicos. Me dan asquito. Pero me imagino que deben ser buenos para dar masajes. El segundo sueño era llenar la tina con leche de cabra y bañarme al estilo Cleopatra, si es que eso de sus baños de leche fue cierto. Mi tercer propósito sería conseguirme un nuevo novio. Quería un cincuentón de pelo platino, buen porte y que tuviera en su vida una de esas tragedias que los vuelven un poco más humanos y sensibles. Es decir, que no pedía mucho. Eso sí, que no fuera policía ni político; nada que implicara robo ni mentiras.

No se me ocurrió más porque empecé a cabecear de sueño.

Sonó el teléfono. Contesté adormilada lista para decir «no me fastidien» y colgar de nuevo, pero la voz me cortó la respiración.

—Voy enseguida —dije.

Cuando mis hijos eran niños, los domingos los llevaba a la Iglesia de la Inmaculada Concepción, en Coyoacán. Enfrente estaba la Capilla de la Conchita. Con una hermosa virgen de rostro no doliente sino feliz. Un cura me contó que había sido hecha construir por Hernán Cortés y que los libros de historia mencionaban que, en los alrededores, había prístinos manantiales que abastecían a la Gran Tenochtitlán.

Conduje hasta Coyoacán. Dejé el coche a una calle de la iglesia y me paré frente a la capilla. Cerré los ojos y visualicé por un segundo el recuerdo de aquella virgen sonriente. El aroma suave de las hueledenoche y el ruido de las hojas de los árboles alborotadas por el viento me hicieron sentir cierta pena por todos esos muertos a los que privé de sus sentidos. Pero como siempre, evadí pensar en eso. No servía de nada, no les hacía bien a ellos ni me hacía bien a mí. Abrí los ojos y empujé el portón; ofreció la resistencia previsible de un objeto viejo y pesado. Nada como para no seguir empujando con fuerza hasta que conseguí un espacio por el cual cupo mi cuerpo perfectamente.

Olía a polvo y orín de gato. Las luces del alumbrado de los postes afuera de la capilla alcanzaban a iluminar el interior gracias a los vitrales color azul de Prusia a los costados de los muros. Di unos cuantos pasos. Desde esa distancia no podía comprobar la sonrisa de la virgen.

—¿Dónde estás? —dije—. Ya llegué...

No hizo falta hablar más fuerte para que mis palabras se oyeran claras y reverberantes. Pero no tuve respuesta.

Hasta ese momento sabía que a los costados se intercalaban estatuas de diferentes santos, los recordaba bien. Me detuve a mirar a uno. Lo tomé por una coincidencia. No lo fue cuando di cinco pasos y miré al siguiente, más pasos y al siguiente, y al siguiente, y crucé una banca larga para mirar a los santos del otro lado. Todos y cada uno de ellos tenían el yeso raspado y blanco donde deberían tener los ojos.

—¿Vienes sola?

—Sí

—Acércate.

—¿Dónde estás? No veo bien.

—Aquí...

Intenté que el «aquí» se me quedara en la mente para saber de dónde había provenido, pero se diluyó enseguida. Sin embargo, comencé a oír una respiración suave, dificultosa. Y me guie por ella. Entonces vi su figura grande agazapada en un hueco de uno de los muros. Estaba oscuro y no alcancé a descifrar de qué forma tenía el cuerpo colocado, pues aunque se veía encogida tenía las piernas estiradas.

—Tienes que venir conmigo, hija.

—¿Adónde?

—A casa.

—No puedo. Me buscan. Tú sabes que me están buscando.

—Te enviaré lejos...

—Le disparamos a un poli. ¿Está muerto?

No quise decirle que sí.

—Ellos también nos dispararon a nosotros...

—¿Estás herida?

—Yo no, él sí —dijo, y movió una mano.

Entonces entendí cómo estaba colocada. Encogida. Las piernas eran las de otro acostado con la cabeza en el regazo de Brenda.

—¿Quién es? —le pregunté.

—El Mamut. Mamut, saluda. Es mi madre. Nos trae dinero. ¿Traes dinero, madre?

—Sí...

Un suave gruñido salió del hueco.

—¿Es grave lo que tiene?

—Un rasguño de bala. Pero se le infectó. Y le duele. Está caliente.

—¿Cuánto tiempo lleva así?

—Días, ya perdí la cuenta...

—Tenemos que llevarlo a un médico.

—El médico nos denunciaría.

—Conozco a uno que no.

—Me estás mintiendo.

—No.

—Júralo.

—Te lo juro.

—Estamos en una iglesia, no deberías jurar en vano.

—No estoy jurando en vano.

—¿El policía está muerto?

—Sí.

—La gran puta.

—Brenda...

—Lo siento.

—¿Dónde está el otro?

—¿Qué otro?

—Me dijeron que eran tres.

—¿Quién te lo dijo?

—En la delegación.

—Pues sí, éramos tres. Pero Maco 29 se fue. Debe de estar en la frontera sur.

—¿Quién es Maco 29?

—Lo conocí en Internet. Él me convenció de que lo mejor era vengarme de los Ordóñez. Sólo queríamos darles un susto...

—Déjame ver cómo está el Mamut.

—Acércate, mamá. ¿Traes dinero? Vamos a necesitarlo...

No respondí. Me acerqué al hueco y vi la sombra del muchacho. Su olor a podrido me pareció muy mala señal. Le toqué la frente, no estaba caliente sino frío, casi helado. Cuando sintió mi mano lanzó un largo gruñido. Agonizaba. El Mamut agonizaba. Moría de gangrena. El rasguño de la bala lo había matado. No, el rasguño no, el miedo. La falta de pericia, el no vivir la vida al margen, realmente al margen y conocer a alguien como Jazz. La falta de huevos y de sangre fría para matar a quien hiciera falta.

—Se va a curar, ¿verdad? —me preguntó Brenda.

—¿Quieres la verdad? —pregunté.

Entonces, Brenda rompió a llorar.

—Les saqué los ojos a los santos.

—Sí, me di cuenta.

—¡Pero me siguen vigilando!

—Tenemos que irnos ya, chiquita...

—¿Y el Mamut? —chilló Brenda.

—El Mamut ya está muerto.

—¡Llama a la policía!

—No tenemos por qué hacerlo.

—¡Mamá!

—Es de noche, podemos salir, irnos, compraremos un boleto para ti.

—¿Un boleto adónde?

—A Tijuana, y de ahí te vas a San Diego.

—Sí...

—Te enviaré con los Morris, ¿te acuerdas de los Morris?

—Yo jugaba con su hija, sí...

—Ya debe de estar muy grande. Sal del hueco...

—¿Y el Mamut?

—El Mamut ya está muerto.

Volvió a llorar.

—No llores, Brenda, tú nunca lloras.

—Estos días he llorado mucho. En la noche, cuando el Mamut está dormido. Les saqué los ojos a los santos. ¿Ya te diste cuenta?

—¿Cuánto hace que no comes?

—Tengo donas. Las robamos de una tienda. ¿Quieres una?

—Vamos a cenar algo...

—¿Qué hizo de cenar Areli?

—Albóndigas. Ven.

—No quiero dejarlo solo. No me parecería justo.

—Él ya no siente nada...

—¿Podemos avisar a su familia?

—No creo que sea conveniente.

—¡Mamá! —exclamó.

—Está bien, haremos una llamada anónima. Diré que está aquí.

—Le hice una puñeta. Fue para tranquilizarlo. Pero creo que no lo logré.

—Hija, sal ya de ese hueco con una chingada...

—Mamá, no puedo...

—Sí puedes... ¿O estás herida?

—No, pero no siento mis piernas...

—Déjame ayudarte —dije, y metí las manos sintiendo fehacientemente que me las podía morder.

Me tocó con las suyas, temblorosas, frías, y me dejó arrastrarla afuera.

—No me dejes caer —dijo.

Le toqué la frente, también tenía fiebre.

Marqué el teléfono y pedí una ambulancia.

—Ahora haz lo siguiente —balbuceó antes de cerrar los ojos.

—¿Qué, hija? —dije a punto de llorar.

—Hablarle a la policía, mamá —contestó—. Es lo correcto.

Y eso hice cuando me llamó mamá, la mecí en mis brazos hasta que llegaron los paramédicos y la policía.

Todos me escucharon cantar una canción de cuna en aquella capilla sucia, abandonada, donde había una virgen que en realidad no sonreía.